エノク第二部隊の
遠征ごはん
文庫版
1

隊員（戦斧使い）
ザラ・アート
衛生兵
メル・リスリス
エノク第二遠征部隊

隊長
クロウ・ルードティンク
隊員（弓使い）
ジュン・ウルガス
隊員（槍使い）
ガル・ガル
副隊長
アンナ・ベルリー

パンに魚を載せ、冬苺のソースをかける。
口いっぱいに頬張ってしまった。
おいしい！
魚はまったく臭みがなくて、ふっくらしている。
噛めばじわりと、脂から甘味が溢れてきた。
甘酸っぱいソースも、魚の旨みを引き立てている。

エノク第二部隊の遠征ごはん
文庫版
①

著：江本マシメサ
イラスト：赤井てら

GCN文庫

CONTENTS

※ノベルズ版1巻収録の「番外編 不思議の獣人ガルさんの謎」は文庫版2巻での収録となります。

森の恵みの山賊風スープ

――どうしてこうなった。

目の前の血まみれ山賊達。否、騎士団の面々を見ながら思う。

ここは深い森の中。そこで、ひたすら魔物狩りをしていた。これが、私達エノク第二遠征部隊の任務なのである。

「よし、今ので何体殺《や》った？」

ルードティンク隊長は振り返り、ベルリー副隊長に問いかける。

「隊長が二十体、私が七体、ガルが十一、ウルガスが五」

「この調子でいけば、明日には終わるな。おい、野ウサギ、数を記録しておけ」

髭面で強面な大男が、私に命じる。

あのお方は山賊のお頭……ではなくて、エノク第二遠征部隊のルードティンク隊長である。

はあと盛大な溜息を吐きながら、魔物討伐数をノートに書き込んでいった。

「野ウサギ、えらいダレてんな」

「野ウサギではなく、メルです。家名はリスリス」

「野ウサギだろうが」

そう言って、ルードティンク隊長は私の長い耳を指先で弾《はじ》く。

「ぎゃあ！　やめてください！」

嫌がる私を見て、がははと笑う。

この変態山賊が何しやがる！　と叫びそうになるのを、必死で堪《こら》える。一応、相手は上司なので。

それにしても、無神経な男だと思う。フォレ・エルフの特徴である、長く尖った耳は神経が集まっているから敏感なのに。

これはいたずらされるためにあるのではなく、森の中で暮らすために発達した器官になっている。獣や魔物の気配を察知し、遠くの鳴き声も聞きわけることができるのだ。

「長い耳はウサギの証だ」

「違います！　私はフォレ・エルフです！」

ジロリと睨むが、まったく怯んでいない。悔し過ぎる。

ルードティンク隊長は私の頭をポンと叩き、踵を返す。

いつか仕返しをしてやる。私の心はメラメラと燃えていた。

なぜ、森の奥深くで暮らすフォレ・エルフが騎士団に所属しているのか。それは、我が家が大変な大家族で、かつ、貧乏だからだ。

＊

つい先日、結婚を約束していた相手に、婚約破棄を言い渡された。

理由は我が家の泣けるほどの貧乏さと、私の器量と魔力のなさが原因である。

そう、私は『美しき森の妖精』と呼ばれるフォレ・エルフの中で容姿はぱっとせず、魔力もからっきしであった。しかも、狩猟が苦手。

基本的に、猪などの大物を狩るのは男の仕事だけど、ウサギとか、鳥とか、小さな獲物は女が獲りに行くのだ。でも私は一日中、狩りに出かけても獲物を仕留めることはできず、代わりに、籠の中を薬草でいっぱいにして帰ることも珍しいことではない。

そんな事情もあって、総合的に残念な私に嫁の貰い手なんかあるわけがなかった。

貧乏・不器量・無魔力の三重苦。空《むな》しいにもほどがある。

身内の欲目かもしれないけれど、幸い、妹達は可愛かった。

狩猟も上手くて、魔力も高い。だから、貧乏だけはどうにかしてあげたい。私はそう思い立ち、出稼ぎをしにはるばる王都にやって来たのだ。

炊事、洗濯、掃除などは得意だったので、すぐに就職先が見つかると考えていたが、思いがけず大苦戦した。なんでも、給料の高い貴族に仕える仕事には、紹介状のない者を雇い入れないらしい。

さらに、飲食店の面接を受けても、私のとんがった耳を見ると、お断りをされてしまうのだ。

親切なおばさんが教えてくれたんだけど、エルフという生き物は自尊心が高く、労働者としては扱いにくいという印象があるらしい。そんなことないのに。

たいてい、エルフは人里へ下りてこない。やって来るのはきっと、変わり者ばかりだったのだろう。妙な印象を植え付けた先人エルフを恨めしく思う。

親切なおばさんは、私に合った就職先を紹介してくれた。それは、『王国騎士団エノク』だった。

エノクは国に忠誠を誓う騎士隊である。

そこはどんな種族でも受け入れ、平等に仕事を与えてくれる。さらに給料は高い。

私は喜び勇んで面接と試験を受けに行った。

計算なども得意なので、事務系の部署に回してもらえると信じていた。

なのに、なのに配属された先は、『エノク第二遠征部隊』という、隊員の頭数が四名しかいない部隊だった。そんな不幸過ぎる私の役職は衛生兵。フォレ・エルフだけど回復魔法なんて使えないと必死になって主張したのに、ちょっと薬草の知識があると言っただけで、とんでもない部隊に配属されてしまったのだ。

遠征部隊とは各地に派遣され、魔物討伐や災害救助などを行う。

長時間、馬に跨《また》がっていなければならないお仕事だとわかり、くらくらしてしまった。

馬に乗るのも苦手だったのだ。さらに、配属先の人々にもびっくりした。

隊長である、クロウ・ルードティンクは見上げるほどの大きな体に、顔の輪郭を覆う灰色の濃い髭、ギラギラと輝く紫色の目をしており、まるで山賊のお頭のような男である。背中には信じられないほどの大剣を背負っており、騎士という雰囲気は欠片もない。

「山賊です」と紹介されたら、「へえ、そうなんですね」と返すくらいのいで立ちだ。

副隊長のアンナ・ベルリーさんは若い女性で、黒髪青目の短髪で細身の双剣使い。王都に来たばかりの私に、親身に接してくれた。

ジュン・ウルガスは十七か十八か、私と同じ年くらいの青年。昔飼っていた栗毛の犬を思い出す。

そして、最後の一人、寡黙なガル・ガルさんは狼獣人で、体は山賊ルードティンク隊長よりも大きい。赤い毛並みは美しく、精悍な騎士であるが、心優しく穏やかな気質の青年だ。

そんなメンバーで、仕事内容の説明も受けぬまま、私は遠征へと連れ出された。

　本日の任務は王都から馬で三時間ほど駆けた先にある森で、大量発生した魔物の討伐を行う。私は馬に跨るように命じられ、大きな鍋のような、新品の兜を山賊隊長に手渡された。

「戦闘中はこれを被って端のほうで震えていろ、野ウサギ」

「は!?」

　山賊隊長は私の長く尖った耳を指差し、野ウサギと呼んだ。絶対に許さないと思った。

　驚いたのは山賊っぽい容姿だけではなかった。

　大剣を操る山賊隊長は信じられないほど強くて、魔物を一刀両断にする。

　双剣使いのベルリー副隊長は踊るように首元に刃を滑らせ、確実に仕留めていた。

　隙を見て、青年騎士のウルガスが矢を放つ。それは、魔物の脳天を貫いた。

　狼獣人ガルさんは魔物を串刺しにしていく。大きな体なのに、案外素早く動けるようだ。

　彼らは間違いなく、少数精鋭なのだろう。実力確かな騎士達なのだ。

　けれど、戦闘終了後、血まみれで振り返る様子は山賊とその部下達にしか見えない。

　もっとこう、騎士らしく、亡骸を前に神へ祈りを捧げてほしいなと思った。

　代わりに、私が神に祈りを捧げておく。

「おい、野ウサギ、ちんたらするなよ」

　山賊のお頭が呼んでいる。私は大きな声で返事をした。

そんな感じで、私はこの山賊共――ではなく、エノク第二遠征部隊の面々と任務に就いていた。

＊

結局、魔物討伐は夕方まで行われた。

辺りはすっかり暗い。鬱蒼《うっそう》と茂る木々はなんとも不気味で、怪しい雰囲気を醸《かも》し出している。

夜間の移動は危険とのことで、今日は野営になるらしい。

野宿なんて、もちろんしたことはない。

その辺に落ちている枝を薪として使い、火を熾《お》こす。

昼食は魔物の亡骸を見過ぎて食べられなかった。先ほどからお腹がぐるぐると鳴っているので、夕食は食べられると思う。

「ほら、リスリス衛生兵」

「あ、ありがとうございます」

ベルリー副隊長が兵糧食のパンと干し肉をくれた。それから、革袋に入った水も。

「体の具合はどうだ？」

「あ、ハイ。大丈夫です」

「そうか、よかった」

衛生兵なのに、体調の心配をされるとは……。

気を取り直し、食事に集中しなければ。神に祈りを捧げ、いただくことにする。

まずは、干し肉から。

…………うん、噛み切れない。

それに、味がまったくない。素材の味はとうの昔に死んでいるよう。どうしてこうなったのかと、作った人を問い詰めたい。目の前では、ルードティンク隊長がバリムシャ！と豪快に干し肉を噛み千切っているところであった。

……山賊かよ。

そんな感想を心の中で呟きつつ、今度はパンを齧《かじ》る。

…………硬《か》ったい。その辺に転がっている石か。

それに酸っぱい。硬さもだけど、味も残念だった。ちょっとこれ、食べるのは無理。パンはパンでも、食べられないパンだと思った。

またしても、私の目の前でルードティンク隊長がバリバリと音をたてながら、パンを食べていた。食感がバリバリとか、パンとは思えない。

それを平然と咀嚼《そしゃく》する様子を見て、この人は瓦《かわら》とかも普通に食べられそうだなと思った。

水は、なんだろう。薬草が入っているのか。ちょっとくどいような気がする。何か理由があって入れているのだろう。体が飲み込むことを拒否している。でもでも、そんなことよりも。

「うが～～!!」

地面に倒れ込み、悲鳴をあげる。

頭を抱え、足をバタつかせてしまった。

空腹だった。食べたいのに、食べられない。そんな思いを、叫びで表現する。

「リスリス衛生兵、大丈夫ですか～？」

心配そうな顔でウルガス青年が覗き込んでくる。

「だ、だいじょばない……」

王都の保存食、不味過ぎる。酷い、これはない。

絶望しかかっていた矢先、ある薬草の匂いが鼻先を掠《かす》める。

「ん？」

視界の中にあったそれを引き抜いた。

「薬草ニンニクだ！」

スープとかに入れて風味を出す薬草である。店で買ったら地味に高いので、いつも森に採りに行っていた。騎士寮に持ち帰って、干して保存しようと思う。

夢中になってプチプチと引き抜いていたら、その近くで素敵な食材を発見した。

「あ、胡椒茸《べべり》！」

それは、胡椒のような味がするキノコ。味付けをしなくても、炒めただけでおいしい。これを夕食に！　と思ったけれど、胡椒茸《べべり》だけでは辛い。普段はパンと一緒に食べたりするのだ。

スープにしてもおいしい。けれど、ここに調理器具などない。

辛いキノコと堅い干し肉、硬いパン。残念な食材達。

私は再び愕然とする。

「おい、野ウサギ、硬くて食えないのならば、茹でてふやかせばいいだろう」

「あ!!」

ルードティンク隊長のその一言で、ぱっとひらめく。

私は下ろしてあった馬の鞍から、本日支給された鍋のような形の兜を取り出す。水を注いでみても、漏れる様子はない。新品なので軽く水洗いして、焚火の上に置いた。一度、煮沸消毒する。

「野ウサギ、何してんだよ」

ルードティンク隊長の問いかけに、私は張り切った声で答えた。

「これで、スープを作るんです！」

お湯でふやかせばいいという話を聞いて思いついたのだ。硬いパンや干し肉はスープにすればいいと。沸騰した湯を捨てて、熱している兜の中に水を注ぐ。

次にナイフを取り出し、パンや干し肉を一口大にする。が――。

「ぐぬぬ、ぐぬぬぬぬ！」

硬くて切れない。家の中で一番切れるナイフを持って来たのに、どういうことなのか。

「おい、貸せ」

横からにゅっと、ごつごつした手がでてくる。ルードティンク隊長の手だった。

私が切るのに苦労していたパンや干し肉を、指先で一口大に千切ってくれた。

「わ、すごい。ありがとうございます」

ありがたく受け取り、兜の中に入れていく。

ごとごとと沸騰させ、薬草ニンニクと胡椒茸《ぺぺり》をナイフで削ぎながら入れた。

隣で、ガルさんが鼻先をひくひくさせている。ベルリー副隊長は不思議そうな顔で眺めていた。

ウルガスはキラキラした目で、スープを覗き込んでいた。

「うわあ、いい匂いがします」

「ウルガスも食べますか？」

「いいんですか？」

「ええ」

大きな兜いっぱいに作ったスープは結構な量なので、一人では食べきれない。

手伝ってくれる人がいて、ひと安心。

数十分後、スープは完成した。

全体的に濁っていて、干し肉が怪しい色合いで浮かんでいるけれど、気にしたら負けなのだ。

やっと食事にありつける！　そう思っていたけれど、ベルリー副隊長よりある指摘《ツッコミ》を受ける。

「リスリス衛生兵、匙《さじ》とか持っているのか？」

「あ！」

そうだ。スープを食べるのに大切な、匙を持っていない。

せっかくあつあつのスープが完成したのに、食べられないなんて。ショックで頭を抱えていたら、しばらくいなくなっていたガルさんが、ある物を差し出してくれる。

それは、私の顔よりも大きな分厚い葉っぱと、細長い木の枝。ウルガスが教えてくれる。

「あ、それ、いつも水を飲む葉っぱ！」

「んん？」

水を飲む葉っぱとは？

――聞いてみると、この葉っぱを丸めて水などを飲んでいたらしい。分厚く強い繊維で構成されているようで、水中でもダレないんだとか。ここで、ガルさんの意図を理解する。

「ああ、なるほど！」

私は葉を小さく切り、丸めて円錐状にし、上に木の枝を刺す。これで、簡易匙の完成となった。せっかくなので、人数分作る。よかったらどうぞと、配った。

「では、いただきますか！」

名付けて、『森の恵みの山賊風スープ』。手作りの匙で掬い、一口。

「あ、おいしい！」

想定以上のおいしさに、頬が緩む。

周囲を見てみたら、みんなも同じように、にこにこ顔になっていた。

意外にも、干し肉からいい出汁が出ている。見た目は悪いけれど、味はいい。きっと、しっかり噛んだらうま味を感じるタイプの干し食なのだろう。

他の人も、おいしいと言ってくれた。

あの硬かったパンも、ふやふやになっていた。スープを吸い込んで、食べやすくなっている。干し肉も柔らかくなっていて、脂身がぷるぷるになってとろける。薬草ニンニクのおかげで肉の臭みはないし、胡椒茸《ペッベリ》のおかげでスパイシーだ。見た目はアレだけど、おいしい。干し肉は独特な種類なのだろう。普通、ここまで柔らかくならない。

「ルードティンク隊長もよかったらどうぞ」

「いや……野ウサギが食べろ。腹が減っているのだろう」

なんだろう。山賊の癖に優しいとか。

強奪、略奪当たり前みたいな顔をしているのに、意外だと思った。

「ありがとうございます。ですが、一口だけでもどうぞ」

なんか自分達だけ温かいスープを食べるのも悪い気がしたので、匙で掬って口元に差し出した。

一瞬、目を丸くする山賊のお頭。ではなくて、ルードティンク隊長。

いらないのかと思い、引っ込めようとしたけれど、そのまま飲んでくれた。

「どうですか？」

「普通にうまい」

「良かったです。まだ、いりますか？」

「いい、いらん」

「さようで」

これで、罪悪感はなくなった。遠慮なく、スープをいただくことにする。

なんとか、自然の恵みを得て、まともな食事にありつけた。森で暮らしていた時に得た知識に感謝をしなければならない。

それにしても、この部隊の人達はなんて酷い食事をしているんだと気の毒になってしまった。

味覚がおかしいわけでなく、我慢しながら食べているのが不憫《ふびん》で。あんな物を食べても、力にならないだろう。ちょっと、食事を見直したほうがいいのでは？

まあ、いい。今日は疲れた。

狭い森なので、野営用の天幕は張れず、その辺で眠るように言われた。酷すぎる。

さすがに、寝袋の支給はあったけれど。薄くて寒いし、地面はゴツゴツだし。……はあ。

ベルリー副隊長が隣に寝そべり、「頑張った」と労ってくれた。

辛かったけれど、その一言で報われた気がする。明日は早いので、眠ろう。


このようにして、エノク第二遠征部隊の勤務一日目は過ぎていく。

いや、野宿とか、普通に眠れないいんですけれど！

――ああ、夜空の星が綺麗だ。（現実逃避）

＊

眠れない云々言っていたけれど、結局星空の下、爆睡していた。疲れていたので、眠れたのだろう。朝、ベルリー副隊長と共に、湖に行って顔を洗う。

水は水質検査機を使って、飲めるか確認する。

「そんな道具があるんだな」

「はい。魔石で感知する魔道具らしいですよ」

川や湖には、寄生虫がいて飲めない水があるのだ。

魔道具というのは、魔法の技術を使って作られた物で、高い技術が必要なために一つ一つが高価だ。たいていの道具は、魔力を含んだ魔石で動く。

水質検査機は衛生兵に支給される七つ道具で、初めて使うので指先がちょっぴり震えた。

「……では、調べてみますね」

使い方は簡単である。十字状になった水質検査機の先端を浸すだけ。飲んでも大丈夫ならば、埋め込まれた魔石が青く光る。赤く光ったら飲めない。

「おっ！」

「どうだ？」

魔石は青く光った。どうやら問題ないよう。さっそく、喉を潤す。

湖はとても澄んでいて美しい。手で掬って飲んだ水もおいしかった。

朝食用に、兜に水を汲んで帰る。

湖のほとりで、見たことのある香草を発見する。

「あ、迷迭草《ローゼマリー》！」

淡いブルーの花を咲かせる迷迭草《ローゼマリー》はすっきりとした風味があり、スープや肉料理の臭み消しに使われる。たくさん生えていたので、遠慮なく摘ませてもらった。

そんな私に、ベルリー副隊長はしみじみと話しかけてくる。

「リスリス衛生兵はすごいな。私にはただの野草にしか見えなかった」

「フォレ・エルフの村では、日々の暮らしがかかっていましたからね」

十八年の間に染みついた、森暮らしの技術はなかなか侮れないのだ。

野営地に戻ったあと、スープ作りを開始する。硬いパンや干し肉はガルさんがナイフで切り分けてくれた。寡黙だけど、とっても紳士な狼さんなのだ。

材料は昨日とほとんど変わらないけれど、臭み消しの迷迭草《ローゼマリー》があったので、風味はすっきりとしていた。干し肉の脂身ぷるぷるはおいしい。だが、どうしても癖が出てしまう。

いや、普通干し肉を作る時は脂身を削ぐけれど。いったい、誰が作っているのか。パンもだけど、こんなに硬い物しかないなんて、信じられない。

うちの村で食べる保存食はもっとおいしいのに。

これが騎士団の配給であれば、是非とも改善してほしいと思った。

「そういえば、山賊……じゃなくて、ルードティンク隊長遅いですね」

その辺を散歩してくると言ってから、随分と経っていた。

そんな話をしていると、遠くで足音が聞こえる。ガルさんもピクリと反応していた。

「あ、戻って来たみたいですね」

私の発言を聞き、目を丸くするウルガス。

「へえ、リスリス衛生兵、随分と耳がいいんですね～」

「まあ、人族に比べたら、ですが」

ほどなくして、ルードティンク隊長は戻って来た。

「ほら、朝飯だ！」

「ぎゃあああ！」

突然、目の前に茶色い野鳥を差し出され、びっくりしてしまう。

血抜きをしたのか、首なしだ。ルードティンク隊長は隊の人数分、鳥を仕留めてきたようだ。

「うわ、もう、驚かせないでくださいよ」

バクバクと鼓動を打つ心臓を押さえながら抗議する。ガハハと楽しそうに笑っていて、反省する素振りは見せない。

ルードティンク隊長って髭もじゃもじゃな人だけど、もしかしたら意外と若いのかもしれない。見た目は三十半ばくらいに見えるが、やっていることは近所の悪ガキと変わらないのだ。私がお姉さんにならなければ。そう思って、ぐっと我慢する。

「朝食はもう食ったのか？」

「はい」

荷物の中から紐を取り出し、野鳥の両足にぐるぐると巻いて馬の鞍に吊るした。

「なんだ、野ウサギ、慣れているな」

「うちの村でのお肉は、すべて狩猟で賄っていましたので」

「驚いたから、慣れていないのかと思った」

「いや、突然目の前に首なしの野鳥を出されたら誰だってびっくりしますよ」

しようもないことはやめてくださいと、重ねて釘を刺しておいた。

各々朝食を終え、準備が整ったら、本日も魔物退治をする。今日は場所を変えて行うらしい。

ガルさんが魔物の気配を探る。

向かう先には魔物、魔物、魔物。村の森にはいなかったので、驚きの一言だ。

それよりもびっくりするのは、隊員達の戦いぶりだろう。なんという強さなのか。

血が舞い、肉は飛び散り、首は弧を描いて遥か彼方へと飛んで行く。

ウッと、何度もこみ上げてくるものを抑えた。これは慣れるしかないのだろう。

数回の戦闘を終えると、あっという間にお昼になった。

昼食の食材はもちろん朝ルードティンク隊長が仕留めた野鳥である。私は楽しみにしていたけれど、他の人はそうでもないみたいだ。

ベルリー副隊長は、うんざりと呟く。

「ルードティンク隊長、またその鳥狩って来たのか……」

「あれ、あんまりおいしくないんですよね」

同意を示すウルガスに、頷くガルさん。私はそのやりとりを目の当たりにして、瞠目《どうもく》する。

「あの、この鳥、とってもおいしいですよ」

「だが、結構臭かったような」

「ですよね」

もしかしたら人や狼獣人と味覚が違うのかもしれない。念のため、ベルリー副隊長に食べ方を聞いてみる。

「ルードティンク隊長が仕留めてすぐに血抜きをして、羽根を毟《むし》って丸焼き、だったはず」

「羽根は焼いていますか？」

「いや、毟り取るだけ」

「では、内臓は？」

「そのまま焼いていたな」

「だったら臭いはずです！」

鳥の羽根や内臓など、きちんと取って洗わないと臭いに決まっている。

せっかくおいしい鳥なのに、食べ方を間違っていたのだ。

「私の言う通りに捌《さば》いてください。丸焼きは確かにおいしいですが、きちんと調理しないと不味くなってしまいますからね！」

捲《まく》し立ててはっとなる。

目の前にいるのは騎士隊の上司と先輩達。うっかり偉そうな物言いをしてしまった。

けれど、ルードティンク隊長を始めとする、ベルリー副隊長、ウルガス、ガルさんは素直にコクリと頷いてくれた。

とりあえず、ホッ。気を取り直して作業を開始する。

まず、お湯を沸かす。そこに鳥を潜らせて、毛穴を開かせるのだ。そうすれば、羽根はあっという間に抜けていく。

「お、すごい、サクサク抜ける」

ルードティンク隊長は簡単に抜けるのが面白かったようで、無邪気な反応を見せていた。

毟った羽根は持ち帰る。綺麗に洗ったら、釣りの疑似餌にしたり、針山とかを作ったりと、いろんな物に利用できるからだ。

抜けなかった羽根は火で炙ったナイフで焼いていく。綺麗に取らないと、食べる時に臭みを感じてしまう。

羽根を毟り終えたら、お尻からナイフで裂いていき、内臓を取り出す。

内臓をすべて空っぽにしたら、水で綺麗に洗い、お腹の中に硬いパンと迷迭草《ローゼマリー》、薬草ニンニク、胡椒茸《ペペリ》を詰めていく。

表面にも、迷迭草《ローゼマリー》の茎をザクザクと刺す。何か鉄の棒に刺して焼きたいと呟いたら、ガルさんが予備の槍を貸してくれた。まだ、一回も使っていないらしい。

湖で綺麗に洗い、熱湯をかけたあと野鳥を刺していく。

あとは、左右に槍を支える置き場を枝で作り、中心に火を熾こして焼くばかり。

槍をくるくると回しながら、全体に焼き目を付けるのだ。

こんがりと、綺麗に焼き色が付いたら、『野鳥の丸焼き』の完成！

「うまそうだな」

野鳥の丸焼きを目の前に、ぽつりと呟くルードティンク隊長。

そうなのです。これは間違いなく、おいしいのです。

槍から野鳥を外し、大きな葉っぱの上に置く。食べる前に、祈りを捧げた。自然と生命に感謝を。

瞼を開いたら、食前の祈りを始めた騎士隊のメンバーの姿が。

こうしていると、騎士様に見えてしまうから不思議だ。いや、正真正銘の騎士様だけど。

各々ナイフを取り出し、焼きたての鳥を切り分ける。

皮はパリッと弾けた。じわりと脂が溢れてくる。すごく、おいしそうだ。

ルードティンク隊長は内モモにナイフを入れ、骨付き肉に豪快に齧りついていた。

見た目だけだと、すごく山賊っぽい。

「ルードティンク隊長、どうですか？」

「いや、うまい。びっくりした」

お口に合ったようで何よりです。他の人もナイフを器用に使って丸焼きを食べている。

ベルリー副隊長は目を丸くしていた。

「いつも食べていた物と同じ肉とは思えない」

「今まで食べ方を間違っていたんですねえ～いやあ、本当においしい！」

ウルガスも気に入ってくれたようだ。

ガルさんは目がキラキラと輝いている。良かった。野鳥がおいしいって気付いてくれて。

私もいただくことにする。

モモ肉を外し、背中にザクザクとナイフを入れていく。すると、脂がじわ～っと滲み出てくる。

小さく切りわけて、鳥のお腹の中に入れていたふやけたパンと胡椒茸《ぺぺり》とお肉を一緒に食べる。

「うまっ！」

あまりのおいしさに、目を見開く。感想を言おうとしたけれど、「むふふ」としか出てこなかった。

こう、なんだ。パンに鳥肉の旨みが染み込んでいて、舌がとろけそう。迷迭草《ローゼマリー》のさわやかな風味と、胡椒茸《ペッベリ》の濃い味が合うのだ。

あまり大きな肉ではなかったが、パンも入っているのでお腹いっぱいになった。

他の人は腹八分といったところだろう。

今回の任務はこれで終了らしい。やっと王都に帰れる。

思わずヤッター！　と喜んでしまった。

「あ、ルードティンク隊長、帰る前にちょっといいですか？」

今朝から気になっていたので、質問してみた。

「なんだ、野ウサギ」

「足の裏、マメか何か潰れていませんか？」

「……なぜ、そう思う？」

「勘違いかもしれませんが、先ほどから体の軸が微妙にぶれている気がして。もしかして、足の裏が痛いのかな～と」

勘違いだったら、また耳を弾かれるかもしれないと思って、素早く頭巾を被る。

けれど、ルードティンク隊長はポカンとしたままだった。

「違い、ました？」

「いや、合っている。さっきの戦闘中にマメを潰してしまったんだ」

「なるほど」

だったら私のお仕事だ。腕まくりをする。

「じゃあ、ブーツを脱いでください。薬草湿布を塗りますので」

「は？　ここでか？」

「はい。楽になりますよ」

ルードティンク隊長はまたしても、目を丸くして私を見下ろす。急かしたら、座ってブーツを脱いでくれた。

「風呂に入っていないから……」

「そういうのを気にする繊細さがあったのですね」

やはり、ルードティンク隊長は山賊ではなく、騎士様だったのだ。心の中で山賊の頭と呼んでしまって申し訳なかったと謝る。

変なところで繊細なのか、足をこちらに向けようとしないルードティンク隊長に言う。

「こういうの、父や祖父の治療で慣れていますので」

大物の狩猟は数日の間山に泊まり込みで仕留める。帰ってきた男衆の足の裏はたいていマメが潰れて酷い状態なのだ。

フォレ・エルフの村の魔術医の先生直伝の薬草湿布は、マメの完治に役立つ。

家から持って来ていた粉末薬草を水で溶いて練った。

ルードティンク隊長の痛々しい足の裏はざばーっと洗い流し、綺麗に拭き取って、薬草湿布を塗っていく。

「痛っ！」

顔を歪める隊長。私をジロリと睨みつけてくる。

「治療ですからね！」

あ～楽しい。

今まで野ウサギと呼んでからかった仕返しだと思って、どんどん薬草湿布を塗っていく。

このままの状態でしばらく放置。数分後、綺麗に湿布を剥がした。

「どうですか？」

「さっぱりした。痛みも引いたように思える。疲れも取れたような」

「足の裏は体のいろんなツボが集まっていまして、そこを刺激すれば全身の疲れが改善されると言われています」

「なるほど。フォレ・エルフの知恵袋か」

「そうなんですよ！」

ルードティンク隊長に効果があったので、ベルリー副隊長とウルガスにも薬草湿布を施した。

ガルさんは特に疲れも感じてないようで、かつ、薬草の匂いが苦手みたいだったので、やめておいた。

＊

二日ぶりに騎士隊の寮に帰ってきた。土や泥で汚れているので、一刻も早くお風呂に入りたい。

ルードティンク隊長は騎士隊寮の門の前で解散と言ってくれた。

女性専用の寮に戻ろうとしていたら、その隊長に呼ばれる。

「おい、野ウサギ」

「はい？」

間違って返事をしてしまった。私は野ウサギではなく、メル・リスリスです。ルードティンク隊長に念押ししておく。

「何か不調はないか？」

「ルードティンク隊長が私の名前を間違え、首なしの野鳥で驚かされたくらいですが。あ、あと、耳を弾かれました。大変不快でした」

「そ、それは……！」

消え入りそうな声で「すまなかった」と言ってくれる。私は大変寛大なので、許してあげた。

それにしても、心配してくれるなんて意外だ。私も心の中で「山賊のお頭」と呼んでいたことを再度心の中で謝った。

話は以上である。ここでやっと解散となった。

寮には大浴場がある。大きな浴槽には湯がたっぷり。なんて贅沢なのか。

村では鍋に湯を滾《たぎ》らせて、水を入れながら使っていた。お風呂に浸かるなんて、月に一度か二度程度だったのだ。水は森の湖から汲んでくる。だから、お風呂にあまり使えないのだ。

体を洗って、湯船に浸かる。はあ、天国天国。

勇気を出して王都にやって来たけれど、いろいろと勉強になるし、良かったのかもしれない。森での暮らしは、私には窮屈過ぎた。

結婚できないのならば、どこにいても同じ。ならば、後ろ指をさされないところで、悠々自適に暮らしたい。家族がいなくて、寂しくはあるけれど。

孤独を思い出し、はあ、と今度は憂鬱な息を吐く。

騎士の仕事はいろいろ大変そうだけど、第二部隊の人達は一部を除いて優しい人ばかりだし、なんとか頑張れそう、かな。

王都にはおいしい物がたくさんあるらしいし、食べ歩きとかもしたい。

とりあえず給料が出たら、街に出かけてお菓子でも買って、弟や妹達に送ってあげようと思った。


翌日。

日の出前に目を覚ます。服を着替え、髪を三つ編みにして、顔を洗う。

朝食は食堂で食べられる。食事代は給料から天引きなので、入り口で署名をしてからいただくのだ。

本日の品目は――野菜のスープ、丸パン、ソーセージ、茹で卵。

お盆に載った皿に、給仕係のおばちゃんが山のように盛り付けてくれる。

パンは食べ放題、ジャムとバターは使い放題という楽園のような場所だ。

「リスリスさん、パンはまだ食べるかい?」

「いえ、十分いただきました。ありがとうございます！」

手のひらくらいの大きな丸パンを三つも盛り付けてくれたのだ。満腹にならないわけがない。

今まで、自分のことを大食いだと思っていたけれど、周囲の女性騎士さんはさらに食べる。

私も鍛錬をすれば、筋肉ムキムキになれるのか。

いや、衛生兵なので、鍛えることはしなくてもいいんだけど。

朝食を終えたら、第二遠征部隊の騎士舎に移動する。女性騎士の寮から徒歩五分といったところだ。しかし、騎士団は圧倒的に男性が多い。寮では女性騎士だらけだったけれど、遠征部隊の敷地に一歩踏み出したら、まったく見当たらない。

渡り廊下を歩いていると、チラチラと見られていた。きっと、フォレ・エルフが珍しいのだろう。

騎士服の外に着ている外套の頭巾を被ろうとしたら、背後より声をかけられる。

「あれ～、フォレ・エルフじゃん」

振り返ったら、若くて細身の騎士がいた。見覚えは、当然ながらない。

「どうしたの？　森から迷ったの？」

本当に耳が長くて尖っているると、勝手に覗き込んでくる。

初対面の女性に失礼ではないかと思った。

「君、どこの部隊？　名前は？」

知らない人に名前を名乗ってはいけません。母親の教えである。

口をぎゅっと結び、質問は無視した。

それにしてもこの男、驚きの軽さだ。見知らぬ人に話しかけられるなんて。紐で縛っていない肩までの髪に、首飾りに耳飾りと見た目も派手である。

「おやおや、森の決まりで挨拶もできないのかな?」

その通り!　この場で叫んでやろうと思っていたら、急にふわりと体が浮いた。

目の前に飛び込んできたのは、髭面で大柄な男の姿。

「さ、山賊だ～～!!」

驚いてそう叫んでしまったが、よくよく見ると、うちの隊長だった。

私の体を持ち上げ、荷物のように肩に担いでいる。な、なぜ?

「おい、キノン、うちの衛生兵に何か用事か?」

チャラい騎士の名はキノンというらしい。なるほど。覚えないけれど。

「い、いえ～、なんか、困っているように見えたので」

まったく、欠片も、困っていませんでした。好きなように解釈をしてくれたものである。

「これはうちのだ。勝手なことをするのは許さない」

「で、ですよね～～」

そんな言葉を残し、男は走り去って行った。どうやら、派手な男はルードティンク隊長の知り合いだったらしい。

これにて解決！　と思ったけれど、遠くからバタバタと騎士達がやって来る。

足音はルードティンク隊長の前で止まった。

「どうした？」

「いえ、たった今、山賊が来たという叫びが聞こえたのですが」

すみません、山賊はルードティンク隊長のことでした。

私は体を持ち上げられて、騎士様達にお尻を向けたままの姿勢で、集まった騎士様達に謝罪をすることになった。

「すみません、この私が、ルードティンク隊長を山賊に見間違えて……」

「あ、それは、さようで……」

一気に気まずい雰囲気となった。ルードティンク隊長は集まった騎士に、解散を言い渡す。

その後も、ルードティンク隊長は私を降ろしてくれなかった。荷物を担ぐように、運ばれたのだ。

「もう大丈夫なので、降ろしてください」

「ちまちま歩いているから、あんなしようもない奴に捕まる」

「どうもすみませんでした」

「それはそうと、お前、きちんと食事は取っているのか？」

「はい、たくさんいただいておりますが」

体重が羽根のように軽いと言われてしまった。そんなことはないはずだが。

朝、パンの数を増やす……？　いや、無理無理。

「衛生兵なので、体づくりは必要ないと思います」

「体力がないと、遠征についてこられないだろう」

「それはそうですが」

まあ、その辺はゆっくりと生活環境に慣れつつ、行《おこな》っていきたいと思った。

そんな話をしているうちに、第二遠征部隊の騎士舎に到着する。

独立した建物で、木造平屋に道具入れの小屋が三つ、それから厩がある。

こう、なんというかボロ……ではなくて、年季の入った建物だ。ここが、エノク第二部隊の本拠地である。

隊長の執務室で朝礼をして、各々仕事を振られる。

副隊長のベルリーさんはガルさんと鍛錬、ウルガス青年は私に仕事を教えてくれるらしい。

五分ほどで朝礼は終わり、解散となった。

「下っ端の仕事って、たくさんあるんですよね～」

「そうなんですよ～」

まずは騎士舎の掃除。

「いや、なんていうか、普通に汚いですよね」

「すみません、掃除って、どうも苦手で」

騎士舎の掃除も騎士のお仕事らしい。

廊下は埃っぽくて、部屋は雑多な雰囲気、簡易台所には洗い物が溜まっている。

「お掃除の頻度は？」

「一週間……いや、二週間？」

卒倒するかと思った。不衛生過ぎる。

「ウルガス、掃除は毎日行わなければなりません」

「いや、そんなの無理――」

「やるのです！」

「うっ、はい……」

私達は手分けをして、掃除をすることになった。

「ウルガス、そんなやり方ではダメです！　もっと腰を入れて――」

基本的な掃除のやり方が間違っていたので、指導させていただく。

どちらが先輩だかわからなくなった。

お昼までかけて、騎士舎の掃除を行った。途中、ルードティンク隊長が会議でいなくなったので、特に汚かった執務室も空気を入れ替え、綺麗にさせてもらう。

「ほら、部屋が綺麗ならば、気持ちもいいでしょう？」

「で、ですね」

たった半日のお掃除で、ウルガスは遠征に行った帰りよりもくたびれていた。

修行が足りない。

騎士隊の中央食堂で昼食を食べ、お昼からは外の小屋に案内される。

三つあるうちの一つは武器庫、一つは用具入れ、もう一つは――。

「保存食小屋になっています」

出た！　あの硬くて不味い保存食！

遠征に持って行く保存食は予算が振り分けられ、自分達で買うようになっているらしい。

「まあ、いろいろありまして、自作することになっていたのですが――」

図書館で借りた本を元に、自分達で干し肉や乾燥パンなどを作るようになったとか。

確かに食事の量は多かったが、残念な仕様だった。

キイと扉を開いたら、肉の臭みに襲われる。

「ウッ！」

「すみませんね……」

内部は紐に吊るされたお肉と、乾燥中のパンが並べられていた。

「なんか、肉の傷んだような臭いが……！」

「あっ、一昨日買ってきていた肉、そのまま忘れていました」

「なんですと～～」

臭いの原因は放置された生肉だった。

急に出動命令が出たので、加工をする余裕がなかったらしい。

「加工って、ウルガスが干し肉を？」

「はい、保存食作りも下っ端の仕事です」

「なるほど」

この肉は、いったいどういう工程を経て、作られているのか。恐る恐る質問してみる。

「えっとですね～、まず、市場で肉の塊を買って、薄く切り分けて、焼いて、煮て、最後に干すんです」

「……あ、はい」

根本的に作り方から間違っていた。まあ、火を通していただけマシというか。

塩も振らずに生のまま干しているとかだったら、確実に遠征先で死んでいるなと思った。

私は勇気を出して、思っていたことを口にする。

「この干し肉とパンは大変硬くて、酸っぱかったり、味がなかったりして、とても食べにくいです」

「最初は俺達もそう思っていたのですが、慣れというものは怖くて……」

やはり、我慢していたようだ。こんな物、我慢して食べなくても、おいしい干し肉の作り方があるのに。

「ウルガス、どうにかしましょう」

「はい、よろしくお願いいたします」

早急に解決しなければならない問題だと思った。

「まず、市場に行きましょう」

私は下っ端同盟《ウルガス》においしい干し肉を作ろうと、提案したのだった。

＊

ウルガスと共に、市場に買い出しに向かう。

実は、王都の市場は初めてなので、ドキドキしていた。スリも多いというので、お財布には紐を付けて、胸の前で握りしめている。

「リスリス衛生兵、大丈夫ですよ。騎士の財布を狙う輩はいません」

「わからないので！」

人の物を盗む奴は追い詰められた精神状態で何をするかわからないのだ。用心に越したことはない。それに、財布の中にはいつか使おうと貯めておいたお金が入っている。ひと時でも離したら危険だと思った。

騎士隊の駐屯地から徒歩三十分くらいで王都の市場に到着する。

ずらりとお店が並んだ様子は圧巻の一言。

「すごいですね」

「お祭りの時は身動きが取れないほど混みます」

「ひや～～」

そこを巡回しつつ警備することになるらしいので、大変だと思う。

「あ、祭りの時は人手不足になるので、遠征部隊の俺達も駆り出されますよ」

「そ、そんな……」

私なんてぎゅうぎゅうに押されて肉団子になってしまいそうだ。

そんな話をしながら、市場の中へと入っていく。

入ってすぐは雑貨のお店が並んでいた。

陶器のカップが所狭しと並べてあり、植物や動物の絵が描かれていて、とても可愛い。そういえば、自分専用のカップを持っていないので、欲しいと思った。今は勤務中なので、買うのはお休みの日だけど。

次のお店はペンが綺麗に並んでいるお店。花模様が彫られたペンの美しいことといったら！　これも、欲しくなってしまう。インクも黒以外にたくさんあって、どんな色なのか気になってしまった。次の通りはお花屋さんが出店している。

フォレ・エルフの森でよく自生しているお花が高値で販売されており、飛ぶように売れているので、私もここで商売できそうだと思ってしまった。

お隣はパン屋。小麦の焼けた匂いが堪らない。山のように陳列される様子は圧巻の一言。チョコレートやカスタードクリームなどが入った、甘いパンもあるとか。そんなの食べたことないので、猛烈に気になってしまうが、今は仕事中なのでまた今度。

「あ、保存食用のパンも買わなきゃですね」

パンはさすがに手作りではなく、買った物を薄くスライスして乾燥させていたとか。今まで、カビが生えていなければ食用としても問題ないという判断をしていたらしい。乾かせば保存可能という考えをどうにかせねばと思った。

「リスリス衛生兵、保存食用のパンでオススメはありますか？」

「たぶん、ここにはないと思います」

普通のパンの保存期間は長くて二週間ほど。けれど、私の知るパンは三ヶ月ほど保《も》つ。

フォレ・エルフの森は、年に一度大雪が降る。そうなればかまどの温度が上手く上がらず、パンも焼けなくなるのだ。それで、大雪に備えて一ヶ月分のパンを焼く日があるのだが、その時だけは特別な天然酵母を使って作られる。

「特別な、天然酵母ですか」

「はい」

長期保存可能なパンは酸っぱい物が多いけれど、うちの村の特製パンはふんわりとした口溶けで、あまり酸っぱくない。このパンを食べる雪の日を楽しみにしていたほどにおいしいのだ。

「へえ、そうなんですね」

「はい。村では、十五になれば天然酵母作りに森の外にある村に行くんですよ」

それを嫁入りまで種つぎをして、育てていく。だが、私の天然酵母は嫁入り道具にならないと思われる。なんとも切ない。

幸い、三年物の天然酵母を放置できず、ここに持って来ているので、パンはいつでも作れる。

「というわけで、パン作りも任せてください」

「それはありがたいです。酸っぱいパンはなるべく避けたいので……」

「ですね……」

あのパンの硬さと、独特な酸っぱさは忘れられない。

酵母の酸っぱさだけだったらいいけれど、あれはいったい……。いやいや、お腹を壊さなかっただけ良しとしよう。

「そういえば、天然酵母作りに出かけるって、村では作れない物なのですか？」

「そうですね。産まれたての仔牛が初乳を飲んだあとの腸内物質が必要になるんです。家畜は飼っていないので、外に取りに行かないといけないんですよ」

「へえ、仔牛の腸内物質。そんな物で天然酵母が作れるんですね〜」

「はい。保水性と防腐性、防菌性のあるおいしいパンなんですよ」

家畜農家さんは森で採れた大量の木の実やキノコなどと交換で、仔牛の腸内物質を快く提供してくれる。

ただ、酵母の管理が大変で、気付けば駄目になっていたということも少なくない。村では地下に穴を掘って、大切に保管している。

幸い、寮の食堂には大きな地下倉庫があるので、そこに置かせてもらっていた。毎日見守っている物なので、帰ってきた時にきちんと生きているか心配だったけれど、問題ないようだった。

ふっくら柔らかで、長期保存を可能にするパンの秘密は酵母と乳酸菌の共生にあるのだ。整腸作用や免疫力向上などの効果もあり、健康にもいい。

ただ、パン生地が通常のパンよりも柔らかく扱いにくい。だから、村の女性は面倒に思って作りたがらないのだ。

私はそこまで苦手ではないので、一ヶ月に一度作るくらいならば、別に問題はない。

「では、楽しみにしていますね」

「任せてください！」

青果、瓶詰め、乾物とさまざまな店の前を通り過ぎていく。

食料街の端が肉屋となっている。

いろんな種類のお肉が店先に吊り下げられており、圧巻の一言であった。

「あ、リスリス衛生兵、ちょうどお肉のセールをやっていますよ！」

店員がオススメしているのは、三角牛《カローヴァ》――額に三本の角がある牛の、脂身の多い部位である。

「ウルガス、ちょっと待ってください。干し肉を作る時、脂身は全部削ぐので、なるべく赤身の多い部位にしてください。それと、三角牛《カローヴァ》の干し肉は確かにおいしいと聞きますが、素人向きではありません。それに、脂身を取ったら食べられる量は僅《わず》かです」

村では山鹿肉で作っていた。一番おいしいのは猪豚《スース》。家畜を飼っていない村では高級品である。

「あ、猪豚《スース》の塊、安いです。こっちにしましょう」

猪豚《スース》は牙が長い家畜。見た目は怖いけれど、おいしいお肉だ。

市場で売っている猪豚《スース》肉は行商人が売っていた値段の半額以下。ぼったくり価格だったことを今になって知った。絶対に許さん。

怒りはとりあえず忘れることにして、予算が許す限りの肉塊を購入する。今まで牛肉を買っていたので、意外と安く済んだらしい。

買い置きの調味料は塩と胡椒があるとか。

砂糖と香辛料を数種類、それから葡萄酒を二本購入した。

購入した品物を持って騎士舎へ戻る。

悪くならないうちに、ちゃちゃっと加工に取りかかる。

第二遠征部隊騎士舎の簡易台所で調理を開始した。助手はウルガス氏。手を綺麗に洗い、髪を纏め、エプロンをかけてから作業を始める。

「まず、肉の表面にフォークを刺していきます」

肉全体に塩などが行き渡るようフォークで穴を空ける。それに塩、粉末香辛料と乾燥香辛料を振りかけ、しっかり揉んでいくのだ。あとは清潔な革袋に入れ、氷室の中で七日ほど保管。その間、ひっくり返したり汁気を拭き取ったりする。

「結構時間がかかるんですね」

「ええ、手間がかかります」

塩漬けに七日、塩抜きに半日、乾燥に一日、その後、数時間燻製させれば完成。

「ってな感じで、完成はしばらく先ですが」

「なるほど」

手帳に作り方を記している。ウルガスは勉強熱心な青年であった。

「保存食って、他にどんな物があるんですか?」

「保存食とは言いませんが、乾燥果物入りのケーキは一、二ヶ月日持ちしますし、日が経てば経つほどおいしくなります」

他に、キノコも乾燥させれば長期保存も可能となる。スープのいい出汁になるのだ。

「なんか、遠征先でもおいしい物食べたいですよね〜」

夢を語るようにウルガスが言う。すぐさま同意する私。

辛い遠征で、食事が楽しめるように、いろいろと考えたいと思った。


今日は掃除と干し肉作りで終わってしまった。

干し肉は完成まで十日ほどかかるので、それまでに遠征が決まらないことを心から願う。

外での任務にはバラつきがあるらしい。

帰って休む暇もなく魔物退治を命じられたり、一ヶ月まるまるなかったり。

明日は天然酵母パンを焼こうと思う。厨房のかまどを借りたいけれど、どこか貸してくれるだろうか。食堂は、難しいだろうなあ。

あと、保存食の種類を増やしたい。パンと干し肉だけでは物足りないだろう。

燻製肉に、ビスケットなども日持ちする。ジャムとか、肝臓のパテとかもパンに塗ったらおいしいだろう。けれど、瓶は荷物になるかな？　野菜のオイル漬けとかもあったら、遠征先でも栄養不足に悩まなくても良さそうだ。

あ、あと、二枚貝のオイル漬けもいい！　あれはおいしい。

森に住むフォレ・エルフにとって、海の魚介は高級品だ。これも、市場で安く手に入ったりするのだろうか。今度、調査に行かなければ。

果物を蜂蜜《ミエレ》漬けにしたり、乾燥果物を作ったり。なんか、だんだん楽しくなってきた。遠足気分じゃないいんだけど。

私が能天気に食べ物のことばかり考えられるのも、第二遠征部隊のみんなが強いからだろう。

頼りにしている。

太陽が茜色になったら、終業の時間となった。再び隊長の執務室に戻って、終礼をする。

「特に話すことはない。解散、と言いたいところだが……ベルリー」

ベルリー副隊長から何かお話があるらしい。はてさて、いったい何事か。

「今日は、新しい仲間であるリスリス衛生兵の歓迎会をする」

びっくりして、耳がぴくんと跳ねた。

きょろきょろと周囲を見ても、みんな落ち着いた様子でいる。どうやら、知らないのは私だけのようだ。

「リスリス衛生兵、予定は大丈夫だろうか？」

「はい、問題ありません！　その、嬉しいです！」

まさか歓迎会を開いてくれるなんて。目頭が熱くなってしまった。

ここに来るまで、フォレ・エルフだからと仕事を断られてきた。王都で働くなんて無理なんだと思う日もあったけれど、こうして温かく迎えてくれる場所がある。仲間だと認めてくれる人達がいる。本当に、ありがとうと、心からのお礼を言いたい。

「じゃあ、さっそく行こう。店を予約している」

「あ、ありがとうございます。私なんかのために……！」

「気にするな、たまにはぱっと盛り上がりたくもなる」

騎士隊の制服のまま、街に繰り出す。

夕方はお昼過ぎに来た時よりも、人通りが多かった。みんな、大きな荷物を持って忙しなく移動している。

それにしても、さまざまなお店があったりして、見ているだけでも飽きない。

ベルリー副隊長が、おいしい菓子屋や喫茶店など、いろいろと教えてくれた。

「リスリス衛生兵、食べられない物とかあるか？」

「いいえ、まったく」

お肉も野菜もお魚も、すべて好物です。

大家族で育ったので、食い意地が張っていた。野菜の皮や根も食べていたし、森の樹液を採取して飴を作ったこともある。

大きくなったら小さな妹や弟達に譲らないといけないので、森に木の実を採りに行って、小麦粉にかさ増しをしビスケットを焼いたりしていた。それも、同じく空腹の妹弟達にあげたりして、あまり私の口に入らなかったんだけれど。

「リスリス衛生兵、今日はいっぱい食べろ」

「俺の肉も食べていいので！」

軽く身の上話をしたら、ベルリー副隊長とウルガスが同情してくれた。よくある話だと思っていたけれど、王都ではあまり聞かない話みたいだ。

そんなことをしているうちに、歓迎会の会場に到着した。大変混雑している人気店のようだ。

店内の客はほとんど騎士。

「いらっしゃいませ～！　あ、クロウ！」

金髪に青い目、すらりと背の高いお姉さんが私達を出迎えてくれる。長い髪は高い位置に結んでいて、唇の下にあるホクロが大変色っぽい。

お姉さんはルードティンク隊長の腕に抱きつき、久々だと言っていた。どうやら、第二遠征部隊の隊員達はここの常連らしい。

しかし、あんなに美人のお姉さんに抱きつかれても無表情なルードティンク隊長がすごい。

王都では山賊系男子がもてはやされているのだろう。

「ガルも久々ね！」

そう言いながらお姉さんは、ガル、ウルガス、ベルリー副隊長と、次から次へと抱きしめていく。どうやら、博愛主義なお方らしい。抱きしめられた面々は、揃って無表情だった。はて？

ベルリー副隊長が私の紹介をしてくれた。

「ザラ、この子が新しい隊員。衛生兵のメル・リスリス」

「あら、フォレ・エルフじゃない！　珍しい」

「どうも、はじめまして」

「私はザラ・アートよ」

「ザラさん、ですね」

手を差し出せば、ぐっと掴まれてそのまま引かれる。

「うを！」

なぜか、私まで熱い抱擁を受けた。

「……ん？」

なんか、女性にしては体が硬いような……？

「すっごく可愛い……」

それに、女性にしては低く、掠れた声で囁かれる。

可愛いとか言われたことがないので、照れてしまった。

もうそろそろいいだろうと思い、体を離そうとしたのに、がっちりと抱きしめられていて動かせない。これは、いったいどうしたものか。

「ザラ、それくらいにしておけ」

ルードティンク隊長が止めてくれた。ザラさんは「ごめんなさい、つい……」とか言いながら、離してくれた。

「こいつはすぐ他人に抱きつく。注意しておけ」

「クロウ、私の抱擁を災難みたいに言うなんて、酷いわ」

「災難以外に何がある！　男の抱擁で喜ぶ男がいたら紹介してほしい」

「ここのお客さんは私の抱擁を喜んでくれるのに……」

なんか、男とかなんとか、聞き捨てならないことが聞こえたような……？

ちらりと姿を確認する。パチンと片目を瞑って返された。どうしていいかわからず、苦笑いを浮かべてしまう。

「こいつは男だ」

「ええっ、ザラさんは、男性⁉」

「そうだ。元騎士で、『猛《たけ》き戦斧《せんぷ》の貴公子』と呼ばれていた」

「ひえ～～」

どこから驚けばいいのかわからない。

綺麗な女性にしか見えないけれど、確かに背は高いし、声も低い。胸は硬かった。

今は騎士隊を辞めて、ここの食堂で看板娘（？）をしているらしい。

「メルちゃんみたいな娘《こ》がいるのならば、私も復職しようかしら」

その呟きに反応したのは、ベルリー副隊長。

「本当か？　ザラがいたら私も助かる。うちは戦力に偏りがあって、困っているのだが」

「あ、でも、遠征は嫌かも。お風呂に入れないし、兵糧はおいしくないし」

ちなみに、ザラさんは第一王女様の王族親衛隊にいたらしい。遠征はないけれど、いろいろと思うところがあって辞めたとか。

「まあ、お風呂は仕方がない。だが、食事はリスリス衛生兵が改善してくれている。この前食べた、兜を鍋代わりにして作ったスープはおいしかった」

「ふうん」

ちらりと、ザラさんは私を見る。何かと思ったら、想定外のことを言ってきたのだ。

「私を満足させる保存食料理を作ってくれたら、遠征部隊に入ってあげる」

なんだ、この挑戦状を突き付けられたような展開は。それを聞いたベルリー副隊長は喜んでいた。

「ザラが入ってくれたら百人力だ！　リスリス衛生兵、頑張ろう！」

「え、あ、はあ……」

なんかよくわからないけれど、目指せザラさんの入隊ということで、料理を作ることになった。

まだ保存食も揃っていないし、挑戦はしばらく先になりそうだけど。

「あ、ごめんなさいね、話し込んでしまって。奥に席を用意してあるから！」

どんちゃん騒ぎをしている場所から奥に進み、静かな部屋へと案内される。

料理はオススメコースらしい。

「まずは、乾杯としよう」

私はお酒が飲めないので、果実汁を用意してもらった。乾杯の音頭はウルガスが取る。

「では、新しい仲間、リスリス衛生兵の入隊を祝して！」

木のカップを掲げ、乾杯する。葡萄の果実汁は甘酸っぱくて、とてもおいしかった。

その後、どんどんと料理が運ばれる。

ザラさんが持って来てくれたのは、丸皿に盛り付けられた大きなパイ。表面の生地はふっくらと膨らんでいて、おいしそうな焼き色が付いている。

「メルちゃん、これ、うちのお店の名物なの」

三角牛《カローヴァ》の肉包みパイというものらしい。五人分なので、私の顔よりも大きい。ザラさんがナイフを入れたら、じわりと肉汁が溢れてくる。

取り皿に載せてもらい、ナイフとフォークを手渡された。

あとから、蒸《ふか》して潰したお芋を添えてもらう。これもまた、薬味が混ざっていておいしそうだ。

すぐに食べたいけれど、まずは神への感謝のお祈りをしなければ。

――神様、素晴らしい食事をありがとうございます！　この料理が、体の糧から心の糧になりますように！

ちなみに、祈りの内容は日々様々。大切なのは信仰心なのだ。

お祈りを終えたので、さっそく三角牛《カローヴァ》のパイをいただくことにする。

ナイフを入れたら、生地がさっくりと割れる。中の挽肉はトロトロになるまで煮込まれているようだ。一口大に切り分けて食べる。

「熱っ……！」

焼きたてなので、あつあつ、はふはふと、口の中で冷ましつつ、じっくりと噛みしめる。

「むっ⁉」

ぎゅっと、眉間に皺を寄せる。そして神経を研ぎ澄まし、もぐもぐとじっくり味わう。

うまい、ただただ、うまい。

まず、バターの豊かな風味に驚く。パイの生地だけでなく、お肉にも下味として付いているのだろう。それから、香辛料でしっかりと味付けされたお肉のおいしさたるや。臭みとかまったくなくて、ひたすらにうまいとしか言いようがない。

添えてあった芋と肉を一緒に食べると、薬味の風味で味わいが変わる。コクがさらに極まっているような。おいしい。夢中でパイを食べる私に、ベルリー副隊長が優しく問いかけてきた。

「リスリス衛生兵、うまいか？」

「おいひいれす……！」

舌がとろけているので、上手く喋れない。そのあとに運ばれて来たスープも、木の実とお肉の炒め物も、魚の蒸し煮も、すべておいしかった。

王都に来てよかったと、心から思える料理である。給料が出たら、また来たい。

＊

楽しい歓迎会から一夜明ける。

本日はルードティンク隊長に、保存食の準備と保管庫の整理を命じられた。

保存食を増やすのはいい。でも、その前にすることがある。それは、ウルガスが頑張って作ったパンとお肉の保存食の処分である。もちろん捨てるなんてことはしない。そんなことをすれば、罰《ばち》が当たってしまう。

「で、リスリス衛生兵、どうするんですか、これ？」

「もちろん、頑張って食べるのです！」

幸い、遠征帰りなので、在庫はそこまで多くない。そこで、昼食は干し肉と乾燥パンを使った料理にする。

「というわけで、保存食を使って昼食を作ります」

ウルガスは「お～！」と言って、手を叩く。

この保存食消費については、きちんと計画を立てていたのだ。

どんと、机の上に革袋を四袋置く。

「一袋目と二袋目は、こちら」

「葉っぱと、芋……ですね」

「ええ、そうです」

食堂では使えない物を安価で譲ってもらったのだ。

「三袋目は、これです」

「肉の、脂身ですか」

「正解です」

お肉の脂身、もれなく全部捨ててしまうそうな。もったいない。これも、立派な食材だ。

そして、最後は夜の食堂で私が作った物だ。

「おお、パンですね！」

「ええ、天然酵母のパンですよ。みなさんのお口に合えばいいのですが」

久々に作ったので、形がいびつになったけれど、まあまあな出来栄えだ。

腕を捲り、髪を整え、エプロンをかけて調理開始とする。

「では、ウルガスはこれを粉末にしてください」

「あ、はい」

手渡したのは不味い乾燥パン。金おろしでパン粉を作るように頼む。パンが硬いので、結構な力仕事だろう。頑張れ、青年！

その間、私は大量の芋を綺麗に洗って鍋で煮る。さらに、昨晩水で戻しておいた三角牛《カローヴァ》の干し肉と脂身を角切りにして、臭み消しの香草を揉みこむ。

三角牛《カローヴァ》、あまり食べたことがないんだけど、干し肉にして水で元の柔らかさに戻るのがすごい。この牛の特徴だろうか。それか、ウルガスの独特な干し肉作りのおかげか。普通のお肉ではこうはいかない。

お肉に塩コショウを振って、炒める。

ジュウジュウという焼ける音と、香ばしい匂いがふわりと漂ってきた。これだけでもおいしそう。

焼けたお肉はそのまま放置。粗熱を取る。

次に、煮ていた芋を鍋から取り出し、湯切りする。

野菜の皮は栄養があるので、剥かずにそのまま食べるのだ。ほかほかの芋に塩コショウで濃い目の下味を付け、麺棒で潰す。

「肉と芋……うまそうですね」

「間違いなく、このままでもおいしいです。それはそうと、パンはおろせましたか？」

「いや、まだです。その、頑張ります」

ウルガスはきつそうに、パンをおろしていた。きっと、ものすごく硬いのだろう。

可哀想なので手のひらに潰した芋を広げ、その上に肉を載せて軽く丸めた物をウルガスの口に持っていく。

「う、うま……！」

「これ、今からもっとおいしくなるんですよ」

「楽しみです」

パン粉は、乾燥させた香辛料を混ぜる。これで酸っぱい風味も和らいでいるはず。

次は成型作業に取りかかる。潰し芋を手のひらに取って平らに伸ばし、中に肉を入れて包み込む。

一人五個ほど食べられるだろうか。調理中崩れないように、空気を抜いてしっかりと握っていく。

成型が終わったら、溶いた卵に潜らせ、ウルガスが作ってくれたパン粉をまぶす。

あとは油でサックリ揚げるだけ。

鍋は厨房で使っていない物を借りた。油は自腹で購入。あとで隊長に請求できるらしい。

卵は食堂でお皿洗いを手伝ってもらった物だ。抜かりはない。

ジュワジュワと揚がっていく様子を、ウルガスは不思議そうに眺めていた。

「これ、なんて料理ですか？　初めて見ます」

「えーっと、コロッケじゃなくて、クロケット、でしたっけ？　すみません、記憶があいまいで」

昔、他所の村のお祭りに行った時、出店で食べたのを覚えていたのだ。

作るのは今日が初めてである。

こんな大量の油を使う料理なんて、贅沢過ぎて実家ではできない。

油を切ってお皿に載せると『残り物のクロケット』の完成！

葉野菜を添えれば、彩りも美しい。香辛料を振って揉んであるので、パンと一緒に食べてもおいしいのだ。

　パンはふかふか過ぎるので、潰して焼いた。

　私はふかふかパンも好きだけど、パンは硬いのが王道！　という派閥もあるので、二種類用意してみた。

　ちょうどお昼になったので、隊員を呼んで休憩室でいただくことにする。

　みんな、突然の料理に驚いていた。

　干し肉と乾燥パンを使ったことは黙っておく。

　まずはお祈り。

　この静かな時だけ、みんなは正統派の騎士に見える。尊い時間だ。

　祈りが終わると、ベルリー副隊長より質問を受けた。

「リスリス衛生兵、これは？」

「クロケットとパンです。たぶん、一緒に食べたらおいしいかと」

　結構下味を付けているので、ソースがなくてもおいしいはず。たぶん。

　硬いパンと柔らかいパンがあると言ったら、ルードティンク隊長とガルさんは硬いパン、ベルリー副隊長とウルガスは柔らかいパンを手に取っていた。各々クロケットをフォークで突き刺して、パンに載せている。私も柔らかいパンを取って、葉野菜を載せて、クロケットを挟んだ。

クロケットはこの辺りでは食べられていない物のよう。

「芋は煮て潰すか、スープの具に入っているくらいですね」

「そうなんですね」

まあ、うちの村でもそんな感じだった。雪が降る前の芋掘りは、寒くて手がかじかみ、地味に辛かった。そんな記憶を蘇らせる。

「掘りたての皮の柔らかい芋に切れ目を入れて、暖炉の上に置いた網で焼いた物は震えるほどおいしかったんですよね……」

「いいですねえ……」

こっそり確保していたバターやチーズを載せて食べるのだ。

そんなことはどうでもいいとして。温かいうちに、クロケットパンを頬張る。

「むむっ！」

クロケットはサクサク！　パンはふっくら柔らかな優しい口溶け。シャキシャキな葉野菜の歯ごたえもいい。香辛料が利いているからか、乾燥パンの酸っぱさはほぼ感じない。

皮付きの芋はほくほくで、ほのかに甘味がある。脂身入りのお肉は肉汁がじゅわっと溢れる。それが芋にしみ込んでいて、それがまたおいしいのだ。パンとクロケットの相性は抜群としかいいようがない。想定以上においしかったので、ついつい口元が緩んでしまう。

私が食べるのを見て、みんなも食べ始めた。

「うわ、おいしい！　想像以上だ！」

ウルガスは目元に涙を浮かべ、私に嬉しい感想を言ってくれる。

「頑張ってパン粉作りをした甲斐がありました」

「ええ、大変助かりました。私一人では、作れなかったでしょう」

ルードティンク隊長やベルリー副隊長、ガルさんもおいしいと言ってくれた。

処分に困っていた保存食だけど、上手く活用できた。ホッと安堵の息を吐く。

食事を終え、材料費をルードティンク隊長に手渡したら、顔を顰《しか》めていた。

「おい、野ウサギ衛生兵。昼の食費、安過ぎないか？」

最近、ルードティンク隊長は私を野ウサギから、野ウサギ衛生兵と呼ぶようになった。

ほとんど変わってないじゃんって。まあ衛生兵がついているだけいいけれど。

そんなことはさておいて、話を昼食代に戻す。

「一部、自己負担しているんじゃないだろうな？」

「いいえ、そんなことないですよ。きっちり、請求させていただきました」

疑いの目がザクザクと突き刺さる。仕方がないので、ルードティンク隊長にのみ種明かしをする。

「クロケットの材料、厨房でもらったクズ野菜と、廃棄予定の脂身、それから、保存食の干し肉と乾燥パンを使ったんです。芋は買いましたが、市場の半値以下らしいです」

かったと。
「保存庫を綺麗にしたかったので、処分料理というわけです」
ルードティンク隊長は驚いていた。一部廃棄食材で作った物には思えないくらいおいし
「なんだと？」

むふふと、してやったりな笑いがこみ上げてくる。
保存庫も綺麗に掃除できたし、料理はおいしかったし、大満足な一日だった。
明日は保存食作りの計画を立てて……そうそう、衛生兵としてのお仕事もしなければ。
料理ばかりしているので、自分の立場をたまに忘れそうになる。
包帯の確認や、傷薬の整理整頓、薬草の選別など、やることは山のようにある。
頬を叩いて気合を入れ直し、明日の仕事に備えることにした。

巨大魚の蒸し焼き、葉っぱに包んで

保存庫の整理整頓を終え、干し肉とパンの保存食が揃いつつある中で、遠征の任務が飛び込んでくる。まず、衛生兵の荷物鞄を掴んだ。一応、中身の確認をする。

白手袋に包帯、三角巾、綿、消毒液、眼帯、はさみ、毛抜き、治療用裁縫道具。薬品は、痒み止め、目薬、喉飴、湿布、傷薬など。あとは、魔道具である水質検査機。これらは騎士団で支給されている衛生兵の持ち物である。それに追加して、村で作った軟膏や、薬草湿布などを用意して鞄に詰め込んだ。

次に保存庫まで走る。

予定は二日らしい。が、念のために三日分のパンと干し肉を詰め込んだ。

パンはふわふわなのでかさばる。重くはないけれど、これは難点か。

果物の砂糖煮《メルメラーダ》と蜂蜜《ミエレ》、オリヴィエ油も入れておく。作る暇がなくて市販品だけど、きっとパンに塗ったらおいしいはず。そう思って詰めたけれど、重たくなったので、果物の砂糖煮《メルメラーダ》は置いていくことにした。

人数分の水を用意して、薄荷草《ミンツェ》と柑橘を絞った汁を垂らす。

薄荷草《ミンツェ》には消化促進や不眠解消の効果があり、柑橘汁には疲労回復、風邪予防などがあるのだ。

この前、支給された水に妙な薬草が入っていたので何かと聞いてみると、適当な薬草を乾燥させて入れていた事実が発覚した。なんて雑な仕事を……。なんでも、水が腐らないように、殺菌効果のある薬草を前の衛生兵から入れるように言われていたらしい。指示をするのならば、薬草の種類まで指定すればいいものを。今回は私がいつも実家で飲んでいた、柑橘薄荷水を作ってみたのだ。さっぱりしていて飲みやすいはず。

救急道具が入った肩かけ鞄を下げ、食材が入った鞄を背負う。

集合場所に辿り着いたのは最後だった。

「遅い、野ウサギ衛生兵！」

「すみませ～ん！」

調理場にお鍋を取りに行ったら遅れてしまった。鍋は背中の鞄に重ねるようにして背負う。

これは、食堂のおばちゃんからもらった廃棄予定だった鍋。結構重いけれど、背中を守る盾になってくれそうだ。

「なんだその鍋と大荷物は。遠足に行くんじゃないんだぞ」

やっぱり食材の持ち込みは多かったようだ。でも、持ち歩くのは私なので、いいではないかと主張する。ルードティンク隊長は山賊のような顔を顰め、呆れたように言う。

「お前ではなく、馬が疲れるんだ」

荷物と言っても、パンがふわふわでかさばっているのだ。そこまでの重量はない。荷物を減らされないように、必死の抵抗をする。

「おいしくて、温かな食事は健康にとってもいいので！」

実を言うと、健康的な効果はよく知らない。でも、おいしい食事が食べられるとわかったら、仕事にも精が出るだろう。たぶん。

ルードティンク隊長はジロリと山賊的な鋭い視線を向けてきた。思わず私はたじろいでしまう。けれど、ベルリー副隊長が助け船を出してくれた。

「ルードティンク隊長、リスリス衛生兵の言うことは一理ある。遠征の初日と最終日では、疲れ方が違う。きっと栄養が足りていないのかと」

「……そう、だろうか？」

ウルガスやガルさんも頷いてくれた。

「だったら、今回の遠征で証明してみろ」

「もちろんです！」

元気よく返事をして、やる気を示す。

ここで、今回の遠征の任務内容が話された。場所は王都より南方に五時間ほど走った先にある森。

そこに、角蜥蜴《ラケルタ》という魔物の群れが来ているらしい。数は三十ほど。三分の二ほど討伐すれば任務は完了となる。二日ほどで終わるだろうと、ルードティンク隊長は目星を付けているのだ。

厩から馬を連れてきて、跨ろうとしたら――。

「……うん？」

鐙《あぶみ》を踏もうと足を上げたら、背後に倒れそうになってしまった。

もしかして、鍋が重すぎるから？

食堂のおばちゃんも言っていたのだ。この鍋は重くて、振りにくいと。

背負っているとそうは思わないのに。鞍にどうにか吊るせないだろうか。

「おい、野ウサギ衛生兵、何をしている！」

「す、すみませ～ん！」

早く乗らなければ。鍋を置いていけと言われてしまう。もう一度、挑戦しようとしたら、私の体は宙に浮いた。

「ひゃ！」

驚いた。狼獣人のガルさんが私を持ち上げ、馬に乗せてくれたのだ。

「あ、ありがとうございます！」

お礼を言うと、コクリと頷いてくれた。ガルさんは無口だけど、すごく優しいのだ。

あまりにも喋らないので、最初は何を考えているかわからない時もあった。けれど、私は発見したのだ。嬉しい時は尻尾が僅かに動き、嫌な時は尻尾が垂れる。よくよく見たら、目もキラリと輝くことがあったり、しょぼんとする時があったり、表情は豊かなのだ。

私は去りゆくガルさんにお礼を言う。

やっとのことで出発となった。先頭がルードティンク隊長、二番目にウルガス、三番目に私とガルさんが並び、一番後ろはベルリー副隊長。

途中、湖の畔《ほとり》で休憩をする。

ベルリー副隊長とお花摘みに行く途中に冬苺《フレサ》が生っていたので、摘んで革袋に入れた。ついでに花薄荷《オレガノ》も発見したので、摘んでおく。

湖に戻ったら、ルードティンク隊長は草の上に寝転がり、ウルガスは弓矢のお手入れをしていた。

ガルさんは目を閉じて、瞑想？　だろうか。

「ウルガス、冬苺《フレサ》食べますか？」

「あ、食べます」

ざらざらと、摘みたての冬苺《フレサ》を手のひらに置いていく。

「ルードティンク隊長は？」

目も開けずに返事をしてくれる。

「酸っぱいのは苦手だ」

「熟しているのを選んで摘んできましたが」

「いい」

「さようで」

ベルリー副隊長とガルさんにもわけた。私も口の中へと放り込む。厳選しただけあって、甘酸っぱくておいしい。

それにしても、綺麗な湖だ。眺めながら冬苺《フレサ》を食べていると、手から落としてしまう。

「あっ！」

気付いた時には、ぽちゃんと水面に落ちてしまった。

そこで、思いがけないことが起きる。水面にゆらりと波紋ができたと思っていたら、落とした冬苺《フレサ》を食べに大きな魚が飛び出してきたのだ。

「うわっ!!」

その魚を見た瞬間、咄嗟に叫んでしまう。

「あれ、高級魚ですよ!!　食べたい!!」

私の心からの叫びに、ガルさんが反応してくれた。手元にあった槍を構え、一メートル半ほどの巨大魚に向かって投げる。

「おお！」

見事、槍は魚に突き刺さった。槍に紐を付けていたようで、ぐいぐいと傍に寄せる。

バシャバシャと暴れる魚。しかし、ガルさんは腕を引き畔のほうへぐっと引いた。

魚の最後のあがきもすごかったけれど、ガルさんの腕力もすごかった。

魚は陸へ上がり、びちびちと飛び跳ねている。

「わあ、やった‼　ガルさん、天才‼」

私も魚の横で、飛び跳ねて喜んでしまう。

この魚は湖にのみ生息する魚で、森の主とも呼ばれている。大昔、祖父が食べたことがあるらしく、あまりにおいしかったので、絵に描いていたのだ。

まさか、王都付近の森で出会えるとは。

「すごいですね！」

「はい」

ウルガスも近づき、感心している。ルードティンク隊長が少し早いけれど、昼食の時間にすると言う。

「いいんですか⁉」

「ああ。このデカい魚を持ち歩くのは少々面倒だからな」

確かに、この大きさの魚を入れる革袋はない。ルードティンク隊長から許可が出たので、さっそく調理に取りかかる。先ほど森の中で大きな葉っぱを見つけたので、ウルガスに取りに行ってもらうようお願いした。その間、魚を捌く。

まず、頭を落とす。調理用ナイフを取り出し、エラ部分に刃を入れたが……。

「ぐぬぬ、ぐぬぬぬぬ！」

ナイフが小さいからか、はたまた魚が大きいからか上手く切れない。苦労していたら、隣から声がかかる。

「野ウサギ衛生兵、貸せ」

「あ、ありがとうございます」

ルードティンク隊長がすっぱりと、頭を切断してくれた。ついでに、他の部分も切ってくれるらしい。

「お前が捌いていたら、時間がかかる」

「ありがとうございます！」

頭部を落としたら、次はお腹を開く。お尻の穴に刃を入れて、頭のほうに滑らせるのだ。

「くそ、切りにくい」

「あ！」

「どうした？」

「いえ、順番を間違えました」

魚のエラを持って、お腹を開く、だったような。

「おい！」

「すみません、森育ちで、魚を捌いたことがあまりなくて」

重ねて謝罪をした。

お腹を開いてもらい、内臓を取って湖水で身を洗う。ここで血が残っていたら、食べた時に臭みを感じるので、丁寧に洗った。

魚のお腹には先ほど摘んだ花薄荷《オレガノ》や、この前採って乾燥させていた薬草ニンニクを詰める。

表面には、塩コショウを多めに振った。

あとは、ウルガスが持って来てくれた大きな葉に包んで、蒸し焼きにするだけ。

火を熾こし、鍋を置いてその上に葉に包んだ魚を載せる。

蒸し上がるのを待つ間、熟れていない酸っぱい冬苺《フレサ》でソースを作った。潰して、香辛料と塩コショウで味を調《ととの》えるという簡単な物。白身は味が淡泊なので、お好みでかけてほしい。

じっくり火を通したら、『巨大魚の蒸し焼き』の完成だ！

大きな葉っぱをお皿代わりに、いただくことにする。

食前の祈りを終え、いざ、実食！

まず、包んでいた葉っぱを開いた。湯気が上がり、香草のいい香りが漂う。

ナイフを入れたら、ふんわりと解《ほぐ》れた。一人一人、葉っぱのお皿に取り分けていく。

硬いパンが好きな人のためには、ふわふわパンを潰して焼いたものを用意しておいた。

パンに魚を載せ、冬苺《フレサ》のソースをかける。口いっぱいに頬張ってしまった。

おいしい！

魚はまったく臭みがなくて、ふっくらしている。噛めばじわりと、脂から甘味が溢れてきた。甘酸っぱいソースも、魚の旨みを引き立てている。

瞼を閉じて、しみじみ味わう。そのほうが、五感が冴えわたるような気がするのだ。

みんな、無言で食べていた。おいしい物を食べると、こういう風になってしまうのだ。

さすが、伝説の魚と言いたい。

大満足の昼食であった。

＊

森に入る前に馬を広場に置き、角蜥蜴《ラケルタ》探しに出かける。私は足手まといになるので、お馬さんと一緒にお留守番。

周辺には聖水を撒いてくれた。これをすると、魔物が近寄って来ないのである。

ベルリー副隊長が私に言い聞かせるように、注意事項を述べる。

「もしも魔物が来た場合、聖水を頭からかぶって、蹲《うずくま》っておくように」

「わかりました」

小瓶の中身の聖水。値段を聞いたら卒倒しそうになる。私の給料一ヶ月分くらいらしい。

けれど、命には代えられないのだ。

ガルさんは予備の槍を貸してくれた。とても優しい。

みんな、いい笑顔で角蜥蜴《ラケルタ》退治に行く。遠足みたい。どうやら、角蜥蜴《ラケルタ》を倒した分だけ、特別手当が貰えるとのこと。毎回、討伐数を競っているらしい。

だから、楽しそうだったのか。

一人になった私はその場で待機しているのも暇なので、ガルさんの槍を片手に近場を散策することにした。

お馬さん達は縄で繋いでいないけれど、いい子なので笛を吹いたら戻って来る。

放っておいても大丈夫だろう。そうして暇潰しの森散策に出かけたのだった。


森の中は豊かな自然が溢れていた。

周囲を取り囲んでいる木々のほとんどが常緑樹《じょうりょくじゅ》。ツヤツヤとした葉が、生い茂っていた。

入ってすぐに胡椒茸《ペペリ》を発見する。幸先がいい。もちろん採取する。そして、少し進んだ先に山栗《ルマロン》を発見。

周囲のイガイガをブーツで踏んで外し、実を取る。

木にも山栗《ルマロン》の実がなっていたので、ガルさんの槍で突いて落としたら、頭にイガイガが降ってきて、悲鳴を上げてしまった。欲張ろうとした罰だろう。

お皿代わりになる葉っぱを採取し、薪用の枝も集める。

気付いたら、背負っていた鞄がパンパンになっていた。お馬さんがいる広場に戻り、夕食の準備をする。

まず、山栗《ルマロン》を煮る。茹で上がったら渋皮を剥いた。これも捨てないで使う。沸騰したお湯に渋皮と砂糖を入れて煮込んだら、渋皮茶の完成。かなり渋いけれど、血液がサラサラになると前にお祖母ちゃんが言っていた。私はあまり好きじゃないけれど、隊員のみんなにはこれを飲んで健康になってもらおう。

栗の実は蜂蜜《ミエレ》と絡め煮にした。単独で食べてもいいけれど、パンに載せてもおいしいのだ。

次に、胡椒茸《ペペリ》と薬草ニンニク、唐辛子《ピマン》をオリヴィエ油で煮込む料理を作る。これも、パンに浸したらおいしい。

メインは、昼間に釣った巨大魚の頭部。これで、スープを作るのだ。

まず、巨大魚の頭部に香辛料を揉みこんでおく。臭み消しだ。次に胡椒茸《ペペリ》に薬草ニンニク、花薄荷《オレガノ》などを細かく切って炒め、鍋から取り出す。

それから沸かした湯の中に巨大魚の頭部を入れて、ひと煮立ち。余分な灰汁は匙で掬っていく。

湯が白濁色になれば、魚を取りだす。匙で頭部にある身をほじってスープに投下！

目もおいしいんだよね。ほじって入れる。あと、頬の身も忘れてはいけない。

ここが家であれば、乾かして粉末状にし、草花の肥料にする。けれど、ここではそんな加工などできないので、余った骨などはそのまま地面に埋めた。

スープの中に先ほどの野菜類を入れ、ルードティンク隊長の白ワインもドバドバ投下する。最後に唐辛子《ピマン》を入れたら、本日のメイン『巨大魚のお頭スープ』の完成だ。我ながら、頑張った。

暗くなったら、お馬さん達も火のあるほうへと戻って来る。いい子達だ。陽が沈む前に、騎士隊のみんなも戻って来た。

「もう、くたくたです～～」

ぐったりするウルガスに、憂いの表情を見せているベルリー副隊長。

「……」

相変わらず、無口なガルさんだけど、尻尾がしょぼんとなっているので、疲れているのだろう。

「腹減った」

そう呟くのはルードティンク隊長。私は「待っていましたとも」と返事をする。

鍋を囲み、夕食にする。

スープは木の器に注ぐ。最低限の食器を持ち歩くようになったのだ。

みなさん、食器を使ってお上品に食べましょう。私は今、第二遠征部隊の脱・山賊団を目指しております。

食前のお祈りを捧げ、いただきます。まずはスープから。

巨大魚は出汁もおいしい。あっさりめで薄味のスープだけど、ピリッとしていて体が温まる。

みんな、おいしそうに食べてくれて嬉しい。笑顔で食べてくれている姿を見ていると、私もにこにこしてしまう。

だが——一人だけ違う反応を示していた人が。

「うわ、な、なんで魚の目が入ってんだ!!」

ルードティンク隊長である。匙で魚の目を掬い、思いっきり顔を顰めていた。繊細なところがあるものだ。

「魚の目、プルプルしていておいしいんですよ。お肌もツルツルになりますし。お魚がごちそうであるフォレ・エルフの間では、目玉が一番人気で――」

「ば、馬鹿か‼　よく、こんな不気味な物を食べられるな」

「一度試しに食べてみてくださいよ」

「断る！」

他の人も、魚の目までは食べないと言う。異文化であったのか。ルードティンク隊長にいらないと言われる魚の目。おいしいのに。

巨大魚の物なので、大きいし、確かにちょっと不気味かも。

ウルガスやベルリー副隊長にも勧めてみたが、答えはやんわりと否。最後に、ガルさんにもどうか聞いてみる。断られるかと思っていたけれど、こっくりと頷いてくれた。

巨大魚の目玉が載った匙をそのまま口元へと持っていくと、ぱくんと食べてくれた。

もぐもぐと、咀嚼している。

どうかなと、ガルさんの尻尾に注目。

未知の味に緊張していたのか尻尾がぴーんとしていたけれど、しだいにゆらゆら揺れてくる。

目が合えば、コクコクと頷いてくれたので、おいしかったんだとわかった。よかったとひと安心。

みんなの疑惑の視線が和らぐことはなかったけれど。

今度から、魚の目玉はガルさんと楽しもうと心に誓った。

胡椒茸《べべり》のオリヴィエ煮はパンに浸して食べる。

薬草ニンニクの香りが引き立ち、胡椒茸《べべり》の旨みが濃縮されている。塩気もちょうどいい。

食後の甘味は山栗《ルマロン》の蜂蜜《ミエレ》絡め煮。甘くてほくほくでおいしいのだ。

食事が終わったら、渋皮茶を振る舞う。

みんな、眉間に皺を寄せながら飲む。不評だったけれど、健康にいいと言ったら我慢してくれた。

食後。各々自由行動となった。ガルさんは瞑想を始め、ウルガスとベルリー副隊長は武器のお手入れ。ルードティンク隊長は酒を飲みだす。

ウルガスはお酒が飲めないらしい。ベルリー副隊長は、任務中は飲まないようだ。私もお酒は飲めない。ガルさんは謎。酒瓶を持ち上げたルードティンク隊長はあることに気付く。

「なんか、酒が減っている気が」

「スープに使いました」

「なんだと⁉」

その重たい酒瓶を持ち歩いていたのは私だ。少しくらい使ってもいいだろう。

ベルリー副隊長も、まあいいじゃないかと言ってくれる。けれど、腑に落ちない様子のルードティンク隊長。

「でしたら今度、フォレ・エルフの村に伝わる秘蔵の蜂蜜酒《メロメル》をお返しするので」

「秘蔵酒か……」

「はい。おいしいみたいですよ」

蜂蜜酒《メロメル》は我が家のメイン酒であった。飲んでいたのは父と兄と祖父。

瓶の中に入れた水の中に蜂蜜《ミエレ》を垂らし、天然酵母を入れるだけ。寒い時季は香辛料などを入れる時もある。材料費があまりかからないので、貧乏人に優しいお酒だ。

「辛いのと甘いの、どっちが好みですか？」

「辛口が好みだ」

「了解です」

お酒の使い込みはなんとか誤魔化せたようだ。ふうと安堵の息を吐きつつ、額の汗を拭う。

ルードティンク隊長のお酒、途中で高級品だと気付いて静かに焦っていた。スープもおいしいはずだ。

「そういえば、角蜥蜴《ラケルタ》退治はどうだったんですか？」

「終わった」

「へ？」

「群れに出くわして、一気に殲滅できた」

「うわあ～～……」

みんなが疲れていた理由が明らかになる。

「それは、もう、大変お疲れ様でした」

「おかげさまでな。明日の朝には帰れる」

そう言って、ルードティンク隊長はごろりと転がった。私も、ベルリー副隊長の隣に転がる。

夜間は魔物の活動が活発になるので、遠征部隊の活動は禁止されているのだ。今夜はここで一泊しなければならない。

ふわあと欠伸が出た。よく眠れそうだ。空を見上げる。今日も星が綺麗だった。

＊

朝。ふと目覚めたら、ベルリー副隊長の顔が眼前にあってびっくりする。私は抱き寄せられ、守られるように眠っていたのだ。

「べ、ベルリー副隊長……」

「ん……、リスリス衛生兵、早いな」

「ええ、まあ」

そう言って、再度寝入ってしまうベルリー副隊長。どうやら低血圧のようだ。

周囲を見渡すと、夜明けから朝までの見張り当番だったウルガスが、片手を挙げて欠伸交じりの挨拶をしてくれた。

体をよじって起き上がる。食事の準備をしなくては。

ルードティンク隊長とガルさんも起きて来る。最後に、ベルリー副隊長ものろのろとした動きで起きて来た。朝食はパンと炙った干し肉。

干し肉は熱すると脂が溶けて少しだけ柔らかくなる。おいしい。

ウルガスも眠気まなこで、干し肉を齧っていた。

「うわ～～、リスリス衛生兵の干し肉おいしい～～」

「ありがとうございます～～」

感激で間延びした喋りになっているウルガスの言葉遣いを真似して返事をする。

「噛めば噛むほど味が滲みでてくるんですね」

「そうです。これが干し肉なんです」

この前食べた肉は、ただの乾燥肉だ。干し肉とは言えない。

スープの残りと一緒に食べて、朝食は終了。近くにあった川で鍋と食器を洗う。

こうして任務を終えた第二遠征部隊は、意気揚々と王都へ帰ったのだった。

＊

角蜥蜴《ラケルタ》退治から早くも一週間が経った。遠征がない日々は、訓練を重ねる毎日である。

そんな中で、驚きの知らせが届いた。

この前の角蜥蜴《ラケルタ》の迅速な退治の功績が認められ、我らが第二遠征部隊は表彰されるという。

遠征部隊は十七ほどあり、全隊員が集まる中で、ルードティンク隊長は賞状と金一封を受け取った。

ルードティンク隊長は今日のために、身綺麗な恰好で現れた。髭を剃っていたのだ。以前よりも、山賊力は減ったが、いかんせん、元の顔が怖いので、印象は大きく変わらず。

そして、明らかになるルードティンク隊長の実年齢。なんと、二十歳だったのだ。

それとなく行動が子どもっぽいので若いんだろうなと思っていたけれど、まさにその通りだったとは。けれど、なぜその若さで隊長職をと疑問に思う。

確かに強くて、統率力みたいなものはあるけれど、それだけでは隊長になれないような気がする。

現に、周囲の隊長はみんな、四十代くらいだ。うちの村もそうだけど、役職はだいたい年功序列なのだ。その疑問には、ベルリー副隊長が答えてくれた。

ルードティンク隊長のご実家は、大貴族様らしい。騎士団に所属するにあたって、相応しい地位にしなければならなかったとか。

あの、山賊隊長が大貴族のご子息だって⁉　跳び上がるほどに驚いた。まあ確かに、たまに紳士なところもあったけれど。

隊長も隊長でいろいろと悩みを抱えているらしい。やっかみとか、妬みとか受けていたのだろう。なんだか気の毒である。けれど、こうして今日、実力が認められて表彰された。

ルードティンク隊長の自信に繋がればいいなと思う。

そんなめでたい第二遠征部隊に、新しいお仲間ができるという。

「こんにちは、メルちゃん。お久しぶりね」

「え⁉」

突然、知らない男の人に挨拶される。

金色の髪を一つに纏め、騎士団の制服を華麗に着こなした貴公子、といった風貌をしている。青く澄んだ目を細め、華やかな笑みを浮かべている男性なんか知り合いでは――と、ここでハッとなる。口元にホクロがある、金髪碧眼の美人に、心当たりがあったのだ。

「あ、『猛き戦斧の貴公子』様‼」

「やだ、もっと可愛い愛称で呼んでほしいのに」

食堂で働いていた美しき女装男子、ザラ・アートさんだった。本当に復職するとは。

しかし、こうして騎士の恰好をしていたら、きちんとした男性に見える。貴公子と呼ばれているだけあって、かなりの男前だ。

食堂では美人なお姉さんにしか見えなかったが。いやはや、摩訶不思議。

「食堂はどうしたんですか？」

「最近、求婚されることが多くて、面倒になってしまって」

「おお……それはそれは」

「だから、ほとぼりが冷めるまで、騎士に復職することにしたの」

あれだけぎゅっぎゅと抱擁していたら、されたほうも気があるのではと勘違いしてしまうだろう。自業自得というか、なんというか。

しかし新しい仲間と言われ、はて？　と首を傾げる。確か、入隊試験をすると言っていたような。

「ええ、それはもちろん、するわよ」

なんでも、いろんな部隊に誘われているらしく、仮入隊をして気に入ったところに所属するらしい。ザラさんを欲しい部隊はいくつもあるとか。

「前においしい『遠征ごはん』を作るって言っていたでしょう？　本当においしいなら、

入隊しようと思って」

「そ、そうなんですね」

都合がいいことに、今日は、馬で一時間走らせた先にある平原で魔物退治をする。

楽しい楽しい遠征任務が入っているのだ。

「だから、メルちゃんのお食事、期待しているわね」

パチンと、片目を瞑りながら言うザラさん。思わず「うっ！」と、声を漏らしてしまう。

なんだか、責任重大のような。

始業開始の鐘が鳴ったので、慌ててルードティンク隊長の執務室に向かうことになった。

隊員達が一列に並び、ルードティンク隊長がザラさんを前に呼んで紹介する。

「仮入隊のザラ・アートだ。まだ仮入隊で、うちの部隊に入るかはわからん」

「みんな、よろしくね」

拍手をするベルリー副隊長に、苦笑いのウルガス、無反応のガルさん。

みんな、反応が違っていた。私は引き攣った笑みを浮かべつつ、軽く拍手をするに止《とど》めた。

朝礼が終わったら、遠征の準備に取りかかる。

私は救急道具の確認をして、保存庫の食料を鞄に詰めこみ背負う。鍋は鞍にぶら下げた。

今回は鐙を踏んで、馬に跨れた。

全員集合して、目的地である平原に向かう。

颯爽と馬を駆る第二部隊の面々。私は必死になってあとを追う。

今回も、途中にある湖で馬を休憩させた。

火を熾こして湯を沸かし、お茶の時間にする。お砂糖たっぷりの紅茶にビスケットを浸して食べるのは至福の時間である。

ザラさんは顔を洗っていた。手巾《ハンカチ》を差し出したら、笑顔で受け取ってくれた。

「ありがとう、メルちゃん」

「いえ」

綺麗に折りたたんで返してくれる。こういうところが、人間力が高いなと思ってしまう。

なんでも、五人いる姉妹の末っ子に生まれたザラさんは、お姉さま方より多大な影響を受けて育ったらしい。

「昔から、可愛い物とかひらひらな服とか大好きだったけれど、両親は何も言わなかったの。習い事をサボらなければ、なんでもしていいって」

どうやら、自由なご家庭でのびのび成長していたらしい。

「結果、こんな風になっちゃったんだけどね」

「でも、羨ましいです」

うちの村には、『こうあるべきだ』という生き方がある。それから外れてしまえば、ダメな奴の烙印を押されてしまうのだ。

「メルちゃんも、大変だったんだ」

「はい。でも、ここの部隊に来てから自由で、楽しくて……勇気を出して王都に出てきて、良かったなって」

「そう」

ザラさんは頭を撫でてくれた。女装している時ならまだしも、男性の恰好でそんなことをされてしまったら、照れてしまう。思わず目線を宙に泳がせてしまった。

「あ、そうだ！」

突然がさごそと、鞄をあさるザラさん。

「はい、メルちゃん。これ、あげる」

「なんですか？」

「森胡桃《ノワイエ》。非常食に持ち歩いていたんだけど」

「包装紙が可愛いですね」

「ええ、気分も上がるかと思って、可愛い包装紙に包んできたの」

「そういうの、大切ですよね」

「さすがメルちゃん。わかってくれて嬉しいわ」

包んであった花柄の紙を解く。出てきたのは、炒った森胡桃《ノワイエ》。遠慮なくいただく。

「どう？」

「おいしいです」

食べ過ぎには注意だけど、森胡桃《ノワイエ》は体にいい。滋養強壮作用、神経鎮静作用、老化予防、美肌効果などなど。非常食としては、素晴らしい選択だ。

ザラさんも一つ摘まんで口の中に放り込む。

「あら……ちょっと渋い」

「そうですか？」

村の森で採れる森胡桃《ノワイエ》はもっと渋苦かった。だから、ぜんぜん気にならなかったけれど、ザラさんはそうでもなかったらしい。

「でしたら、飴絡《キャラメリゼ》めしてみますか？」

「できるの？」

「はい、簡単ですよ」

森胡桃《ノワイエ》があまりにも苦くて食べられない場合、炒った実を飴絡《キャラメリゼ》めにして食べていたのだ。

小さな鍋を取り出し、水と砂糖を入れる。火にかけて、ふつふつと沸騰し、砂糖が溶けて飴色になったら森胡桃《ノワイエ》を入れる。仕上げに蜂蜜《ミエル》を垂らして絡めたら完成。

完成した森胡桃《ノワイエ》の飴絡《キャラメリゼ》めは、手のひらほどの大きさの葉っぱに盛り付ける。

しばらく乾燥させればカリカリになるのだ。

鍋を洗い、水を切る。そろそろ冷めただろうか。

「では、食べてみますか」

「ええ」

表面はカリッとしたキャラメル。中身はサクサクの炒った森胡桃《ノワイエ》。香ばしくて、上品な味がする。さすが、王都で買った蜂蜜《ミエレ》と砂糖。そして、ザラさんの森胡桃《ノワイエ》。素材の味の大勝利である。

おいしくって、両手で頬を押さえてしまう。

ついつい、ザラさんにもどうだったか聞いてみる。

「お口に合いましたか？」

「ええ、メルちゃん天才！」

「よかったです」

その後、甘い物の話で盛り上がる。街にはキャラメルパイが人気のお店があるらしい。中に木の実がぎっしりと詰まっているとのこと。

「へえ、おいしそうですね」

「でしょう？　今度、一緒に食べに行きましょうよ」

「いいんですか？」

「ええ。なんか、可愛らしい店内で、男一人だと入りにくいし」

「なるほど」

女装をすれば大丈夫のような気もするが、はてさて。

「良かった。元気になったみたいね」

「え？」

私がしょんぼりしているように見えたので、お菓子をくれたらしい。どうやら村のことを思い出し、感傷的になっていたようだ。ご心配をかけていた模様。

「ありがとうございます。お心遣い、嬉しかったです」

「いいの。ここの人達、雑でしょう？　繊細そうなメルちゃんが、心配だったの」

そんなことないですよ！　とは言えなかった。

ごめんね、みんな……。

しばらく休憩したら、移動再開。あっという間に平原へとたどり着いた。

改めて、任務内容について確認する。

「と、そういうわけだ。今すぐ討伐に向かう。野ウサギ衛生兵は――」

「隊長、その呼び方はないわ。野ウサギではなく、リスリス衛生兵よ」

ぴしゃりと、ルードティンク隊長の物言いを注意してくれるザラさん。なんていい人なんだと涙が出そうになる。

ルードティンク隊長は居心地悪そうな感じで、「すまない」ともごもご謝ってくれた。

それから、初めてリスリス衛生兵と呼んでくれる。

わかってくれたらいいのだよ、わかってくれたら。

その後、一瞬だけザラさんと目が合う。会釈をして、感謝の気持ちを伝えておいた。二人でにっこり笑い合う。

そして私は一人でお留守番である。今回は広い平原を探索するので、馬に乗って行くそうな。

ガルさんはまたしても予備の槍を貸してくれた。優しい。ありがたく借りることにする。

みんなを見送ったあと、私も愛馬に跨って食材を探しに出かけた。

今回はザラさんを唸らせる食事を用意しなければならないので、結構な責任感が。

平原なので、森ほど現地の食材は豊富ではない。

おいしい遠征ごはんを、ということなので、なるべく持ってきた食材はメインに使いたくない。

いい食材があれば、おいしい物を作れるのは当たり前のことなのだ。

サクサクとお馬さんと歩いていると、河川を発見する。

なんか、貝とか魚とか獲れないかなと、覗き込んだら、思いがけない出会いをする。

『ブオーン、ブオーン』と、三角牛《カローヴァ》のような鳴き声が聞こえたのだ。

「あ、あれは！」

私の手のひらよりも大きな蛙！　通称山蛙《フロッシュ》だ！

三角牛《カローヴァ》に似た鳴き声が特徴で、嬉しいことに食用である。森の散策で水辺に行けばたまに出会える、貴重な蛋白源《たんぱく》である。味は鳥に似ていて、結構おいしいのだ。

蛙と聞いて驚くけれど、言わなきゃバレない。肉質はほぼ鳥！

私はそろそろと河川の岩にいる山蛙《フロッシュ》に近づき、手を伸ばす。逃げ足が速いので、チャンスは一度きり。ドキドキしながら機会を見計らい――手で捕獲する。

「うおおおおお!!」

『ブオオン!!』

急いで持ち上げ、広げていた革袋に入れて口を閉じる。

見事、捕獲に成功した。拳を掲げ、勝利に酔いしれる。

ヌメヌメして気持ち悪いけれど、解体しなければ。素早く仕留めて、背中からナイフを入れ、内臓を取り出して洗う。ついでに血抜きも終わらせた。

まずは一匹。

隊員全員がお腹いっぱいになるには、全員分狩らなければならない。まだまだ、周囲から山蛙《フロッシュ》の鳴き声がする。頑張ったら、六匹くらい集まるかもしれない。

革袋に仕留めた山蛙《フロッシュ》を入れ、馬の鞍に吊るす。用心のために槍を構え、狩りを再開させた。

槍を片手に、耳を澄ます。

山蛙《フロッシュ》の鳴き声が聞こえたら、抜き足差し足忍び足で近づき、すかさず捕獲。

そんな水辺の狩りを繰り返す。

頑張れば人数分！　なんて目標を立てていたけれど、そう上手くはいかないわけで。

しかも、最悪なことに――。

「ひえっ‼」

岩場で足を滑らせ、川に転がり込んでしまった。

全身びしょ濡れなのは言うまでもなく。

浅いところだったのは幸いだけど、体を強く打ち付けてしまった。顔にも切り傷を作ってしまう。

痛い、地味に痛い。

岩場に転がっていた槍を回収し、馬のいるところまで戻って鞄を取る。

落ちたのが綺麗な川で良かった。汚い川だったりしたら、泥臭さが取れなかったことだろう。幸いこの辺りは温暖な気候なので、そこまで寒くない。雪が積もるような場所だったら、大変なことになっていた。

どこか陰になるところがないかと辺りを見渡す。大きな岩があったので、そこに隠れて着替えることにした。髪を拭いているうちにだんだんと震えてきて、奥歯がガタガタと鳴る。いくら温かい場所でも、全身びしょ濡れになったら風邪を引いてしまう。早く濡れた服を脱がねば。

外套を脱いだら、ビタン！　と頭巾から何かが落ちる。

「うわっ、えっ、何……⁉」

なんと、川魚が入っていたようだ。せっかくなので、ありがたく頂戴する。

ただで川に落ちたわけではないとわかり、幾分か気も楽になった。

三つ編みを解き、水分を絞って、鞄から手巾《ハンカチ》を取り出し、体の水分を拭う。

下着まで替えなければならない事態とは。濡れた服などはここの岩で乾かしておこうと思った。

傷は村秘伝の傷薬を塗った。打ち身部分には、水で薄めた檸檬茅《リモングラス》の精油を揉み込み、血行を促進させた。

救護道具は豊富なので、衛生兵で良かったと思った瞬間である。

まだ髪は濡れているけれど、これ以上ここでのんびりしているわけにもいかない。みんなの夕食を作らなければ。

水分を含んだ髪が肌に触れたら冷たいので、左右に編みこんで後頭部で纏めておく。

ちなみに、昼食は各々パンと干し肉を持って行っている。私も頃合いを見て、食べないと。

ルードティンク隊長が決めた場所に戻って、その辺にある石を積み上げて、簡易かまどを作る。それから、火を熾こすのだ。薪を集めて、マッチで着火。

村にいた頃は基本的にかまどの火を絶やさないようにしていたし、必要な時は火打ち石を使っていた。簡単に着火可能なマッチは、本当に便利だと思う。

まずは昼食を取らなければならない。

メインは、さきほど偶然手に入れた川魚。寄生虫が怖いので、内臓は取り除く。

火が大きくならないうちに、枝に刺して焼いた。香草風味もおいしいけれど、今回はシンプルな塩味にした。

焼くこと数分。綺麗に焼き目がついた。パンを鞄から取り出し、一緒に食べる。

食前の祈りのあと、魚にかぶりついた。

皮はパリッパリ！　いい塩加減だ。脂が乗っていて、噛めば微かに甘味も感じる。もぐもぐと、頭と骨を残して食べきってしまう。

ふわふわパンには蜂蜜《ミエレ》をとろ～りと垂らして食べた。

パンに蜂蜜《ミエレ》をたっぷり塗るなんて、村では考えられない贅沢な食べ方だろう。騎士隊万歳。

一人なのでおいし過ぎると足をパタパタさせたり、溜息を吐いたり、好き放題な感じで食事を楽しむ。しっかり満腹になった。

魚の骨は他の隊員にばれないよう、穴を掘って埋めておく。証拠隠滅完了。

しばらく草の絨毯《じゅうたん》の上に横になり、腹休めをしていたけれど、陽が傾きだしたので、夕食作りに取りかからなければならない。がばりと起き上がり、背伸びをしたあと頬を打って気合を入れる。

川辺で解体しておいた山蛙《フロッシュ》を革袋から取り出す。

山蛙《フロッシュ》はモモの身がむっちりしていておいしいのだ。

三匹分切り分ける。からあげにするとしたら、一人一本。微妙だ。けれど、からあげが一番おいしいので、スープの具にせずに、香草を揉みこんで下味を付けておく。

上半身は細かく切ってスープにする。頭部ももちろん投入。これで、なんの肉かわからないはずだ。身の半分を入れて沸騰させ、灰汁抜きをしたものに、薬草ニンニクや唐辛子《ピマン》などの香辛料でしっかりと味付ける。途中で胡椒茸《ベベリ》などを入れて、さらに煮込んだ。

味見をしてみる。しっかりと、山蛙《フロッシュ》の出汁が出ていた。スープ鍋をかまどから下ろし、小さな鍋を火にかける。

さきほど摘んだ目箒草《バジリコ》と薬草ニンニク、山蛙《フロッシュ》の身に、オリヴィエ油を垂らしてカリッと炒めた。

香ばしい香りが漂うそれを、スープに入れる。これで完成なのだ。

あっという間に日が暮れて来た。角灯《ランタン》に火を点し、手元を明るくする。

二品目は山蛙《フロッシュ》のからあげ。

下味を付けていた物を、少量のオリヴィエ油でからっと揚げるだけの簡単なお料理。

タイミングよく、揚がったころに第二遠征部隊のみんなが戻って来た。

疲れた顔をしているルードティンク隊長を出迎える。

「お帰りなさい」

「ああ」

頑張りの甲斐あって、目標討伐数をクリアしたらしい。明日の朝には帰れるとのこと。

「いやあ、ザラさんのおかげで早く終わりました」

ウルガスの言葉に、満足げに頷くベルリー副隊長。

「お力になれてよかったわ」

ザラさんは、綺麗な笑みを浮かべながら言う。その表情に、疲れはない。

柄の長さが身の丈ほどもある戦斧を軽々と手に持つ姿を眺めながら、細身の体のどこに力があるのかと不思議に思う。

お腹が空いているようだけど、私はみんなの状態に目を光らせる。

「怪我、していませんよね？」

以前、戦闘から帰ってきて食事を取っていたら、皆、地味に傷だらけだったことに気付いたのだ。

その時は揃ってこれくらい大丈夫と言っていたけれど、薬を塗らなきゃ痕が残るし、治りも遅くなる。今回はきちんと、一人一人確認する。

ウルガスは手先が荒れていたので、保湿軟膏を塗った。

ベルリー副隊長は頬にかすり傷があったので、綺麗に洗って傷薬を塗る。行き来する時に、枝に引っかけてしまったらしい。女性なので、顔は気を付けてほしいと思った。

ルードティンク隊長は顎に切り傷が。髭を剃る時に失敗したようだ。なんてこった。任務中の怪我じゃないのかよ。こちらも傷薬で対応。

ザラさんは無傷だった。さすがである。

ガルさんは毛がボサボサになっていたので、櫛で梳いてあげた。

衛生兵の仕事が終わったら、食事の時間となる。

配膳をザラさんが手伝ってくれるようだ。丁寧かつ迅速にお皿を並べていく様子を見て、さすが、元食堂の給仕係だと感心する。私もあんな風に手際よく行動ができたらなと思ってしまった。

ふと、視線を感じる。隣を見たら、ザラさんと目が合った。

「あら、メルちゃん、その髪形可愛いわね」

「あ、はい。ありがとうございます」

うっかり川に落ちて、髪を濡らしてしまった話をしたら、驚かれてしまった。

「水辺は本当に危ないから」

「はい。気を付けます」

なんだろう。心配してくれる人がいるありがたさ。身に沁《し》みてしまった。

「一人の時は近付かないほうがいいわ」

「そうですね。ありがとうございます」

ザラさんの教えは胸に刻んでおく。

パンを切り分け、スープ皿の上に置いていった。

準備が整ったので、食前のお祈りをする。

「リスリス衛生兵、今日の食材は？」

ウルガスがいい質問をしてくれた。けれど、答えは言わない。

「なんのお肉が入っているか、当ててもらおうかなと」

「お肉なんて持って来ていたのですか？」

「いいえ、昼間に調達しました」

「なるほど」

私はザラさんに向き直り、挑戦状を叩き付けるように言った。

「ザラさん、このお肉が、なんの肉か不正解だったらうちの部隊に入ってください」

本当はおいしかったら入隊という約束だけど、正直自信がない。そのため、このような提案をしてみる。

「そうね。そのほうが面白いわ」

ザラさんは挑戦を受けてくれた。自信があるからか、目を細めながら器に浮かぶお肉を眺めている。

「食べよう」

ルードティンク隊長の一言で、みんな、一斉に食べ始める。

「あふっ、うわ、うまっ」

ウルガスは気に入ってくれたようだ。ベルリー副隊長も頬が緩んでいる。

ガルさんは尻尾をゆらゆらと揺らしながら、食べていた。

「骨は食べられますが、よく噛んでから呑み込んでくださいね」

山蛙《フロッシュ》は骨が多い。一本一本取り除いていたら、陽が暮れてしまう。骨からもいい出汁が出るので、そのまま煮込んだ。

「ルードティンク隊長、どうです？」

「普通にうまい。けれど、何の肉か見当もつかない。魚のように淡白だけど、鳥のような風味も感じる」

「ふふふ」

ルードティンク隊長はわからないと。ちらりと、ザラさんを横目で見る。何かを確かめるように、慎重に肉を噛みしめていた。スープを飲み、今度はモモのからあげを手に取る。

私も掴んで噛みついた。

カリカリに揚がったモモ肉は、香草の香りが鼻を抜ける。骨から肉がほろりと解《ほど》けるように外れ、噛めば旨みが滲み出る。ルードティンク隊長の言う通り、食感や味は魚と鳥の中間くらい。

これは近所に住んでいたお爺ちゃんの好物で、捕まえて持って行ったら、お小遣いが貰えたのだ。実際に食べたのは一回くらい。油で揚げたのにこってりしていなくて、なかなかおいしい。

ザラさんは綺麗に食べ、足の構造を観察していた。足首から先は切り落としていたので、何の生き物か簡単にはわからないはず。

みんな、綺麗に食べてくれた。ホッとひと安心。

最後に、ザラさんへ質問する。

「何のお肉かわかりました？」

「それがまったく。噛めばわずかに肉汁が滴ってくるけれど、くどくなくて後味はあっさり。こんなお肉、食べたことがないわ」

ふふふんと、笑いそうになった。食堂で働いていたザラさんでも、山蛙《フロッシュ》のお肉は食べたことがないようだ。

「でも、川に行ったたって言っていたから、水辺の生き物なのよね」

聞かれてドキリとする。自分からわざわざ親切に、ヒントを与えていたようだ。

「そ、それで？」

「う～ん、わからないけれど、珍しい水鳥？」

「残念！」

その刹那、ベルリー副隊長が「我が隊へようこそ！」と喜んでいた。困った笑みを浮かべつつ、肩を竦めるザラさん。

「で、リスリス衛生兵、何の肉だったんですか？」

「山蛙《フロッシュ》です」

そう言うと、場の空気が凍り付く。

「か、蛙……？」

「う、嘘ですよね？」

「冗談だろう？」

「本当です」

頭を抱える、ザラさん以外の隊員達。意外と繊細なようだ。

「やられたわ」

「すみません、難解な問題を出してしまって」

「ええ、鳥にしては骨が多いなと思っていたけれど、まさか蛙だったとは」

なんとか騙せたので、良かったと思う。これで、ザラさんは第二遠征部隊の隊員となったのだ。

「でも、ザラさん。本当に良かったのですか？」

「良かったって？」

「うちの部隊で」

「ああ――」

ザラさんは耳元でそっと囁く。

「メルちゃんの料理がおいしかったから、一口食べた瞬間に、入隊は決めていたのよ」

聞いた瞬間、顔が熱くなる。そんなの、殺し文句だろう。

モテるわけだと思ってしまった。

＊

第二遠征部隊はザラさんを迎えて六名になった。

見た目は貴公子ザラさんだけど、性格は人間力高めな感じで、部隊も随分と華やかになる。

それと、ザラさんのおかげで大変素晴らしいことが。

ルードティンク隊長の髭が伸びれば注意し、ガルさんの爪を切り、掃除の手つきが雑なウルガスに丁寧な方法を伝授。それから、ベルリー副隊長には自分を追い込むような訓練は控えるように言う。

第二遠征部隊にやって来て、気になっていたけれどなかなか指摘できなかったことを言ってくれるなんて。ありがた過ぎる。

日々、充実していたが、ザラさんの入隊に一番喜んでいた人が、険しい表情を浮かべていた。ベルリー副隊長である。なんでも、歓迎会の計画を立てているらしい。

う～ん、と頭を悩ませているようだった。

「ベルリー副隊長、どうしたんですか？」

「いや、ザラに何を食べたいか聞いたら、リクエストが微妙な物で」

質問したことを、後悔していると呟いた。

「いったい何をリクエストされたんですか？」

「肉団子のシチューだ」

「ほうほう」

なんでも、肉団子は家庭料理なので、なかなかお店で出しているところがないらしい。

しかも、出していても肉団子はソース絡めの料理が多いらしく、シチューを出しているお店は王都では皆無なのだとか。

「ううむ。普通の肉団子で我慢してもらうか……でも、無理矢理入隊を迫った手前、好きな物を食べてもらいたい気持ちもある」

ベルリー副隊長は唸っていた。このように歓迎会に一生懸命になっていたなんて、知らなかった。

余計なお世話かもしれないと思いつつも、ある提案をしてみる。

「よかったら、私が作りましょうか？」

「え？」

「肉団子のシチュー、作り方、知っているので」

「いいのか？」

「はい。あ、でも、ごくごく普通のシチューと肉団子ですし、歓迎会が私の手料理って微妙でしょうか？」

ベルリー副隊長は私の手をぱっと掴む。

「微妙じゃない。最高だ。みんな、喜ぶ」

「だったら、よかったです」

そんなわけで、ザラさんの歓迎会の料理係を引き受けた。

いろいろ話し合った結果、歓迎会はルードティンク隊長の家で行うことになった。

なんでも、一軒家《デタッチドハウス》に住んでいるらしい。

「材料は紙かなんかに書いてくれたら、こちらで用意しておく。手が足りない時は、隊長の家の使用人が手を貸してくれるらしい」

「ありがとうございます」

すごいお屋敷に住んでいそうで緊張する。

それにしても、簡単に引き受けてしまったけれど、大丈夫なのか心配になる。私の手料理なんて、何もない遠征先で食べてこそおいしい物なのに。

でもまあ、ザラさんのために全力を尽くすしかない。

材料費などはルードティンク隊長が負担してくれるというので、素材の味の力でおいしく思えるような品目を考えてみた。


歓迎会当日。私は朝からルードティンク隊長の家に向かった。

さぞかし大変な豪邸に住んでいるのだろうと思っていたけれど、二階建ての、赤煉瓦の可愛らしい家だった。

ささやかな庭には綺麗な花壇があり、アーチ状になった薔薇もある。こんな家に住んでいたなんて、かなり意外だ。

さらに、戸を叩いたら、お婆さんが出てくる。

「あらまあ、可愛らしいお嬢さん。あなたがリスリスさんね」

「はい、そうです。初めまして。お世話になります」

「ええ、ええ。どうぞ」

お婆さんの名前はマリアさん。なんでも、ルードティンク隊長の乳母さんだったらしい。

独立する際に、一緒にやって来たとか。

「坊っちゃんが誘ってくださったのですよ、この老いぼれ夫婦を」

ルードティンク隊長は老夫婦と三人で暮らしているとか。お婆さんの話とか弱いので、泣きそうになる。

これから、乳母さん孝行をしてほしいと思った。

さっそくお茶に誘われたが、遊びに来たわけでもなく、目的は料理。しかも、品目数を考えれば、時間ギリギリだろう。

そんな風に説明をしていたら、マリアさんは笑顔で、手伝うと言ってくれた。

悪い気もしたが、申し出はありがたかったので、マリアさんの手を借りることにする。

まずは、肉団子作りから。

ルードティンク隊長はとっておきの、猪豚《スース》の肉塊を用意してくれていたようだ。

「まあ、メルさん、すごいのね。肉塊から肉団子を作るなんて」

「そのほうがおいしいんですよ」

「たしかに、そうよね」

お店で挽いたお肉は一律だけど、それだと食感もつまらない物になる。

「大変ですが、頑張ります」

「ええ、頑張りましょう」

大きな包丁で肉を切り刻む間、マリアさんは下ごしらえの準備をしてくれた。

大人数分の肉塊なので、骨が折れる。

途中でマリアさんの旦那さん、トニーさんも手伝ってくれた。

「すみません、力仕事を頼んでしまって」

「庭師なので、力があるんですよ、お嬢さん」

「ありがとうございます～～」

心からの大感謝である。

トニーさんは紳士なお爺さんに見えたけれど、結構パワフルで、肉をどんどん切り刻んでくれる。

粗挽肉と、細挽肉。この二つを合わせて、肉団子にぷりぷりの食感を作りだすのだ。

大きなボウルにマリアさんが分量を量ってくれた香辛料を大量に入れる。それから、擂った芋、パン粉、酒、塩コショウなども加え、しっかりと練る。

トニーさん、マリアさんと三人がかりで生地を丸めて、肉団子を成型。

「なんだか、昔を思い出すわ」

マリアさんの家は大家族で、肉団子の日は家族総出で作っていたらしい。

懐かしいと頬を緩ませながら、肉団子を丸めてくれた。

しかし、すごい量だ。一人十個と考えて、多めに見つもって百個くらいあるだろうか。

全部食べきれるだろうかと、不安になる。

成型が終われば、高温の油でカリッと揚げる作業に移った。

じゅわじゅわと揚がっていく肉団子たち。表面はカリッと、綺麗に揚がった。

すべて揚げ終わった時には、お昼の鐘が鳴っていた。

危ない。計画通りだったけれど、マリアさんとトニーさんの手がなかったら、もっとかかってしまっていただろう。

改めて、二人にお礼を言う。

「いいのよ。パーティーの準備って、大好きなの」

「ええ、僕も、思いの外楽しく料理できました」

よかった。二人共、そんな風に言ってくれて。この辺で昼食にしようとマリアさんは言う。

一応、簡単に済ませられるよう、ビスケットを用意していたが、なんと、マリアさんがサンドイッチを作ってくれていた。おいしそう！

「お台所は使えないだろうと思って、朝から準備していたの。もちろん、メルさんの分もあるわ」

「わあ、ありがとうございます。嬉しいです」

なんて優しい人なのか。初対面の私にもお弁当をわけてくれるなんて。

燻製肉にチーズ、葉野菜と色とりどりのサンドイッチは、本当においしかった。

昼食後、大きな鍋で約十人分のシチューを煮込む。ルードティンク隊長の家に大きな鍋があって助かった。

なんでも、マリアさんの家から持って来ていた物らしい。

「うち、十人家族だったの」

「そうだったんですね」

「ええ。男の子が六人もいたから、食事の支度は大変だったわ」

その苦労、よくわかる。

料理当番の時、家族全員分の料理を用意することは本当に骨の折れる作業だった。大変なのはもちろんのこと、つまみ食いをしようとする弟や妹との攻防もしなければならないのだ。思い出しただけでゾッとする。

けれど、実家での生活は賑やかで、楽しかった。寂しくないと言ったら、嘘になるだろう。

「メルさん、どうかしたの？」

「い、いえ！」

目元の涙を拭う。感傷に浸っている場合ではない。腕捲りをして、残りの料理も仕上げることにした。

街の時計塔の鐘の音が高く響き渡る。これは、労働時間終了を知らせる鐘だ。

そろそろ遠征部隊のみんながやって来るころだろう。準備はマリアさんやトニーさんのおかげで、奇跡的に間に合ったのだ。

食堂の十人がけのテーブルには、バターケーキに鶏の丸焼き、柑橘風味のサラダ、芋のグラタン、魚の蒸し焼きなどが並んでいる。持って来ていたビスケットには、チーズや燻製肉を載せてカナッペを作ってみた。ルードティンク隊長はお酒を用意していたようで、綺麗な瓶は食卓の色どりを良くしてくれる。

準備万端となったところで、玄関の鐘が鳴った。マリアさんとトニーさんは手が離せないらしく、私が出ることに。

それにしても、来るのが早いような。終業の鐘が鳴って十分くらいしか経っていない。騎士舎からルードティンク隊長の家まで結構な距離があるので、全力疾走をしなければ無理だろう。

もしかしたら、早めに仕事を切り上げて来たのかもしれない。そう思いながら、扉を開いたら――いらっしゃったのは、黒髪の美人。ドレス姿の、若いご令嬢だ。

私に訝しげな視線を向け、問いかけてくる。

「……誰？」

私も聞きたい。このような美人に覚えはなかった。

「もしかして、新しい使用人ですか？」

「え？」

「良かった。あんな年老いた使用人なんて、さっさと解雇するように言っていましたので」

「いや……私は……」

「違いますの？」

「はい」

その瞬間、手首をぎゅっと掴まれる。

「ねえあなた、クロウとどんな関係なんですか？」

「へ、いや、私は――」

このお方はいったい？

マリアさん達のことも悪く言っていたし、ムッとなる。

「メリーナお嬢様！」

背後より、マリアさんがやって来た。黒髪美人の名前はメリーナというらしい。

マリアさんはやって来たメリーナさんを見て、花が綻《ほころ》ぶような笑みを浮かべていた。

「お久しゅうございます。お元気そうで」

「マリアは？　腰の具合は大丈夫ですの？」

「はい、おかげさまで」

「新しい使用人を雇ってって言ったでしょう？　まだ、雇い入れていないなんて……」

「まあ、その辺はおいおいと」

「もう！　体はいつまでも元気じゃありませんのよ！」

一見して、いや～な感じだったけれど、勘違いだったようだ。メリーナさんはマリアさんの体を心配して、あんなことを言ったようだ。

打ち解けた仲だと知らなかったので、びっくりしてしまった。

「で、このフォレ・エルフの子は？」

「こちら、坊ちゃんの部隊のお方で、メル・リスリスさん。お料理が上手で、今日のパーティーの準備をしにいらしていたの」

「まあ、そうでしたの」

メリーナさんは「勘違いをして、申し訳ありませんでした」と謝ってくれた。なんでも、彼女はルードティンク隊長の婚約者らしい。だから、あんな風に厳しい態度で接してきたのか。

お互いに、誤解が解けてよかった。

メリーナさんは美しい薔薇《ローゼ》をお土産としてくれた。花瓶に差して、テーブルに置こう。

そんなことをしていたら、第二遠征部隊のみんながやって来た。

本日のホームパーティーはサプライズだったようで、ザラさんは驚いていた。

そして、ルードティンク隊長は婚約者のメリーナさんを紹介する。ウルガスが本気で羨ましがっていた。

それから、ザラさんは肉団子のシチューを見て、喜んでくれた。

「メルちゃん、ありがとう。王都でこれが食べられるなんて！」

ザラさんの出身は北部の雪深い地域だったらしい。そこで、年に一度のごちそうが、この肉団子のシチューだったとか。

たしかに、肉団子は手間がかかるし、お店で出さないのは納得する。実家でも、一年のうち作るのは一度あるかないかだった。

ザラさんはうっすらと、眦《まなじり》に涙を浮かべていた。しかし、こんなに喜んでくれるなんて。作った甲斐がある。グラスに酒を注いで乾杯した。

まずは、メインの肉団子のシチューから。

苦労して挽肉にした肉団子は、プリプリの食感で口の中で肉汁がジュワッと広がる。ルードティンク隊長の高級赤ワインで作った、濃厚なシチューと良く絡み合う。

うんうんと頷きながら、一口一口味わって食べた。

ザラさんの表情を見ていたらどうだったかわかるけれど、念のため、感想を聞いてみる。

「どうでしたか？」

「ありがとう、とってもおいしい……」

「良かったです」

ザラさんは満足してくれたようで、私も肩の荷が下りた。

みんなも、おいしいと言ってくれた。酒が入り、だんだんと盛り上がってくる。

機嫌が良くなったルードティンク隊長が歌い出す。同じく酔っていたメリーナさんは、食堂にあるピアノを弾き始めたけれど、二人共好きな曲を歌い、奏でていたのでてんでバラバラだった。これは酷いと、ベルリー副隊長は大笑いしている。どうやら笑い上戸のようで、ずっと楽しそうにしていた。

ガルさんは尻尾をぶんぶんと振りながら、輝く目でバターケーキを食べていた。甘い物が好きだったなんて、知らなかった。ガルさんも酔っているのだろうか。何か、雰囲気が子犬のようで可愛い。

ウルガスはマリアさんとトニーさんの話を聞きながら号泣していた。お酒を飲んでいないのに、なぜ。どうやら、彼はお爺さん、お婆さんっ子だった模様。そういうのに弱い気持ちはよくわかる。

　ザラさんは先ほどから私に抱きつき、ずっとお礼を言ってくれる。

「メルちゃ〜ん、本当に、ありがと〜。もう、大好き」

　ザラさんは若干めんどうくさい酔い方をしていた。「はいはい」と言って、適当に返事をしておく。

「これからも、よろしくねえ〜〜」

　ザラさんのその言葉をきっかけに、みんなが次々とお礼を言う。

　ルードティンク隊長は歌うのをやめ、真面目な顔で言ってきた。

「おい、いいかリスリス。騎士団は引き抜き争いがある。よそで誘われても行くなよ」

　その言葉に同意を示すベルリー副隊長。

「そうだ。リスリス衛生兵がいなくなれば、私は寂しい」

　続いて、ガルさんがこちらへとやって来て、深々と頭を下げる。私も同じように返した。

　次にウルガスもやって来る。片膝を突き、低い姿勢だったので撫でてほしいのかと、髪をぐしゃぐしゃに撫でた。ウルガスは頬を真っ赤に染めながら、「違います!!」と言っていた。どうやら用事は別にあるらしい。

「リスリス衛生兵の料理、とてもおいしいです。治療も的確で、お風呂に入る時に傷が痛まなくなりました。その、これからも、よろしくお願いします」

さすが、酔ってないだけあって、まともなことを言ってくれる。

最後に、ザラさんが一言。

「私達、結婚します！」

「しませんって」

「ええっ⁉」

とんでもないことを言うザラさんの言葉を軽く流しつつ、私もお礼を言った。

「その、ふつつか者ですが、これからもよろしくお願いします」

それを言えばスッと、胸が軽くなる。私はここで必要とされている。いてもいいんだと思ったら、嬉しくて……。泣きそうになったけれど、ぐっと我慢。

これからも、おいしい物を作って、みんなに喜んでもらえたらいいなと思った。

私、衛生兵だけどね。一応、主張しておく。

人には適材適所というものがあるらしい。私の場合は、それに当てはまるのは生まれ育った村ではなく、王都にある騎士団であった。

ないない尽くしの烙印を押された私でも、必要と思ってくれる人達がいる。これ以上、嬉しいことはない。

これからも、精一杯頑張ろうと思った。

王都名物、白葱煎餅

昨日、買い出しで大量の森林檎《メーラ》を手に入れた。今が旬で、甘酸っぱくておいしいのだ。

三分の二は果物の砂糖煮《メルメラーダ》にした。

他に、飴絡め《キャラメリゼ》に、薄く切って焼いたチップス、お酒と蜂蜜《ミエレ》で煮込んだ糖蜜漬などを作る。

完成した物は、煮沸消毒した瓶に詰めて保存庫で保管。

剥いた皮も捨てないで利用する。お酒を作るのだ。

まず、瓶に水と森林檎《メーラ》の皮、砂糖、柑橘汁を入れ、酵母を投入。あとはしばらく放置。

二週間ほどでお酒が完成する。酒は遠征中、料理とルードティンク隊長の夜のお供にしてもらう。蜂蜜酒《メロメル》はまた今度。今ある物で作ったお酒だった。

十本くらい作れたので、完成が楽しみだ。

午後からは森林檎《メーラ》を使って焼き菓子を作った。長方形の型に入れて焼いたもので、これも全部で十本。三ヶ月くらい保つ優秀な保存食なのだ。気付いたら、甘い物を大量生産してしまった。保存庫の中は甘い香りで包まれている。

ルードティンク隊長は思いっきり顔を顰めながら言った。

「これ、干し肉に匂いが移るんじゃねえの？」

「そ、それは……！」

つい、遠征先で甘い物がほしくなってしまうので、調子に乗って作ってしまった。

反省しなくてはならない。

どうしようか考えていると、背後で話を聞いていたザラさんが素敵な提案をしてくれる。

「執務室にある、隊長の酒貯蔵庫に入れたらどう？」

「は⁉　お前、なんで知っているんだ」

「絨毯に捲れた跡があったから」

勤務中に飲んでいたわけではないと主張するルードティンク隊長。しかし、若いのにどうしてこんなにお酒が好きなのか。

「そうよねえ、おじさん臭いわよねえ」

「ですです！」

最近髭を剃って見た目が若返ったルードティンク隊長だけど、中身が山賊では意味がない。

しっかりと騎士らしいふるまいと、騎士らしい環境の中で職務についてほしいと思った。

「でも、執務室にお酒があるって、監査部にバレたら、あなたまた、悪い噂が広がるわよ」

というわけで（?）、ルードティンク隊長のお酒は一部保管庫に移動し、残りは家に持って帰ってもらうことにした。平和的解決である。

終業後、ザラさんに屋台街に行って食べ歩きをしようと誘われた。

ウルガスとガルさんも一緒。ベルリー副隊長は婚約者とお食事らしい。

「そっか、ベルリー副隊長、婚約者がいたんだ」

なんだろう、この切ない感じ。仲が良かった親戚のお姉ちゃんが、結婚してしまう時に感じた気持ちに似ている。私の他に、切ない表情を浮かべる若者が。ウルガス青年である。

「ベルリー副隊長、マジですか」

「ウルガスも今知ったんですね」

「はい……」

若干涙目の私達を、背後からザラさんが抱きしめてくれる。

「二人共、落ち込まないで！　今日はおいしい物を、私が奢《おご》ってあげるから！」

「マジですか！」

「やった！」

落ち込みモードから奇跡の復活を果たすウルガスと私。

ガルさんはゆったりと尻尾を振りながら、しようもないやりとりを眺めていた。

王都には夜のみ営業する屋台街がある。仕事帰りの人達でごった返すらしい。

本日は私服にて集合する。髪形は三つ編みを解いて、高い位置で一つに結んだ。

服装はシャツの襟にリボンを結んで、下は自分で作った紺の長いスカートを穿いた。

全身鏡で姿を確認する。

――うん、垢抜けない。

おのぼりさんっぽさはなかなか抜けないだろう。これ以上、オシャレをすることなど即座に諦める。

肌寒いかもしれないので、騎士隊の外套を纏う。

集合時間になりそうだったので、部屋を飛び出した。もちろん、お財布が入った肩かけ鞄も忘れない。

騎士隊の門の前には、目立つ三人組がいた。長身の狼獣人、ガルさん。黒革のジャケットが渋い。

ウルガス青年は、紺の詰襟の上着に黒いズボン姿。ウルガスのくせに、なかなかオシャレだった。最後にザラさん。本日は完璧な女装。髪は三つ編みにして後頭部で纏め、裾の長いワンピースとモコモコの外套を纏っている。言うまでもなく美人でオシャレだ。

一方で、この私のダサさ。

仕方がない。まだ給料をもらっていないので、服を買う余裕すらないのだ。

私を見つけたザラさんは走って迎えに来てくれたのは良かったが、とんでもないことを口にする。

「メルちゃん、良かった。どこかでナンパされているのかと思った」

「ははは」

そんなことありえない。適当に笑って誤魔化す。

ザラさんは心配してくれるだけでなく、髪形も可愛いと褒めてくれた。とても嬉しい。

「寒くない？」

「いえ、大丈夫です」

「寒くなったら言ってね。抱きしめてあったためてあげるから」

「いえ、大丈夫です」

「遠慮しなくてもいいのよ？」

「考えておきます」

「前向きにね！」

そんな話をしながら、屋台街へと移動する。

閑散としていた道をまっすぐに進み、中央街を通過。だんだんと人通りが多くなる。

角灯《ランタン》の橙色の光に包まれた通りが、夜の王都名物、屋台街。

「うわあ、綺麗ですね」

「でしょう？」

屋台街からいい匂いが漂っている。

揚げパンに肉饅頭、焼き芋、三角牛《カローヴァ》の串焼きに、白葱煎餅《しろねぎせんべい》、香草肉、肉餅、甘辛芋、などなど。屋台の看板の文字を追っているだけでおいしそう。

みんな、歩きながら買った物を食べている。

「すごい……すごい……」

もうなんか、圧倒されて語彙力が死んでしまった。屋台を眺めながら、「すごい」としか言えなくなっている。

「メルちゃん、何を食べたい？」

「オススメとかありますか？」

「う〜ん、一番は白葱煎餅かしら？」

「初めて聞きます」

白葱煎餅とは、薄く延ばした生地に、千切りにした白葱にひき肉ダレを絡め、くるくると巻いた物らしい。

「へえ、おいしそうですね」

ウルガスとガルさん（狼獣人だけど、葱は平気らしい）も同じ物を注文することにした。

頼んでから作るらしく、私達は鉄板の上を眺める。

まずは生地を落とし、匙の裏で薄く延ばしていく。その上に卵を落とし、潰して混ぜる。空いているスペースで白葱を炒め、軽く火が通ったら、ひき肉ダレを絡めて焼く。

最後に、焼いていた生地の上に白葱を載せ、くるくると巻いたら完成。

鉄板は四枚あって、四人の店員さんが手早く作ってくれた。

紙に包まれた白葱煎餅を受け取る。支払いはザラさんが纏めてしてくれた。

「あ、お代」

「いいの、いいの。今日は全部、私の奢り」

「あ、ありがとうございます」

どうやら、本当に奢ってくれるらしい。

立ち止まったら邪魔になるので、歩きながら食べる。心の中で神様へ祈り、白葱煎餅に齧り付いた。

「――わ、おいし！」

生地の外はカリッ、中はもっちり。白葱がシャキシャキで、食感もいい。ひき肉は粗挽きなので、満足感があり、ピリ辛なタレが生地と白葱に合う。あまりのおいしさに、その場で軽くぴょこんと跳ねてしまった。さすが、ザラさんがオススメするだけあると思った。

次は肉饅頭。ザラさんと半分こで。

「うわ、肉汁が、すごい」

生地はふかふか。二つに割ったら肉汁が溢れ、手先にまで滴ってきた。ふわふわ漂う湯気もすごい。蒸したてあつあつなのだ。

お肉が肉汁を含んできらきらと輝いている。なんという事態なのか。

口を大きく開いて、噛り付く。

ひき肉には旨味がぎゅっと濃縮されていて、肉汁が染み込んだ生地がまた、おいしい。

あっという間に完食。もっと食べたくなる、魔性の食べ物だと思った。

手巾《ハンカチ》で手を拭いていたら、ザラさんが何かに気付く。

「あら？」

「どうかしました？」

「ウルガスとガルさんとはぐれてしまったわ」

「あ、本当ですね」

最後に見た二人は、真面目な顔で肉饅頭をいくつ食べるか相談している姿だった。

「困りましたね」

「こんなこともあるだろうと、逸《はぐ》れたらその場で解散って言っておいたの」

「そうだったんですね」

だったら、私達もここで解散か、と思いきや。

「さて、食後の甘味に移りましょうか」

「おお！」

まさかの甘味付き！　お隣には甘い物が売っている屋台があるらしい。

砂糖がまぶされた揚げパンと、果物飴の串を買って食べた。甘い物は別腹なのだ。最後にクリームの入ったパンを買ってくれる。これがまたおいしくて、おいしくて……。

お腹いっぱいになったところで戻ることにした。

ウルガスとガルさんには、騎士隊の門の前で再会できた。門限まで残り数分だったので、慌てて解散。とても楽しかった。

今度はベルリー副隊長やルードティンク隊長も誘ってみようと思う。

＊

早朝。途中で偶然出会ったザラさんと出勤していたら、見知らぬ騎士に絡まれる。

「よう、お前が第二部隊の衛生兵だな」

声をかけてきたのは二十歳前後の若い騎士。ザラさんよりも背が低い。小柄な青年だ。

こちらの反応などいっさい気にも留めず、質問を私ではなくザラさんへと投げかける。

「おい、どうした？　フォレ・エルフだと聞いていたから、お前がそうなんだろう？」

騎士は引き続き、ザラさんに絡み続けていた。

もしかして、フォレ・エルフ＝絶世の美人＝ザラさんという思考なのか。

ほうほう、納得——すると思うか～～！

なんでザラさんの耳がとんがっていないことに気付かないのか。

なんで隣に耳のとんがった私がいることに気付かないのか。

ぐぬぬと、奥歯を噛みしめる。

どうせ、フォレ・エルフにしては背が低くて、顔も地味で、魔力もなくて嫁の貰い手もないですよ！　って、自分の評価を思い出し空しくなってきた。悲しい。

そんなことはどうでもいいとして。

ザラさんはどうするのだろうか。ちらりと見上げる。目を細め、騎士を見おろしていた。

誤解を解くのかと思いきや、思いがけないことを言い出した。

「私に何か用？」

ザラさんの低い声にぎょっとする騎士。男装の麗人だと思っていたのだろう。女装姿を知っている私からすれば、騎士の制服姿は立派な男性に見えるけれど。

でも、山賊のルードティンク隊長と並んだら、華やかだし、華奢に見える。着やせする人なのだろう。

まあ、戦闘中は大きな戦斧をぶんぶん振り回すお兄さんなんだけどね。

「フォレ・エルフは、男でもこんなに綺麗なのか……!?」

それはどうだか。女の人は美人が多いけれど、男性は狩猟もするし、林業を生業にする人も多いから、がっしりした体型が目立つ。

一方で、王都にやってくるフォレ・エルフは学者肌のひょろひょろな青年ばかりで、一族全員美人説が噂となって広がったのかもしれない。

騎士の青年は目を見開き、ザラさんを上から下まで見ている。

そうなる気分もわかるけれど。

ザラさんは重ねて、何の用事だと聞いていた。声が低くなっているので、微妙に怒っているのだろう。

「あ、よ、用事は、うちの隊長が、話をしたいって」

「話?」

「はい。なんか最近の第二部隊は、新しい衛生兵が来てから、実績が伸びたって話題になっていて、良かったら、転属でもしないかって」

「お断りするわって、答えておいて」

「でも、うちは実力者しか入隊できない部隊で――」

遠征部隊にも、いろいろあるらしい。

初めは少数精鋭かと思っていたけれど、入隊したら第二部隊の実態を把握することになった。

最低限の粗末な装備しか与えられず、遠征部隊の左遷先とまで呼ばれていた。そんな感じなので、引き抜きは大出世だろう。

けれど、転属するつもりなんて毛頭ない。

ザラさんはちらりと私に確認するように視線を送る。私は首を横に振った。ザラさんはコクリと頷き、騎士の青年に向き直る。

「結構よ。帰って。話にならないわ。そちらの隊長にも伝えてちょうだい。今後一切、こういう交渉を直々にしてこないように、ってね」

「は、はい、隊長に、そう伝えておきます。……えっと、その、すみません」

「いいの。わかってもらえれば」

最後に、にっこりと威圧感のある笑みを浮かべていた。なんていうか、あしらい方が慣れているな、という印象。

騎士の青年はすたこらさっさと帰っていった。

ザラさんは大きな溜息を吐いている。私のせいで、とんでもないことに巻き込んでしまった。

「あの、すみませ――」

謝ろうとしたらぎゅうっと抱きしめられた。力が強すぎて、「ぐえっ」と声が漏れてしまう。

「あっ、やだ、メルちゃん、ごめんなさい」

「だ、大丈夫です」

改めて、ザラさんに謝罪とお礼を言った。

「いいの、ぜんぜん。でも、私のメルちゃんを引き抜こうだなんて、絶対に許せない！」

「あ、はい」

なんか、「私の」とか、聞き捨てならない言葉が聞こえたような気がしたけれど、そのままにしておく。

ザラさんはずっと怒っていた。朝礼で、ルードティンク隊長に報告してしまうくらいに。

ルードティンク隊長は「ははは」と笑って終了と思ったけれど、カッと目を見開いて、山賊的な怖い表情を浮かべている。髭がなくても顔怖いんですね。いや、そうじゃなくって。

「引き抜きだと⁉」

そうなんですと答えれば、舌打ちをしていた。反応を示したのはルードティンク隊長だけではない。

「なんてことだ。そんなの、絶対に許すわけにはいかない」

ベルリー副隊長も珍しく声を荒立たせていた。ウルガスとガルさんもコクコクと頷いている。

「そういえば、リスリス衛生兵は前も女子寮から歩いて来ていたところを絡まれていたな」

「その前にも、声かけられたって言っていましたよね」

「え、やだ、メルちゃん、どういう風に声かけられたの？」

「あ、いえ、お菓子をあげるから、食堂でちょっと話さないかって」

「なんてことなの⁉」

騎士が持っていたのは可愛い包み紙にくるまれた焼き菓子だった。王都のお菓子は大変魅力的だったけれど、知らない人について行ってはいけないと両親から注意されていたので、お断りした。

「寮からの道のりをどうにかしなくては」

ルードティンク隊長とベルリー副隊長が、何やらぶつぶつと話し合っている。

「だったらメルちゃん、うちで一緒に暮らしましょうよ。職場まで毎日一緒に行けるし！」

「え？」

それはちょっと悪いような――と言おうとしたら、ルードティンク隊長がその案を採用してしまった。

「よし、そうしろ」

「ええっ、そんな、急に言われましても」

「うちの隊としても、衛生兵が引き抜かれると困る」

最終的な人事権はルードティンク隊長にあるのではと指摘をすれば、そうではないというご回答が。

「人事部に言われたら反対することもできない。それよりも大変なことは、お前自身が希望を出すことだ」

「いや、出しませんよ」

「わからないだろう」

たとえば、好条件を提示されて、私がうっかり誘われた場で承諾するとか、そういうことを危惧しているらしい。

「私のこと、信用していないってことですか？」

「違う。ここの部隊の扱いが酷いから言っているのだ」

他の隊の待遇を聞いてしまったら、誰だって心がぐらつくだろうとのこと。

「正直、引き止めるのはこちらの我儘かもしれない。リスリスのことを思えば、他部隊に行ったほうが負担も少ないだろう。しかし、俺達には、リスリスが必要なのだ」

「ルードティンク隊長……」

村で、こんな風に認めてもらうことなんてなかったから、正直に言えばかなり嬉しい。

改めて、私を受け入れてくれた、必要だと言ってくれた第二部隊で頑張りたいと思った。

そのことをしっかりと伝えようと思っていたら――。

「だから、ザラを虫除けに使う。出退勤に勧誘されたら困るから、一緒に住め」

「はい?」

ザラさんは笑顔で「任せて!」と言っていた。

いやいや待ってくださいよと止めても聞きやしない。

「うち、二階建てだから、二階部分の空いている部屋を使えばいいわ。私は絶対に上がって行かないから」

朝食と夕食もザラさんが作ってくれるらしい。なんという好待遇なのか。

「あの、どうしてそこまでしてくれるんですか?」

「心配だから」

けれど、男の人と二人きりで住むのはちょっとなあと思ったが、他に同居人もいるらしい。

「女の子もいるから、心配しないで」

「はあ……」

他に女の子もいるのならば、大丈夫かな?

まあ、決定はまた後日ということで。

午後からの休憩時間。朝、隊のみんなに迷惑をかけてしまったので、お詫びも兼ねてお菓子を作って配ることにした。食堂で材料を購入する。卵と小麦と三角牛《カローヴァ》のお乳にバター。作るのはパンケーキ。隊舎の簡易台所のかまどに火を入れる。

まずは、卵黄と卵白を分けた。卵黄は小麦粉と溶かしバター、三角牛《カローヴァ》のお乳を混ぜ、卵白は砂糖を入れて泡立てる。

卵白がふんわりとなったら、卵黄と小麦粉を攪拌《かくはん》させた物と合わせ、さっくりと木べらで混ぜ合わせる。

熱したフライパンにバターを一匙落とし、匙で掬った生地を入れる。

じゅわじゅわと焼ける音を聞き分け、頃合いを見計らってひっくり返した。

綺麗な焼き色が付いている。

めいっぱい卵白を泡立てたので、ふわふわの分厚いパンケーキが完成した。

お皿の上に三枚重ねて盛り付ける。結構な量だけど、ふわふわの軽い食感なので問題ないだろう。

甘い物好きなザラさん、ベルリー副隊長、ガルさん、ウルガスにはこの前作った森林檎《メーラ》の砂糖煮を添える。甘い物が苦手なルードティンク隊長には黒胡椒を振った目玉焼きを上に載せた。

各々仕事をしていたみんなを休憩室に呼ぶ。完成したパンケーキを見て、驚いていた。

「わあ、リスリス衛生兵、どうしたんですか？」

「いえ、朝からみなさんにご迷惑をかけたので」

お詫びのパンケーキですと言ったら、目を見張るウルガス。

「メルちゃん、迷惑だなんて、ぜんぜん思ってないから」

「そうだ。仲間の心配なんて、迷惑に入らない」

ザラさん、ベルリー副隊長……。ガルさんも気にするなとばかりに、首を横に振っていた。

「みなさん、ありがとうございます」

でもまあ、せっかくなので食べてほしい。どうぞどうぞと勧めたら、みんな、ちょうど小腹が空いた頃と言って、喜んでくれた。席につき、いただくことにする。

パンケーキにナイフを入れたら、ふわっとした触感が。森林檎《メーラ》の砂糖煮を上に載せて一口。

「う〜〜ん」

長椅子の背もたれに寄りかかり、はあと息を吐く。

我ながらうまい。生地のほのかな甘みと、森林檎《メーラ》の甘酸っぱさが実によく合う。

口の中でしゅわりと溶けてなくなる生地もいい。

実は、少しでも満腹感が味わえるようにと開発された物なのだ。弟妹が多いと、こういうことばかり思いつく。ウルガスは三段に重なったパンケーキを、嬉しそうに頬張り、感想を述べる。

「リスリス衛生兵、これ、自分が食べたパンケーキの中で一番うまいです！」

その言葉に、ベルリー副隊長やガルさんも頷いてくれた。お口に合ったようで何よりだ。

ウルガスはルードティンク隊長の卵の黄身絡めもおいしそうだと呟いていた。

「ちょっと絡めてみるか？」

「うわ、ありがとうございます！」

ウルガスは喜んで生地に黄身を絡めて食べていた。これも、お口に合った模様。

甘い物を食べたあとのしょっぱい物はたまらないよね。

のんびりと過ごす、午後の話であった。

＊

月日はあっという間に過ぎ去る。冬も深まり、雪が降る日もあった。

第二部隊は相変わらず。訓練と保存食を作る日々であった。

「今日も寒いですね〜」

私はガルさんと一緒に、森胡桃《ノワイエ》などの木の実を棒で粗く砕く簡単なお仕事をしていた。

遠くから廊下を歩く足音が聞こえる。きっとルードティンク隊長だろう。

「ルードティンク隊長ですかね？」

ガルさんはコクリと頷いた。どうやら正解だったようだ。

しばらくすると扉が開いた。

「ルードティンク隊長、お帰りなさい」

「……ああ」

会議から帰ってきたルードティンク隊長の表情が浮かない。休憩室に来るなり、はあと盛大な溜息を吐く。

話を聞く暇はなく、忙しくしていたので放っておいた。

部屋の中には木の実を叩く音だけが聞こえる。その中に、またしてもルードティンク隊長の溜め息が。

私とガルさんは木の実の入った袋に、木の棒を叩き込む。カリカリに炒った物なので、なかなか硬いのだ。

「ガルさん、雨が降りそうですね」

二人で窓の外を眺める。洗濯していた手巾《ハンカチ》など、取り込まなければならないだろう。

のろのろと立ち上がったら、憂鬱な顔をしたルードティンク隊長と目が合った。このまま無視などできない。どうやら洗濯物はガルさんが取り込んでくれるらしい。目と目で会話をして、お願いしますと頼んだ。こうして仕事もなくなった私は、嫌々話しかける。

「ルードティンク隊長、どうかしたのですか？」

「明朝より、急な任務が入った」

「あら、それはがっかりですね」

なぜかと言えば、明日は休日だったのだ。

「仕方がないですよ。上からの命令ですし」

励ましてみたが、ルードティンク隊長の表情は晴れない。

そんなにみんなに言いにくいのか。私が他の隊員にも知らせてきましょうかと言うと、首を横に振る。終礼の時に報告するのでいいとのこと。

ならば、どうしてそんな憂鬱そうにしているのか。

「まだ何か、憂い事でも？」

「……なんだ」

「はい？」

小声でぶつぶつ言うので聞き取れなかった。耳を近づけ、もう一度聞いてみる。

「ルードティンク隊長、聞こえなかったので、もう一度言ってください」

「明日は、メリーナの誕生日なんだ」

「うわあ……」

それを聞いた途端、ルードティンク隊長と同じ表情になる。

メリーナさんはルードティンク隊長の婚約者だ。美人だけど、かなり気が強い性格。あのビビり方だと、相当尻に敷かれているに違いないと思った。

誕生日なので、お出かけやお食事の約束をしていたのだろう。きっと、「わたくしとお仕事、どちらが大切なのよ！」と問い詰められるに違いない。他人のことながら、ガクブルと震えてしまった。

「俺は……どうすればいいのか。なあ、リスリス衛生兵、こういう場合、どうすれば許してもらえる？」

「いや、私に聞かれましても」

村では働く夫を妻は必死になって支える。

森に行って獣を狩り、行商人に毛皮や肉を売る。それから、木を伐採して商売をする。毎日の労働と引き換えに、なんとか生活を送っているのだ。

仕事以上に大切な物などない。森に住む私達は、働かなければ暮らしていけないからだ。だから、約束をしていたのに急に仕事が入ったと言われても、「あ、はい」としか言いようがない。

まあこれは、森に住むフォレ・エルフの事情である。

けれど、街で暮らす人達——特に貴族であるルードティンク隊長やメリーナさんは働かなくても生きていける。

よって、今回の件はルードティンク隊長にとって、一大事件なのだろう。

ちなみに、「わたくしとお仕事、どちらが大切なのよ！」という台詞は、村で流行っていた騎士とお嬢様の恋愛小説にあった印象的な一言。

フォレ・エルフの常識で言えば「仕事より大切な物などナイナイ！」なんだけど、王都に住む人達はこういうことで喧嘩になったりするんだな〜と話題になった。

まさか、目の前でそんな場面に出くわすとは。さすが、王都。うな垂れるルードティンク隊長に、ちょっとした助言をしてみる。

「ザラさんに相談したらどうですか？」

「ザラに？」

「はい。一番人間力が高いので、何か助言してくれるかもしれません」

ルードティンク隊長は腕を組み、わかったと返事をする。

そんなことよりも、気になっていた件について質問してみる。

「そういえば、任務って？」

「駆け落ちした貴族の片割れを、雪山に探しに行かなければならん」

「また、過酷なやつですね」

山登りなので、装備は最低限にしなければならない。それに寒いので、栄養価の高い保存食を準備しなければ。寒い場所は、ただそこにいるだけで活動力を消費してしまうのだ。

ちなみに、行方不明になったのは大貴族の息子さんで、駆け落ちする中、逃げ込んだ雪山で離れ離れになってしまったらしい。女性は早々に保護されている。

「しかし、なんで雪山なんかに」

「結婚を反対していた家の者に追われていて、逃げていたようだ」

「なるほど」

遠征部隊の隊員達が交代で捜索に行っているとか。今日で二日目らしい。

「それって生きているのでしょうか？」

「さあな。だが、遺体が見つかるまで探すだろうよ」

「ええ、そんな……」

私達の雪山での捜索時間は半日らしい。

「滑落なんてしていたら、見つかるわけないのに」

「しかし、やるしかないだろう。上の命令だ」

今日、ガルさんと一緒に砕いていた木の実はビスケットの生地に混ぜて焼こうと思っていたけれど、作戦変更だ。

「ルードティンク隊長、ちょっと買い出しに行ってきてもいいですか?」

「ああ。終業までには帰って来いよ」

「了解です」

雨が降る前に行って帰って来られたらいいな。そんなことを考えつつ、一応、傘を借りて出かける。早足で出かけ、サクサクと買い物を済ます。

買ったのは禾穀類《グレイン》と、乾燥果実。

禾穀類《グレイン》とは蒸した穀物を潰し、乾燥させた物。食物繊維が豊富で、栄養価が高く、お手軽に食べられることから王都でも人気らしい。

この、禾穀類《グレイン》を使って、ある物を作る。

山に登る時は、「行動食」という栄養補給を目的とした食料が必要となるのだ。

簡単に食べることができて、栄養価の高い物を用意しなくてはならない。できれば、ポケットなどに入れて、歩きながらでも食べられるような物がいい。

そこで、禾穀類《グレイン》と乾燥果実、木の実などを炒め、蜂蜜《ミエレ》で固めた棒状の食べ物を作るのだ。

普段だったら身震いするほど甘くて、太ってしまいそうな代物だけど、登山をする時はこれくらいカロリーが高い物を取らなければならないのだ。

登山はあっという間に疲れてしまうので、お手軽に栄養補給できる食べ物が必要になる。

急いで買い物をしたつもりだったけれど、外は土砂降り。外套の頭巾を被り、傘を差して雨の中、小走りで帰った。

ルードティンク隊長に戻った旨を報告し、すぐに調理に取りかかる。

まず、砕いた木の実と禾穀類《グレイン》、乾燥果実を入れ、塩を軽く振って混ぜ合わせる。一度、炒って香ばしくした。器に入れて、粗熱を取ったあと、蜂蜜《ミエレ》を垂らし混ぜ合わせる。

材料が纏まったら四角い鉄板に入れて、かまどで焼く。

しばらく焼けば完成。

焼き上がった物は棒状に切り分け、中まで冷えたら紙に包む。

全部で三十本ほど作ってみた。一人当たり五本。

任務は半日とのことで、十分だろう。朝早い時間に出発するらしいので、準備をしておく。

休憩室に戻ったら、頭を抱え込んだルードティンク隊長と、足を組んで座るザラさんの姿が。

「お、お疲れ様です」

「メルちゃんも、お疲れ様」

気まずい雰囲気なので、そのまま出て行きたかったが、ザラさんが隣をポンポンと叩くので、嫌々座ることになった。

「メルちゃん、聞いた？　ルードティンク隊長の世にも不幸なお話」

「あ、はい」

「可哀想よねえ」

ザラさんに相談したところ、宝飾品を贈ればいいという話になった。

「しかし、店はもう閉まっているだろう」

「あら、天下のルードティンク家のお坊ちゃまが来たら、開けてくれるでしょう」

「だが、俺には女がどんな物を欲しがるのか……」

ザラさんとルードティンク隊長が同時に私を見る。

「いや、私もわからないですよ。今まで森暮らしをしていた身ですし、宝飾品なんて、見たことないですから」

ザラさんのほうがわかるのではないのかと、言ってみる。

「やだ、男と二人で宝石店に行くなんて、悪い意味でゾッとしちゃう」

「奇遇だな。俺もだ」

そんなわけなので、三人で仲良く宝石店に行くことに。

「外、雨ですよ」

「いいから向かおう」

かなり乗り気ではない私。ルードティンク隊長は早く済まそうと、そわそわしている。

ザラさんはちょっと楽しそう。

宝石店はやっぱり閉まっていた。けれど――。

「おい、誰かいるか⁉」

なんて山賊み溢れる言い方なのか。

ドンドンと扉を叩きつつ叫んだルードティンク隊長の乱暴な言葉に、ぎょっとなるザラさん。

「ちょっと、借金の取りたてじゃないんだから！」

ルードティンク隊長は無意識だったようで、不思議そうな顔をしていた。

ザラさんに注意され、貴族の子息らしい振る舞いで頼み込む。

こうして、無理矢理……じゃなくて、特別に開けてもらった。

店内はキラキラ輝く綺麗な首飾りや耳飾り、胸飾りなどが芸術品のように陳列されていた。

ザラさんとルードティンク隊長はあれではない、これではないと二人で真剣に選んでいる。

なんか、後ろから見ていたら付き合いたての恋人同士に見えなくもない。

店員さんも同じことを思っているのか、生温かい目で見守っていた。

じっくり選び、最終的に首飾りを買った模様。緑色の宝石がついていて、とても綺麗だ。

　結局、私は一緒に来ただけで、何もしなかった。でも、宝石を見ることができたので、得した気分。胸飾りくらいだったら、一つくらい持っていてもいいかななんて。いつか購入するために、頑張らなければ。ぼんやりと眺めていたら、ザラさんが手招きをする。

「ねえ、メルちゃん、ルードティンク隊長が胸飾りを買ってくれるそうよ」

「え⁉」

　まさかのご褒美が。いいですと遠慮したけれど、ザラさんも買ってもらうらしい。

　見せてもらったのは、お花とうさぎと星と鳥と。どれも可愛い。

「おい、お前はうさぎがいいんじゃないのか？」

　ルードティンク隊長の言葉は無視する。

　どれも綺麗。でも、迷うなあ……。

　やっぱり、私には相応しくないし、買わなくてもいいかななんて思っていたら、隣にいたザラさんが花の胸飾りを指差す。

「メルちゃん、このお花にしたらどう？　きっと、似合うと思うの」

「そうでしょうか？」

「ええ、そうに決まっているわ」

　私達の会話を聞いたルードティンク隊長が、花の胸飾りを買うと店員に言った。

「私のはメルちゃんが選んでくれる？」

そんな、責任重大な。けれど、せっかくそんな風に言ってくれたので真剣に選び、最終的に猛禽類の鳥を模った胸飾りを選んだ。

「メルちゃん、渋いのを選んでくれたのね」

「お前にぴったりだろう。肉食だから」

「あら、うふふ」

謎のやりとりをするお兄さん達。店員さんが胸飾りの入った包みを持って来てくれた。

まさか、こんな素敵な物を贈ってもらえるなんて。

明日から、またお仕事を頑張ろうと思った。

＊

昨日、お仕事を頑張ろうと決意していたけれど、今日の任務が雪山での捜索だと思い出してしばし気が滅入る。しかも、本来ならば休日だった。

朝から寝台の上でがっくりとうなだれる。起き上がるのが億劫になっていた。

やる気がない。気力がない。元気がない。

ないない尽くしである。けれど時間は待ってくれない。

のろのろと起き上がったら、昨日買ってもらった胸飾りが目に付いた。包装紙が綺麗で、開封せずにそのままにしておいたのだ。帰って来たら、丁寧に開いて眺めよう。それを楽しみに今日一日の仕事に挑むことにした。

食堂に行くと、いつものおばちゃんが出迎えてくれる。焼きたての平パンを二枚受け取り、オムレツとスープを貰って席につく。まずは食前のお祈りから。

――おいしい食事を食べられることに、感謝します。

まずはパンからいただくことにした。バターの入っている壺を引き寄せ、たっぷりと塗る。

今日は雪山へ遠征なのでたくさん栄養分を蓄えたほうがいいだろうと思って、バターは重ね塗り。あつあつのパンの上で、バターが溶けている。薄い卵色が熱を受け、すうっと色が変わって琥珀色になる瞬間がたまらない。ずっと眺めていたいけれど、時計を見れば朝礼の時間が迫っていた。サクサクと、急いで噛みつく。バターの濃厚な風味に感動している時間などない。

オムレツをナイフで裂く。すると中からトロリとチーズが出てきた。

こんなの、聞いていなかった。オムレツの中にチーズなんて、大事件だ。絶対絶対、おいしいに決まっている。一口大に切り分けた。フォークを突き刺せば、みょんと伸びるチーズ。ナイフでチーズを切ってから食べた。

このおいしさ…………言葉にならない。

フォークを握りしめて瞼を閉じ、しばし感動に浸る。

オムレツにチーズを入れる料理を考えた人は天才だと思った。と、そんなことを考えていたら、就業時間三十分前を知らせる鐘が鳴る。ゆっくりと味わっている時間などなかった。

急いで食べて、寮を飛び出した。

朝礼にはギリギリ間に合った。

本日で八勤目なので、みんなほどほどに目が死んでいる。

ザラさんはいつも通りだったけれど。この人、体調管理どうやってしているんだろう。

まあいいか。

依然として、行方不明の貴族のお坊ちゃんは見つかっていないらしい。

「まあ、今日あたりから死体探しになるだろう」

ルードティンク隊長の冗談のような一言に、笑えない私達。もう嫌だ。今日という日が元々休みだったということもあって、余計に憂鬱になる。

雪山までは馬車で行くらしい。その点に関しては、ちょっとだけホッ。

朝礼が終わったら、即座に移動となる。各々、荷物を持って外に出た。

六人乗りの馬車が用意されたけれど、大柄な人が多いので、ちょっと狭い。

特に大柄なガルさんは、身を縮めて居心地悪そうにしていた。

私は端っこに陣取る。隣はザラさん。目の前はベルリー副隊長で、華やかだ。

ルードティンク隊長が合図を出すと、馬車は動きだす。

変わりゆく景色を眺めていると、前方より視線を感じる。

ベルリー副隊長が私を見ていたのだ。目が合うと、ふわりと微笑んでくれる。

「リスリス衛生兵、王都での暮らしには慣れたか？」

「はい、お蔭さまで」

みんな親切だし、村で暮らしていた頃よりも、贅沢な暮らしをしていると思う。寮の騎士のお姉さん達も優しいし、食堂のおばちゃん達も親身に接してくれる。不満は欠片もない。

「この先の目標とか、夢とか、そういうのがあるのか？」

「一応、妹達の結婚資金を貯めることができたらと思っているのですが」

そんな発言をしたら、一気に視線が集まる。みんな目を見開きながら私を見ていたけれど、ウルガスが質問をしてきた。

「あれ、リスリス衛生兵って独身ですよね」

「そうですが、何か？」

「なぜ、妹さんの結婚資金を？」

「妹を笑顔でお嫁に送りだすために決まっているじゃないですか」

「リスリス衛生兵は？」

「私は婚約解消されたので」

シンと静まり返る車内。ルードティンク隊長が小声でウルガスに「そこまで聞いたんなら、最後まで聞け」と肘で突いていた。ヒソヒソ話、聞こえていますので。

「え～っと、どうして、婚約解消されたんですか？」

「私はないないない尽くしだったんですよ」

「な、ないないない尽くし？」

「財産なし、魔力なし、器量なしです」

「ええ～～」

フォレ・エルフの結婚条件を言ったら、驚かれてしまった。

「リスリス衛生兵、結婚を諦めるなんて、もったいないですよ」

「でも、王都の便利な暮らしを知ってしまえば、フォレ・エルフの森暮らしには戻れません」

「だったら、王都で結婚相手を探しては？」

「そんな物好き、いるわけないでしょう」

「……ここにいるけれど」

ザラさんが何か発言したあと、馬車が大きく揺れた。外から御者の悲鳴が聞こえる。

馬車は動きを止め、それと同時にルードティンク隊長が叫んだ。

「――魔物だ！」

悲鳴を寸前で呑み込んだ。任務に赴く途中で魔物に遭うなんて、運が悪い。最悪だ。

ルードティンク隊長は椅子の下から大剣を取り出し、飛び出していく。ガルさんも続いた。

「やだ、私とガルさんの武器、後ろの荷物置きじゃない」

ザラさんはやれやれといった感じで出て行った。

「リスリス衛生兵、ウルガスが合図を出すまで、馬車の中にいてくれ」

「わ、わかりました」

私に注意を促し、ベルリー副隊長は馬車から出て行く。最後に、ウルガスが不安そうな面持ちで飛び出して行った。

一人残された私。外からは魔物の甲高い鳴き声が聞こえる。そっと、前方の窓から様子を覗き込む。騎士隊の面々が対峙しているのは、双頭の巨大蛇《フィズィ》だった。全長は五メートル程。森の保護色ともいえる緑のウロコに、赤い目が怪しく光る。再度悲鳴を上げそうになって、口を手で塞いだ。

サッと顔を逸らし、馬車の床を見つめる。

あんなに大きな魔物を見たことがなかったので、心臓がバクバクいってうるさかった。

御者は騎士のお兄さんだけど、あれを見たら悲鳴も上げるよなと。

そういえば、御者のお兄さんは――。気になって、再度窓の外を覗き込む。端のほうで倒れていた。怪我をしているのか。出血はないようだけど。合図があるまで待機を命じられているので、その場で待つことに。ごめんね、お兄さん。

戦況は悪くないように見えた。ザラさんが戦斧で勇敢に切りつけ、ルードティンク隊長は長い尾から繰り出される攻撃を薙ぎ払う。

動きに一切の無駄がない。

隙を見てベルリー副隊長とガルさんが、心臓のある部位を攻撃する。

遠方から、ウルガスが矢を射る。風のように放たれた矢は、巨大蛇《フィズィ》の目に命中していた。

ルードティンク隊長達が優勢だけど、ハラハラして見ていられない。

ズシンと、大きく地面が揺れる。

馬車もギシギシと、音を立てていた。衝撃で倒れそうになったけれど、窓枠を掴んでふんばる。

窓の外の状況を確認すると、巨大蛇《フィズィ》は倒れていた。

ホッとひと息――なんてしている暇はない。救急道具を準備して、怪我人の治療がいつでもできるように構えておく。最初に馬車へやって来たのはウルガスだった。

「リスリス衛生兵、もう大丈夫みたいです」

「はい、お疲れ様でした」

「いや、俺はほとんど何もしていないですよ」

そんなことはない。私はきちんと見ていた。ウルガスが急所に矢を放っていたところを。

非常に謙虚な青年だ。私も見習いたい。

「たぶん、怪我人はいないかと」

「良かったです」

「擦り傷などはあるかもしれませんが」

「了解です」

御者のお兄さんは気絶をしているだけらしい。それを聞いて、やっと本当の意味で安堵することができた。私が治療できるものには限度がある。一部の部隊には隊医がいるらしいが、人数はあまり多くない。だから、戦闘のたびに、どうか大きな怪我をしないでくれと、願っているのだ。

まだ中にいるようにと言われたので、じっと待機しておく。

しばらく経ったあとで、みんなが戻って来た。

ルードティンク隊長の代わりに、御者をしていた青年が乗車する。どうやら目覚めたようだ。

用心のために、交代したらしい。しばらくルードティンク隊長が手綱を握るとか。

青年は居心地悪そうに隣に座っていた。ガタゴトと揺れる中、私は青年の治療を行う。話を聞いてみると——魔物に遭遇し、馬車を止めて私達に知らせようと背後を見た瞬間に、攻撃を受けてしまったらしい。

運転中は視界の確保を優先して兜は被っていなかったらしく、顔は傷だらけ。革手袋も裂けて、隙間から見える肌に血が滲んでいた。

傷口を濡れた布で拭きとり、清潔な状態にしてから傷薬を塗っていく。

裂けた手袋も、暇なので縫った。

「すみません、ありがとうございます」

「いいえ、お気になさらず」

大袈裟なくらいにお礼を言ってくれた。まあ、悪い気はしない。なんだか、衛生兵の仕事が存分にできたような気がして、達成感に満たされてしまった。

＊

馬車はガタゴトと音をたてながら進んでいく。知らない隊員がいるためか、誰も喋ろうとしなかった。任務地に辿り着く前に、診断書を書いておく。もちろん、さきほど気絶した騎士のものだ。

頭を打ったからか、意識がぼんやりしているような気がする。それに、巨大蛇《フィズィ》から胴に攻撃を受けたので、お腹に内出血の痕があった。それで、一度お医者さんの診断を受けたほうがいいと思い、帰還指示書に書き込んでおく。

衛生兵は隊員の健康状態を見て、任務に参加できるか、できないかの判断をするのだ。

それから一時間ほどで、捜索本部となっている建物に到着した。地面に雪が積もり、全身に鳥肌が立つ。ザラさんは雪国育ちなので、平気だと言っていた。羨ましい。

建物の中に入ると、たくさんの騎士が行き来していた。受付っぽい場所でルードティンク隊長が名乗ると、会議室に行くように案内される。

すれ違う騎士達は酷く疲れているように見えた。ウルガスがヒソヒソ声で話しかけてくる。

「うわあ、相当きつい任務みたいですね」

「まあ、雪山捜索ですからね」

村では雪の降った時、女、子どもは森に入ってはいけないことになっている。危険だからだ。

駆け落ちした二人はどうして雪山へと逃げ込んでしまったのか。

会議室には、げっそりとしたおじさん達が。半数が騎士ではなく、上品な服を着た貴族っぽい人達である。捜索を依頼したご家族だろう。

机の上には山の地図が広げられ、探した範囲が塗りつぶされていた。

遠征部隊の総隊長より、説明がなされる。

私達が捜索するのは雪山の麓。ぐるりと一周見て回るようにとのこと。簡単な任務に聞こえるけれど、道のりは上り下りが激しいらしい。もっともげっそりとしたおじさん——遠征部隊の総隊長は私達に言う。

「狼獣人の嗅覚、フォレ・エルフの聴力に期待したい」

おお、ガルさんだけでなく、私にまでお言葉がかかるなんて。責任重大だ。

遠征部隊の精鋭達が山の中腹まで捜索したらしいが、発見に至らなかった。

「見つからなくとも、捜索は今日で切り上げる。次にここへ派遣するのは、雪が溶けた時期だ」

今回、遺体探しまではしないらしい。そこまですれば、騎士隊側に死人が出るからだろう。

ルードティンク隊長に地図が託される。それから、追加の装備も。

底に鋲のある長靴に、もこもこの外套、耳を覆う帽子——と、これはとんがり耳の私は装備できない。頭巾で我慢するしかない。それから、襟巻に手袋など、雪中行軍用の一式が支給された。捜索用の長い杖に、箱いっぱいの食料も。

「これが半日分だ。体力はすぐ消費されるから、小まめに取るように」

箱の中身はチョコレートに飴、ビスケットのお菓子類。

それを見たルードティンク隊長は、眉間に皺を作る――が、すぐに無表情へと戻った。

甘い物が苦手なのだろうか？

「ルードティンク、危険だと思ったら、すぐに引き返せ。雪崩も二回ほど発生している。幸い、被害は出ていないが」

さらに、雪山には中型魔物、雪熊《シュネオサ》が出るらしい。三年前に、ここでも発見及び討伐されたとか。嫌な情報を聞いてしまった。

出遭わなければいいけれど……。

以上で説明は終わり。

出発前に食事を取るように言われる。騎士達のお兄さんが作った炊き出しらしい。急遽食堂になった部屋では、騎士達が白目を剥きながらスープやパンを口にしていた。

最初にトレイを手に取り、先へと進む。

まずはスープ。大きな骨付き肉が浮かんでいる物で、バターの塊がどぼんと落とされた。

次に、脂身の多い焼いた肉がドンと置かれる。それから、丸くて大きなパンと茹でた卵が三つ。野菜の酢漬けが入った瓶を渡された。

なんか、一食で無理矢理精を付けさせようという、気合いが見て取れる品目であった。

隣で食べ始めたウルガスが、「うっ！」と呻く。

「どうしましたか？」

「すみません、ありえないほど不味くて」

「なんと……！」

ウルガスが攻略していたのは、バターを落としたスープ。

赤葡萄酒の入った濃厚なスープに入れるならわかるけれど、あっさり系のスープには却ってくどいような。でも、食べなきゃ雪山で倒れてしまう。

勇気を出して、一口。

「ウッ！」

「でしょう？」

「はい……」

顔を顰めつつ、一生懸命詰め込んだ。

食後、支給された装備を身に付け、雪山へと挑む。

外は寒い。冷たい風が肌をつき刺すよう。耳は、やはり寒かった。エルフ用の装備も充実させてほしい。

「リスリスはウルガスと縄で体を結んでおけ」

ルードティンク隊長が指示を出す。なんでも、私が途中で転がり落ちてしまわないための対策らしい。ベルトに縄を付け、ウルガスが私の縄を手に持ってくれる。

「よし、行きましょう、リスリス衛生兵！」

「はい、了解しました、よろしくお願いします！」

「馬鹿か、お前らは‼」

　私達はどうやら、間違っていたらしい。ルードティンク隊長からの指摘《ツッコミ》で発覚する。

　互いのベルトに縄を付けて、移動しろということだった。危うく、犬のお散歩状態で雪山に挑むところだった。正しい縄の取り付け方をして、出発する。

　いつの間にか、天候は悪化。強い風が吹き荒れていた。

「なんか吹雪《ふぶ》きそう……」

　雪国出身のザラさんの嫌な予感は、予言のようにも聞こえる。

　ああ、嫌だ。行きたくない。けれど行かねば。

　先頭は雪道に慣れているザラさん。次にガルさん。ベルリー副隊長にウルガスと私、ルードティンク隊長という順になった。戦闘になったら、ウルガスは私を抱えて後退するらしい。

　ザラさんやガルさんなどが作ってくれた道を進む。

　山のほうに進めば進むほど、雪は深くなっていった。

　足元の悪い中だったけれど、縄で繋がったウルガスがぐいぐい引っ張ってくれるので、意外と楽だ。

棒でぐさぐさと雪を刺しつつ、進んでいく。

これは、途方もない捜索なのでは？　と思う。

ちょっと探しては、小休憩。じっくり探して、長い休憩を繰り返す。

前日作った行動食は、さっと取り出して食べられるので役に立った。

途中、手がかじかんでどうにもならなくなる。

偶然にも、洞窟のような場所を見つけたので、そこで休憩を取ることになった。

山の斜面を突き抜ける穴は、暗く、じめっとしていて、外よりは温かい。

ザラさんが焚火を作ってくれる。私も鍋を取り出して、準備をした。

「森林檎酒《メーラ》を温めて飲みましょう」

酒精は温めたら飛ぶだろう。たぶん。

鞄から酒瓶を取り出すと、ザラさんがじっと覗き込んでくる。

「メルちゃん、そのお酒、もしかして手作り？」

「そうですけれど、何か？」

「いいえ、お酒ギルドに登録した証明書がないと思って」

「あれ、もしかして、お酒作ったらダメな法律があるとか、ですか？」

「ええ、残念なことに」

なんと、王都では『酒ギルド』なるものが存在し、自家製の酒を作る場合はお金を払って許可を得なければならないのだ。知らなかった。

手作りの場合は、瓶に許可証を貼らなければならないらしい。

「わ、私は、なんてことを……！」

「心配するな。ここは王都ではない」

そう言って、ルードティンク隊長はどばどばと森林檎《メーラ》酒を鍋に入れていく。

「……見逃せることではないが、今は緊急事態だ。背に腹は代えられない」

ベルリー副隊長まで、そんなことを。ガルさんは見なかった振りをしていた。

「うわ～、おいしそうですね！」

ウルガスはすでに、呑む気でいた。

ちらりとザラさんを見ると、肩を竦める動作をしていた。どうやら、黙っていてくれるらしい。

申し訳ないと思いつつも、準備を進める。

森林檎《メーラ》には疲労回復、むくみ解消などの効果がある。

それに、体の活性化を促す生姜《ゼンゼロ》の粉末と、喉の調子を整える効果がある蜂蜜《ミエレ》を入れた。

匙でかき混ぜると、ふわりと甘酸っぱい香りが漂ってくる。

隊員一人一人のカップに注ぎ、各々の前に置いていく。

ルードティンク隊長はカップを手に取り、掲げながら言った。

「この件は、内密に」

みんな、「了解」と言って、温めた酒を乾杯するように掲げたあと、口にする。

お酒の成分はほとんど飛んでいた。森林檎《メーラ》の甘さと、ピリッとした生姜《ゼンゼロ》の風味があり、最後に蜂蜜《ミエレ》のほのかな甘みを感じた。じんわりと体が温まる。おいしい。


しばしの休憩後、捜索を再開させる。

ザラさんは灰色の空を見上げ、憂鬱そうに溜息を吐いていた。

「あの、ザラさん。天気、危ない感じですか？」

「たぶん。でも、わからないわ。雪山の天候は気まぐれだから」

黒い雲がどんどん流れていく。

村に住んでいた時、ああいう空模様の時は、早く家に帰るように言われていた。けれども今は任務中。家に帰るわけにはいかない。ザラさんは一応ルードティンク隊長に報告したようだ。

「天気は良くないが、もう少し先に進む。風が強くなったら引き返すつもりだ」

とのことで、もう少し先に進むことになった。雪は降っていないけれど、降り積もった雪がだんだん深くなり、先ほどよりも歩きにくくなっていた。

相変わらず、私はウルガスとロープで繋がった状態で進んでいる。私の歩調に合わせ、ゆっくり歩いてくれていた。

ひゅうひゅうと吹く冷たい風。揺れる枝、踏めばザクザクと音の鳴る雪。

山に入ってからずっと同じ音がしていたが、ふいに、違う音が聞こえた。ウルガスに止まってもらい、耳を澄ませる。

「――あ！」

「どうかしましたか？」

「何か、こちらに近づいてきています」

「もしかして、行方不明になっていたご子息様でしょうか？」

「いえ……残念ながら、聞こえるのは、四足獣の足音です」

「そ、そんな……」

まだ遠い。けれど、ズンズンと目的を持ってこちらへ近づいてきていた。

恐らく、十分もしないうちに邂逅《かいこう》となるだろう。逃げても追ってくるに違いない。

ウルガスはすかさずルードティンク隊長に報告した。

四足獣と聞いて、雪熊《シュネオサ》だろうと断言していた。ガルさんもそうだろうと言う。濃い、敵意剥きだしの獣の臭いが近付いていると。風で臭いが掻き乱されていたので、気付くのが遅れたようだ。

みんな、荷物をその辺に放り投げ、各々得物を手にして、戦闘態勢をとる。私はウルガスと共に後退することになった。繋いでいた縄も解かれる。

「それにしても、雪熊《シュネオサ》に遭うなんて」

ウルガスは心底うんざり、という口調で言う。

弓に矢を番《つが》えて構えるが、矢羽を引いていた手を元に戻し、盛大な溜息を吐いていた。

「最悪ですね。風が強くて矢が当たるとは思えません」

「ええ、心中お察しいたします」

こういう風の強い日は、矢が無駄になるのでフォレ・エルフの男衆は狩猟をしない。

かつて、一族の歴史の中に風を読んで矢を射る者もいたらしいが、伝説の狩人と呼ばれていた。作り話の可能性もある。

「雪熊《シュネオサ》は騎士隊の中でも戦いたくない魔物十体の中に入っているんですよね。まさか、対峙することになるなんて」

「ええ」

先ほどから、妙な圧力を感じて額に汗が浮かんでいた。

雪熊《シュネオサ》は中位魔物と呼ばれ、五名以下での戦闘は禁じられているらしい。

「禁止って、出遭ってしまったら戦うしかないですよね」

「まあ、いろいろあるんですよ」

戦闘に制限がある一番の理由は、労働災害の補償額が絡んでいるらしい。もしも、定められている人数以下で戦闘行為を行った場合、支払われる補償金がぐっと下がるとか。

「うわ、なんか悪い決まりですね、それ」

その辺の説明も聞いていたような気がしたが、規律の説明は眠くなる上に、半日と相当長かった。

人の話を長時間耳に入れたことのない私は、うとうとしながら聞き流していたのだろう。

「もう一回、しっかり読み返さないとですね」

「そうですね。読んでおいたほうがいいですよ。騎士は基本給が高いですし、来る者拒まずなので入隊希望者は絶えませんが、結構あくどい決まりも多いので」

「う～～む」

ウルガスと会話をしていれば気分も紛れるかと思ったけれど、話題の選択を間違ってしまった。

気分はいっそう重くなる。

「あ～、そろそろみたいですね」

戦闘が始まると言われ、ぞわりと鳥肌が立つ。

前衛のルードティンク隊長が剣を構え、姿勢を低くしていた。雪熊《シュネオサ》はすぐ近くにいるのだろう。

「リスリス衛生兵は、雪熊《シュネオサ》が見えたらちょっと離れていてくださいね。何があるかわからなく」

「俺も衛生兵の教育を受けているので、リスリス衛生兵の不在中の治療についてはご心配ないので」

「は、はい」

そして、前衛二名が戦闘不能になったら、本部に戻って報告してほしいと頼まれた。

「わかりました」

できれば、そういう状態にはならないでほしいが。ウルガスの表情は、いつになく緊張していた。

声をかけるなんてとてもできない。じっと、固唾を呑んで見守る。

ヒュウヒュウと、吹き付ける風の音が大きく感じる。バクバクと鼓動を打つ、心臓の音も。

木々の隙間より、赤い双眸がぼんやりと浮かんだ。

「――ヒッ！」

思わず、悲鳴を上げそうになったが、寸前で呑み込んだ。

ウルガスが「大丈夫ですよ」と声をかけてくれたけれど、それでも怖い。

そして、雪熊《シュネオサ》の姿がぼんやりと捉えられるようになった。

私はウルガスから離れ、隊員達の戦いを見守ることになる。今日ほど、自分に魔力があればと思う日はないだろう。回復魔法や祝福《ベネデッタ》など、使えたらきっと心強かったに違いない。

今の私には応急処置しかできないので、歯がゆい思いを噛みしめる。唯一できることといえば、戦闘状況を見て、捜索本部への救助を頼みに行くこと。

だから、何が起こっても目を逸らさずに、状況把握をしなくては。

ようやく全貌が明らかになった雪熊《シュネオサ》。でかい。とにかくでかい。

四つん這いの状態でルードティンク隊長の背より大きいとは。

白い毛皮を針のように立て、ぐるぐると鳴きながら牙を剥いていた。

結構な距離を置いているのに、恐怖で震える。全身に鳥肌が立ち、汗が噴き出ていた。

しかも、最悪なことに横殴りの風に雪が混じりだした。

その場に立ち続けるのも辛い。けれど、ルードティンク隊長達は果敢に戦っていた。

キィン、キィンと、武器の音が鳴る。おそらく、皮膚が金属のように堅いのだろう。

ルードティンク隊長は獰猛な雪熊《シュネオサ》に対し、攻めの姿勢で立ち向かっていた。

ベルリー副隊長は隙を窺っているように見える。

ガルさんは中距離からの一撃を放っていたが、致命傷を与えたようには見えなかった。

ザラさんは足の腱を狙っているのか。斧の柄をくるりと回し、流れるような動作で雪熊《シュネオサ》の足を斬りつける。攻撃が上手い具合に当たったのか、パッと、雪に赤い血が散っていた。

雪熊《シュネオサ》の巨体は、ぐらりと傾く。一同、いっせいに後方へと下がった。

「うわ～～、このタイミングか」

ウルガスが何やらぼやいている。ひときわ強い風が吹き、視界も真っ白になっていた。

雪が保護色となり、雪熊《シュネオサ》の姿もおぼろげになる。

ウルガスは弓を思いっきり引いていた。くんと、弦がしなる音が鳴る。

そして、矢を放った。

見当違いの方向へ放ったと思っていたが――。

「あ、うわ、すごっ。や、やった！」

見事、矢はザラさんが傷つけた足に命中する。この風の強い中、大した腕前だろう。

傷口にさらなる攻撃を受け、雪熊《シュネオサ》はのたうち回っている。毒矢か何かだったのか？ 一撃であれだけ苦しむなんて。

ルードティンク隊長達は一気に後方へと下がっていく。ウルガスも私を振り返った。

「リスリス衛生兵、俺達も撤退しますよ」

「あ、はい」

深い雪の中を、なるべく早足で進んでいく。

移動しながら、ウルガスが説明してくれた。

鏃《やじり》に毒を仕込んでいるので、あとは勝手に暴れ回っているうちに息絶えるという。

やはり、矢に毒を仕込んでいたようだ。

私の荷物以外は全員放棄。あとで回収可能ならばするらしいが。

治療道具や食料などが入った鞄はウルガスが持ってくれた。体力に自信がないので助かる。

集合場所はさきほど立ち寄った洞窟。まだ、中には誰もいないようだった。

「リスリス衛生兵、大丈夫ですよ。ルードティンク隊長達はきっと無事です」

「ええ、そうですね」

ルードティンク隊長の、誰にも負けない山賊魂を信じるしかない。

用心のため、洞窟の出入り口に聖水を撒く。これで、雪熊《シュネオサ》は近寄れないはずだ。

私達はルードティンク隊長達を待つ間、食事を取ることにした。

休憩からさほど時間は経っていないが、驚くほど空腹だった。

ウルガスは焚火を作る。支給品でもらった固形燃料が活躍する。

まず、湯を沸かしてお茶を淹れた。渋い薬草茶だけど、温かい物を口にしたら、張り詰めていた気持ちもいくらか楽になった。

「隊長達には悪いですが、先にいただきましょう」

「そうですね」

部隊の支給品が入っている革袋を開いた。

その中で、手っ取り早くお腹いっぱいになりそうなソーセージを取り出す。フォークに突き刺し、火の上に持っていった。

ウルガスと二人、無言でソーセージを炙り続ける。

途中、ソーセージの皮がパチリと弾けた。肉汁が溢れ、火の中に滴っていく。

ほどよく焼き色がついたら、食べごろだ。鞄からパンを取り出し、ウルガスに渡した。

神様に祈りを捧げ、食事を始める。

まず、焼きたてのソーセージから。

齧り付いた所から脂が滲み出て、舌を火傷しそうになる。粗挽き肉を香草などで濃い目に味付けしているからか、何もつけなくてもおいしかった。

皮はパリッと、中の肉はプリプリ。塩気が強くて、素材の旨味が凝縮されていた。

ごくんと呑み込むまで、口の中は幸せいっぱいだった。

他部隊はいつもこんなおいしい物を食べているのか。そう思っていたが――。

「リスリス衛生兵、これ、きっと貴族からの差し入れだと思います」

なんと、庶民の口にはなかなか入らない高級ソーセージらしい。おいし過ぎるわけだ。

食事が終わったら何か料理でも、と思ったけれど、大きな鍋は重いので持って来ていない。

小さな鍋はお茶用なのだ。

少々物足りない気分なので、鍋を使わない料理をと思い、鞄の中を探る。

ビスケットにチーズ、肝臓のパテに燻製肉。鍋を使わないで作れる物。

「う～～ん。あ、カナッペが作れますね」

カナッペとはビスケットなどにチーズや野菜、お肉などを載せて食べる、お酒のつまみ的な物。

この前、ルードティンク隊長の家の元乳母、マリアさんが作っていたのだ。

「ウルガスも手伝ってください」

ビスケットにパテを塗り、チーズを載せて黒胡椒を軽く振る。他に、ソーセージとチーズの組み合わせ、森林檎《メーラ》の砂糖煮、チョコレートなど、しょっぱい物から甘い物まで作った。

ルードティンク隊長達が帰って来たら、すぐ食べられるようにたくさん作る。私とウルガスは二、三枚食べて、お腹いっぱいになってしまった。なんだか、不安から胸が苦しくなって、食が進まないのだ。

「ルードティンク隊長達、来ませんね……」

ぽつりとウルガスが呟く。声色は暗い。せめて火は絶やさぬように、近場で枝を拾ってきて焚火にくべ、ささやかな努力を続けることになった。

耳を澄ましても、雪がびゅうびゅうと鳴る音しか聞こえない。不安を煽ってくれる。

ルードティンク隊長達は、まだ戻って来ないようだった。

＊

　あれから一時間くらい経っただろうか。ルードティンク隊長達は戻って来ない。

「もしかして、俺の毒矢が上手く刺さってなくて、ルードティンク隊長達は雪熊《シュネオサ》と戦うことになっていたら――」

　頭を抱え、震えた声で呟くウルガス。

「大丈夫です。ウルガスの矢はきちんと刺さっていましたよ」

　耳だけでなく、目もいいんですと自慢しておく。

「毒に耐性があったり……」

「大丈夫ですって。心配し過ぎです」

　いや、毒の耐性は知らないけれど、ここで悪いほうに考えるのはよくない。絶対に。

　甘い物を食べたら、気分も晴れるはず。

「ウルガス、チョコレート食べましょう！　あ、マシュマロもありますよ」

　ごそごそと貴族の差し入れ袋を探り、お菓子を取り出す。

「私、マシュマロは初めて食べるんです」

　マシュマロとは砂糖、卵白、水、膠《にかわ》などを混ぜて作るお菓子である。

フワフワで、口の中で溶けるらしい。

村で流行っていた物語で、お嬢様がいつも食べている定番のお菓子として描かれていた。子どものころ、マシュマロとはどんなものか、夢見たものだ。まさか、食べられる日が来るなんて。

袋に入っているマシュマロは丸くて、柔らかくて、薄紅色や黄色の可愛い色合いをしている。これを、騎士のおじさんやお兄さんが食べている姿を想像すると、なかなかほっこりしてしまう。

マシュマロをウルガスの手のひらに一つ載せ、私もぱくりと頬張る。

「うわっ、ふわふわ！　おいしい！」

見た目通りふっくら柔らかくて、表面はつるりとしている。ほんのり感じる甘い香りと、齧ればじゅわっとした弾力と甘酸っぱい果物の風味を感じた。まるで雪を食べているようで、上品な口溶けがあった。

こんな薄暗い洞窟の中なのに、気分は一気に童話《メルヘン》チックに！

「ウルガス、これ、すごいですよ。食べてください」

マシュマロは想像以上のおいしさだった。ウルガスに勧めるも、ぼんやりと見下ろすだけ。

仕方がないので、手の平のマシュマロを取って、口に詰め込んだ。

「むぐっ！」

「よく噛んでくださいね」

　もぐもぐとマシュマロを食べるウルガス。優しい気分になるだろうと言っても、表情は晴れない。

「あ、そうだ。本に書いてあったんですよ！　マシュマロを火で炙ったらおいしいって」

さっそく、ウルガスの分と二つフォークにマシュマロを刺し、炙っていく。焼くのはコツがいるらしい。一回目は火に近づけ過ぎて、焦がしてしまった。

こう、焼くというよりは、熱で炙ると表現したほうがいいのか。

ウルガスは虚ろな目で、マシュマロを炙っている。

今度は火に近づけ過ぎないように気を付け、焼き色が付いたら回すというやり方にしてみた。

「今度は上手く焼けましたね」

まだアツアツなので、冷ましてから食べる。

甘い香りが洞窟内に漂う。それだけで気分も上がるもの。

そろそろ冷えたころだろう。一応、ふうふうしてから食べた。

「熱っ！」

まだ熱かった。もう一度、ふうふうして齧る。

「……んっ、あふっ……でも、おいしい！」

表面はリックリ。中はとろ〜り。

マシュマロは炙ったほうが、味わいが濃厚になるような気がする。ああ、おいしい。薄暗い雪の中だけど、幸せな気分になった。私が食べるのを見て、ウルガスも食べる。

「うわ、うまっ……」

焼きマシュマロを食べたウルガスは、頬が緩んでいた。眉間に寄っていた皺もほぐれている。

やっぱり、おいしい食べ物は気分を和らげてくれるのだ。

「ウルガス、ホットチョコレート作りましょうよ。マシュマロを浮かべて食べるんです」

これも、物語の中に出てくるお嬢様が飲んでいた物なのだ。

「死ぬほど甘そうですね」

「でしょうね」

でも、普段だったらもったいなくて飲めないだろう。

私達には、貴族からもらった高級チョコレートがある。そして、おいしいマシュマロも。

鍋を火にかけようとしていたら、こちらへ接近する物音に気付く。

「どうかしましたか、リスリス衛生兵？」

「なんか、来ます！」

ズルズルと、重たい足取りだ。ウルガスは姿勢を低くして、弓を構える。

「雪熊《シュネオサ》ですか？」

「すみません、よくわからなくて……」

足音は複数聞こえるような気がする。まさか、仲間を引き連れてやって来たとか？

風は先ほどよりも強くなっている。ごうごうと鳴っていて、上手く周囲の音を聞き分けられないのだ。ビシバシと殺気が伝わってきて、ぞわりと肌が粟立つ。

「リスリス衛生兵、俺の後ろに！」

「もしもの時は、雪熊《シュネオサ》が俺に気を取られているうちに洞窟を脱出してください」

「そ、そんな……」

「援軍を呼びに行くのも重要な任務ですよ」

ウルガスを犠牲にして逃げるようなことなんて……。

「いいですか？」

「わ、わかりました」

こんなところで雪熊《シュネオサ》と戦闘になるなんて、ついていない。

しかも、私とウルガスなんて、身は少ないのに。

食べてもぜんぜんおいしくない。絶対の絶対においしくないから。必死に、雪熊《シュネオサ》へ念を送る。

ザクザクと音を鳴らしながら、接近する雪熊《シュネオサ》。

「二体です！　殺気だった雪熊《シュネオサ》が、二体！」

「最悪だ……」

ついに、洞窟の入り口に入って来る雪熊《シュネオサ》。

のっし、のっしと、接近してきたが――。

「あ、あれ？」

「どうかしました」

「え、えっと……」

ウルガスに毒矢を下ろすように、やんわりお願いをする。

「いや、危険ですよ！　だって、殺気がはんぱないですもん！」

「大丈夫です。だってあれは――」

薄暗い中から、ぼんやりと何かがやって来ているのがわかった。

「リスリス衛生兵、やばいです！　今までの魔物の中で、一番の殺気が」

「誰が魔物だ‼」

洞窟の中に低く響いた声。それは、ルードティンク隊長のものだった。

「え？」

「お前ら、こっちが悲惨な目に遭っている時に、呑気に甘いもん食いやがって！」

ウルガスはやっと、弓矢を下ろしてくれた。

それから、じわじわと涙目になっていく。

「た、隊長～～!!」

ウルガスはがばっと立ち上がり、ルードティンク隊長に抱きつこうとしたが、左右のほっぺを掴まれて、全力で拒絶されていた。

「気持ち悪い、なんで抱きつくんだ！」

「だって、だって～～」

まあ、気持ちはわからなくもない。雪熊《シュネオサ》かと思ったし、ルードティンク隊長死んだと思っていたし。

ルードティンク隊長だけでなく、ガルさん、ベルリー副隊長、ザラさんもいた。

さらに、ガルさんの背中には、行方不明になっていた貴族のお坊ちゃんが！

「途中でガルが見つけたんだ。けれど、崖の途中に引っかかっていて、救助に時間がかかった」

ルードティンク隊長達は必死に救助をして、お坊ちゃんを助け出したのだ。

ベルリー副隊長は目が据わっていた。ザラさんの髪の毛はほどけていて、疲れているように見えた。

ガルさんも尻尾がしょぼんとなっている。

「クソ……こいつのおかげで、とんでもない事態に巻き込まれた」

なるほど。救助で死ぬほど大変な目に遭ったので、殺気立っていたと。

ごろりと、敷物の上に寝かされるお坊ちゃん。

「ううん」と唸っている。

こちらが呼びかけると、返事もしてくれた。自分の名前もしっかり言えた。よかった。

意識ははっきりしている。

まずは状態の確認をした。手足や頬などに赤い発疹が出ている。軽度の凍傷だろう。

とりあえず、体を温めなければならない。

私が上着を貸そうと脱いだら、ガルさんが待ったをかける。

自分は毛皮があるのでと言って、上着をお坊ちゃんに貸してくれると言う。

「ありがとう、ガルさん！」

ガルさんの外套ならば、体をすっぽりと覆うことができるだろう。

焚火の数を増やし、体を温める。

雪を持って来て湯を沸かす。再び雪を持って来て適温にすると、指先などをじんわりと温めた。

血行がよくなれば、手巾《ハンカチ》で水分を拭い患部を揉んで、仕上げに保湿クリームを塗った。

応急処置はこれで完了。あとは体温を下げないようにしなければ。

外は吹雪になっているらしい。ここまで辿り着けたのが奇跡だと思った。

「ガルが甘い香りがするって言ったんだ。きっと、お前らの仕業に違いないと思って、賭けに出た」

「そうだったんですね」

焼きマシュマロのおかげで、合流できたのだ。

やっぱり、マシュマロはすごい。

「そうそう！　焼きマシュマロ、とってもおいしいんですよ！」

「俺はごめんだ」

やはり、ルードティンク隊長は甘い物が苦手なようだ。

他の物が食べたいと言われ、ハッと我に返る。

「すみません、食事を……あ、お茶を淹れますね！」

お坊ちゃんの応急処置が終わって気が緩んでいたけれど、ルードティンク隊長達は食事を取っていない。

作っておいたカナッペを勧めつつ、お湯を沸かしながら、ソーセージを炙った。

＊

猛吹雪が収まるのを待つ。幸い、一時間ほどで雪と風は止んだ。

黙々と、山を下っていく。

敷物と長物武器で作った担架に貴族のお坊ちゃんを乗せて、えっさほいさと運んでいった。

途中、戦闘になったらどうするんだって話だけれど、指摘をしてみればとんでもないことを言い出すルードティンク隊長。

「その時はこの坊ちゃんを放って逃げるに決まっている」

「えっ、そんなの酷い！」

ルードティンク隊長はガハハと山賊のような笑い声をあげる。信じられない気分でいたら、ザラさんが「冗談だろうから、大丈夫」と教えてくれた。

顔が凶悪で本気にしか聞こえなかったので、紛らわしい発言はやめてほしい。

外は陽が沈みかけている。早く戻らないと、真っ暗になってしまう。

無駄なことは話さず、真面目にサクサクと下りて行った。

なんとか無事に、騎士隊の本部に戻る。貴族のお坊ちゃんはすぐさま医師の治療を受けることになった。幸い、軽傷で済んだ模様。応急処置が良かったと、隊医に褒めてもらった。

報告を終えたら、貴族のおじさん達もお礼を言いにやって来る。もう、助からない可能性が高いと言われていたらしく、涙を流して喜んでいた。

良かった良かったと思っていたけれど、これで終わりではなかった。

「明日、荷物の回収に行く」

私以外の人達は荷物を放棄していたのだ。貴重品も入っているとのことで、山に取りに行かなければならない。

「あと、雪熊《シュネオサ》の死骸も確認しておくように言われた」

私とウルガスは同時に「ええ～～……」と叫んだ。

どうやらここに一泊しなければならないらしい。馬車があるので帰れるかと思いきや。

まあ、なんとなくそうだろうなと予想していたけれど。

ウルガスは帰れると信じて疑っていなかったのか、頭を抱え床に膝を突いていた。

「どうしたんだ？　王都で何かする予定でもあったのか？」

「ないですよ。婚約者もいませんし」

婚約者と聞いて顔を強張らせるルードティンク隊長。みんな見ない振りをしていたけれど、昨日の朝、頬に真っ赤な手痕が付いていたのだ。今は頬の腫れも引いているけれど。

きっと、「わたくしとお仕事、どちらが大切ですの!?」と言われたに違いない。

是非とも生で見たかった。他人事なので言えることだけど。

ウルガスはまだ、落ち込んだままでいる。

「だったらどうしたんだ？」

「……口に合わないんですよ、ここの食事が」

「仕方ないだろう。急ごしらえで整えられた施設だ。料理人なんているわけがない」

確かに、ウルガスの言う通り昼間食べたスープはなかなかパンチがあった。

強いて言えば不味かったのだ。涙目でウルガスは主張する。おいしい物が食べたいと。

「ウルガス、おいしい物かはわかりませんが、私が何か作りましょうか？」

少なくとも、ここで出される食事よりはおいしい物が作れると思って提案してみた。

「い、いいんですか？」

「ええ、いいですよ」

「ありがとうございます、リスリス衛生兵!!」

ウルガスはポロリと一筋の涙を流していた。そこまで嫌だったのか。

何を作ろうか考えていると、ルードティンク隊長がいきなり目の前にある物体を出してくる。

「だったら、これを使え」

「ぎゃっ!!」

それは、首のない何かの動物のお肉。たぶん、大きさからして山兎《ヒース》だろう。

首を落としただけで毛皮など剥いでおらず、血抜きだけしてあるようだ。

「これ、どうしたんですか？」

「救助の途中、山で狩ったんだよ」

ウルガスと合流できない場合も考えて、食料を確保していたらしい。

私はルードティンク隊長から山兎《ヒース》を受け取った。隊長は軽々と持っていたが、受け取ったら思いの外重たくてふらついてしまう。

「大丈夫、メルちゃん、疲れているんじゃないの？」

ザラさんが背中を支え、覗き込んできた。大丈夫だと首を横に振る。

まだ、限界ではなかった。

とりあえず、厨房では料理係の騎士さんの邪魔になりそうなので、外で調理する。

一応、ルードティンク隊長には上の方に許可をいただけるように頼んだ。

ガルさんは薪などを取りに、ウルガスとベルリー副隊長は食材を貰いに行ってくれるらしい。

ザラさんは私のお手伝いをしてくれるとか。

待つ間、兎の解体をする。

まず、後ろ足を縛り、木にぶら下げる。脚に切り込みを入れ、ぐいぐいと皮を剥いでいった。

「あらメルちゃん、お上手ね」

「うちの父が、兎狩りが得意で」

「そうだったの」

村では、小型動物の解体は女性の仕事なのだ。だから、十歳くらいになればしっかりと仕込まれる。子どもの頃は泣きながら解体していた。

内臓を抜き取り、肉と骨を分けて、雪で揉んで綺麗にしていく。

「ザラさんも慣れていますね」

先ほどからサクサクと、兎を捌いていた。食堂で覚えたのかと思っていたが、そうではなかった。

「私も、兎ばかり食べていたの」

「そうだったんですね」

どんな料理を食べていたのかと質問すれば、意外な調理法があがる。

「血で煮込むスープとか」

「ええ〜！」

なんでも、雪国暮らしは食材の確保が大変で、狩猟で得た獲物の血すら無駄にすることなく食べていたらしい。

「うちの村でも血のソーセージとかは作っていましたが」

「定番よね。血のプディングは？」

「いいえ、聞いたことありません」

血のプディングは家畜の血と香辛料と小麦で作られた物で、当然ながら鉄分が豊富。木苺《ルブス》のソースを付けて食べるらしい。

「味がまったく想像できないですね」

「う～～ん。失敗したパンケーキって感じ？」

失敗したパンケーキとはいったい……。不思議な食べ物みたいだ。

「パンケーキみたいって、血の味はしないのですか？」

「しないわねえ」

「なるほど」

若干の興味が湧いてしまった。鉄分不足になりがちなので、ちょっといいかもと思ってしまう。

「こういう話、他の人にすると、気持ち悪いって言われるの」

「そうなんですね。まあ、独特な文化はどこにでもありますから」

うちの村だって、豆を腐らせて作る料理がある。それを話したら、ザラさんは驚いていた。

どこでも食べる物だと思っていたが、ある日旅商人に振る舞ったら顔を顰め、「こんな臭い食べ物初めて見た！」と言っているのを聞いて、村の伝統食品だったと発覚したのだ。

「なるほど、豆を発酵させるのね」

「ええ、臭いが酷くて、私は苦手です」

食べてみたいと言うザラさん。勇気があるなと思った。

解体が終わったところで、ルードティンク隊長とベルリー副隊長達が戻って来る。

野外料理の許可が下りたようだ。

私は肉の加工をするので、他の人は野菜を切ったり、火を熾こしたりとお手伝いを頼む。

まず、鍋に雪を入れ、山兎《ヒース》の骨を入れて出汁を取る。

雪溶けを待つ間、肉を叩いて挽肉にする。今回、柔らかい背骨も一緒に砕いていくのだ。

肉の臭い消しに、香辛料をしっかりと利かせた。

雪が溶けて沸騰した鍋の灰汁抜きをして、骨を取って蒸留酒を入れる。

ベルリー副隊長達が切ってくれた野菜を入れて、しばし煮込んだ。

ごとごと沸騰してきたら、兎の骨入り肉団子を投入。

再び、灰汁抜きをする。

最後に香辛料で味を調えたら、『兎肉団子の雪溶け鍋』の完成だ。

薄暗い中、角灯《ランタン》の灯りだけを頼りに器に装う。

見回りをしている騎士のお兄さん達の視線がグサグサと突き刺さっていた。けれど今、私達は恥じらいよりも空腹が勝っていたのだ。

食事の準備は整った。ルードティンク隊長は私の鞄から森林檎酒《メーラ》を取り出す。

「ちょっとルードティンク隊長、ダメですって！」

「心配するな。お偉いさんがこんなとこまで見に来るわけもないし」

森林檎酒《メーラ》をカップに全員分注いでいく。どうやら共犯者に仕立てる気だ。

食前のお祈りをしたあと、ルードティンク隊長は、一人一人に酒の満たされたカップを押し付けていく。

みんな、酒の入ったカップを手に苦笑していた。

「今日はよくやった。遠慮せずに飲め」

無許可の素人酒ですが。もういいやと思い、開き直って乾杯した。

ぐっと一気飲みしたら、体がポカポカと温まってくる。

疲れた体に、お酒が染み入るようだった。

兎鍋もいただくことにする。

スープを一口飲んだ。甘い出汁が出ていてびっくり。ルードティンク隊長の雑な血抜きでも、十分おいしかった。やっぱり、冬の兎は美味なのだ。

お肉は鳥に似ている。肉団子はホクホクで、香辛料もしっかり利いているので臭みもない。骨もコリコリしていていい食感だ。

おいしい。おいしいけれど、密造酒の罪悪感もあって、身を丸めて大人しく食べている。

みんなも無言だった。まあ、どうだったかは、表情を見ればわかる。

お口に合って何よりだと思った。

＊

――ルードティンク隊長は雪山で縄を引いていた。

縄で繋がれた者がきちんと歩いているか、振り向いて確認する表情は険しい。まるで山賊だ。

足元の悪い雪道を、やる気なく歩く縄に繋がれた者達。

ルードティンク隊長はだらだら進む者達に我慢の限界だったのか、縄をぐんと強く引いた。

「おらっ、さっさと歩け」

「うっ、うう～～」

「うわっ！　ひ、酷い……」

涙目、涙声になる続く者達。誰かというと――私とウルガスだ。

罪人のように縄で繋がれている理由は、再び雪山を登ることを嫌がったからだ。

繊細な私とウルガスは、雪熊《シュネオオサ》の衝撃から立ち直れないでいる。けれど、ルードティンク隊長は容赦しない。嫌がる私達を縄で一列に繋ぎ、罪人のように無理矢理連行し始めたのだ。

そんなわけで、半泣きで雪山に入ったのである。

ベルリー副隊長が可哀想だと言ってくれるが、ルードティンク隊長は甘やかすなと切って捨てる。

ザラさんはおんぶしてあげようかと優しく聞いてくれたけれど、悪い気がしたので断った。

そのやりとりを聞いていたウルガスが、うんざりとした口調で言う。

「俺はおんぶしてほしいです」

「あら、いいわよ」

まさかの了承にたじろぐウルガス。断られると思っていたのだろう。「やっぱりいいです」と、やんわり辞退していた。

第二遠征部隊の一行は、わりと死んだ目で雪道を進んでいく。

雪国暮らしのザラさんのみ、なんてことないという表情でいたけれど。

貴族のお坊ちゃん捜索から一夜明けた。昨日の悪天候とは打って変わって、晴天である。

辺りは一面銀世界。太陽の光を受けて雪面はキラキラ輝いているが、それは時として人の命を奪いかねない、残酷な美しさなのである。

「隊長、荷物はともかく、雪熊《シュネオサ》は放っておきましょうよ～。生きていたらどうするんですか？」

ウルガスの必死の訴えも、ルードティンク隊長は聞き入れない。

なんでも、中位～上位魔物を倒せば、勲章を貰えるらしい。けれど、討伐した証拠も必要なのだ。ルードティンク隊長は雪熊《シュネオサ》の首を持ち帰ると朝から張り切っている。

「悪天候、危険な目に遭ってまで倒したんだ。報告書にはウルガスの一撃で倒したと書いておく」

「いや、やめてください。変に周囲から期待をかけられても困るので」

「給料も上がるから、大人しく書かれておけ」

「嫌だ～～」

ウルガス、繊細な青年よ。私はお給料を増やしてほしいので、雪熊《シュネオサ》の足音を聞き分けた功績をしっかり書いてくれるようにお願いした。

二時間ほど歩いたところで、昨日放棄した鞄などを発見。ガルさんが探し出してくれた。吹雪いていたので、雪の中から掘り起こすことになったけれど。

無事に荷物を回収し、すぐに雪熊《シュネオサ》捜索に移る。

荷物があった辺りが戦闘場所だけど、雪がたくさん降ったので雪熊《シュネオサ》の血痕は綺麗になくなっている。これもガルさんの鼻頼りの捜索が始まった。

雪熊《シュネオサ》は負傷してから結構歩き回っていたようだ。

「ウルガスの矢って、全部毒矢なんですか？」

「いえ、違いますよ。毒矢は高価なので、滅多に使いません」

「なるほど」

毒矢は騎士隊の弓使いに支給される物らしい。

「鏃は魔石で作られていて、魔物の血に反応して毒を発生させる特殊な物なんですよ」

「へえ、そんなすごい矢があるんですね」

国家機関である、『魔物研究局』が製作している武器らしい。

使用した場合は報告書を上げないといけないので、若干面倒なのだとか。

「魔物研究局、ねえ」

ザラさんが意味ありげな呟きを漏らす。

「あの、魔物研究局ってどんな施設なんですか？」

「言葉の通り、魔物の研究に血眼になっている奴らの巣窟《そうくつ》なの」

とある大貴族の支援を受けて、活動している機関なんだとか。

「魔物の死骸を持って帰って来いってしつこいのよ」

「それは……すごいですね」

ザラさんの知り合いがいるらしく、遠征部隊に配属されたと知った途端に頼んでくるようになったらしい。気の毒なお話で。

そんなお話をしていたら、ガルさんの動きが止まる。少し先に、一部がこんもりと盛り上がっている場所があった。

「もしかして、この下に雪熊《シュネオサ》が？」

「みたいだな」

ルードティンク隊長は手にしていた縄をぺいっと捨て、剣で雪を掘り起こす。

自由の身となった私とウルガスは、ゆっくりと後ずさりしていった。

ルードティンク隊長、ベルリー副隊長、ガルさん、ザラさんはザックザックと得物で雪熊《シュネオサ》を発掘していた。

少しずつ全貌が明らかになる。ものの数分で、巨大な雪熊《シュネオサ》を雪の中から掘り出していた。

「よし、首を落とすぞ。ザラ、斧を貸せ」

「嫌よ。刃が駄目になりそう」

「剣は硬い物を叩き落とすのに向いていないんだよ」

「じゃあ、剣がダメだったら貸してあげる」

そんなやりとりをして、剣でガンガンと熊の首を斬り落とそうとするルードティンク隊長。

その後ろ姿は、騎士団の正規隊員にはとても見えない。

「うわあ、すごく山賊」

私のわりと失礼な感想に、ウルガスは深々と頷きながら「同感です」と言っていた。

結局、ルードティンク隊長の剣では斬れなかったようで、ザラさんの斧で首を斬ることになる。

死後硬直をしていて、さらに凍っていたのでなかなか苦労しているようだった。

やっとの思いで雪熊《シュネオサ》の首を斬り取る。

雪熊《シュネオサ》の首を回収できたので、ルードティンク隊長もホクホク顔であった。

首から下の雪熊《シュネオサ》は再び雪の下に埋められることになる。最後に聖水をかけると、他の魔物も寄って来ないだろう。首にも同じように聖水を振りかける。

首は敷物に包んで、ルードティンク隊長とガルさんの二人がかりで引いていくらしい。

布が足りなくて、鼻先だけはみ出ているのが可愛いような。可愛くないような。

いや、可愛くないか。

そんなわけで、本日の任務は無事終了。あとは山を下りるだけだったが――ここで食事にしようと言い出すルードティンク隊長。

「雪熊《シュネオサ》の頭部を囲んで食事をするなんて……」

「別に囲まなくても、向こうに置いておけばいいだろう。空腹状態で下山するのも良くない」

「うう……」

確かに、空腹だった。けれど、雪熊《シュネオサ》を見れば食欲が減退していく不思議。

途中で倒れたりしたら迷惑になるので、渋々と鞄からパンを取り出す。干し肉と交互に齧りながら下山すればいいと思っていたが――。

「あ！」

「どうした？」

「パンがカチコチになっています」

なんと、驚いたことにパンは凍って硬くなっていた。昨日と違い、薄い革製の肩かけ鞄に食料を入れていたのが良くなかったのか。なるほど。雪山遠征だとこういうことも起きるのかと、納得した。ルードティンク隊長はカチコチパンを見下ろし、思いっきり顔を顰めた。

「スープでふやけたパンはもう食いたくない」

「我儘ですね」

凍ったパンを見た瞬間、スープに入れようと考えていたのに、ルードティンク隊長からダメ出しを受けてしまう。

仕方がないので、ちょっと手間がかかる調理を行うことにした。

雪原で調理するのは難しいので、この前発見した洞窟まで移動する。

そこで、ガルさんとウルガスに焚火作りをお願いした。

まず、厨房係の騎士のお兄さんから受け取ったバターの入った壺を取り出す。

「雪山で体調がヤバイと思ったら、バターを舐めろ！」と熱血な感じで渡されたのだ。

スープにバターをドカ入れしたのはお前だなと、心の中で思った。まさか厨房係にバター信者がいたとは思いもしないだろう。

「なんでバターを持たされたんだ？」

「手っ取り早く栄養分を吸収できるからでしょうね」

バターにはたんぱく質、脂質、炭水化物、塩分など、さまざまな栄養分が含まれているのだ。でも、直接口にするのはなかなか辛い。

調理に戻る。凍ったパンに薄切りにしたチーズと燻製肉、黒胡椒を振った物を挟んだ。

それから、熱した鍋にバターを、バターを……。

「ぐぬぬ……」

バターも凍っていた。鉄の匙がぜんぜん入っていかない。

「メルちゃん、貸して」

「あ、ありがとうございます」

ザラさんは壺にぐいぐいと匙を入れ、バターを鍋に落としてくれた。

温まった鍋の中で、じゅわっと音が鳴る。

溶けたバターを広げ、凍ったパンにチーズと燻製肉を挟んだ物を入れる。あとは熱しながら、ヘラでぎゅうぎゅうと押して焼くだけ。ほどよい焼き色が付いたら、完成だ。

「チーズと燻製肉のサクサクサンドです！」

ルードティンク隊長はなるほどな、と言って受け取る。

一度に二枚分しか焼けないので、もう一枚は本日の功労者であるガルさんにあげた。

ルードティンク隊長は猫舌なのか、ずいぶん慎重にふうふうしてから噛みついていた。

「熱っ……！」

どうやら冷ます時間が足りなかったようだ。顔が真っ赤になっている。

ザラさんがアツアツのお茶を差しだしていた。

「お前っ、俺が熱いの苦手なの知っているだろう⁉」

「あら、そうだったかしら？」

今まで食べるのに夢中で、ルードティンク隊長が猫舌なことに気付いていなかった。これはいい発見。

そうこうしているうちに、新たなパンが焼けた。今度はベルリー副隊長とザラさんにと思ったが。

「ウルガス、先にどうぞ」

「アートさん、いいんですか？」

「ええ」

ザラさん、なんて優しい人なのか。ウルガスなんて、私と一緒に駄々をこねて何もしていなかったのに。それどころか、私にまでその優しさを示してくれる。

「次、私が作ってあげる。熱くて大変でしょう？」

「えっ、あ、はい。ありがとうございます」

なんと、ザラさんは作り方を見ていて覚えたらしい。器用にパンを焼いてくれた。

「はい、どうぞ」

「ありがとうございます」

ザラさんお手製のパンを頬張る。

「うわっ、すんごい！」

力のかかり方が私と違うからか、表面はカリッカリだった。

中からはアツアツとろ～りなチーズが出てくる。塩気の利いた燻製肉との相性は抜群。

パンからはみ出たチーズも、香ばしくカリカリでおいしい。

なるほど。力の入れ具合でここまで食感が変わるとは。

「ザラさん、おいしかったです！　ありがとうございました」

「そう。良かった」

おいしい食事を食べたら、こんな雪山でもにこにこと笑顔になれるのだ。

その後、ザラさんと交互に焼きサンドを作った。

私が作ったサクフワサンドはウルガスとベルリー副隊長に好評で、ザラさんが作ったカリカリサンドはルードティンク隊長とガルさんの支持を得る。

普通のサンドイッチよりも面倒だけど、たまに作るのはいいかなと思った。

＊

雪山から捜索本部へ戻ったら、お貴族様――アルテンブルク伯爵より話があると集合がかかる。

労いのお言葉を直接言いたいとのこと。

けれど、ほとんどの騎士達は王都へ帰還したようで、広間にいたのは私達第二部隊を含む、二十名ほどの騎士だけだった。

「このたびは愚息がとんでもないご迷惑をかけてしまい――」

まったくだと声を大にして言いたい。アルテンブルク伯爵は詳しい事情を説明する。

なんでも、お坊ちゃんは使用人のお嬢さんと駆け落ちをしたのだ。二人の結婚は長きに渡って反対されていた。急いで選んだ家柄も申し分ない娘さんをあてがおうとしたところ、駆け落ちをしてしまった。この地はアルテンブルク家の避暑地で、ここは使用人用の館だとか。主人一家が住む屋敷はここから馬で数分走った先にあると言う。夏になれば毎年やって来ていたので、山小屋の場所など熟知していたらしい。

追っ手から逃れるため、お坊ちゃんと使用人のお嬢さんは途中から別々の行動を取り、山小屋で落ち合うことを決める。けれど、それが間違いだったのだ。

無謀にも、お坊ちゃんは山小屋を目指し、雪山を登って行った。

一方で、雪交じりの強風が吹いていたこともあって、使用人のお嬢さんは山に入らず、館の中で待っていたらしい。彼女は雪の深さを見て、登るべきではないと判断していたのだ。

お坊ちゃんが来るのを健気に待っていたが、一向にやって来ない。先に来て、山に入ったとは夢にも思っていなかったようだ。

もしかしたらどこかで事件に巻き込まれているのかと思い、騎士隊に通報したと言う。

そういう経緯があったかと、ほうほうと頷きながらアルテンブルク伯爵の話を聞いていた。

お坊ちゃんは毛皮の外套を纏い、森の中腹にある山小屋に辿り着いていたらしい。けれど、いつまで経っても恋人はやって来ない。山小屋の食料も尽きそうだったので、不安に思い下山。途中で崖から転げ落ちたというわけだった。

騎士隊も山小屋に探しに行ったらしいが、入れ違いになったそうだ。

まあ、無事に発見され、怪我も軽傷。良かったのではないか。

遠征部隊の捜索も無駄にはならなかった。

で、結局使用人のお嬢さんとの結婚を認めるらしい。幸い、お相手は男爵家ご令嬢。家柄に格差はあれど、貴族社会を何も知らないわけではない。なんとか頑張ってほしいと思った。

しかしまあ、話の長いこと、長いこと。だんだん眠くなる。その様子に気付いたルードティンク隊長が、外に行って目を覚まして来いと言う。

話の途中で退室するのもどうかと思ったが、立ったまま眠るよりはいいかと思い、部屋を辞する。

外に出て、ぐっと背伸びをした。

ひやりと寒かったが、倒れそうなほどの眠気を覚えていたので、心地よく感じる。

昨日使った鍋を外に干しっぱなしだったことを思い出し、回収に行く。

綺麗に洗えていたと思っていたが、バターの焦げがこびり付いていた。暗い場所で洗ったので、よく見えていなかったのだろう。

眠気覚ましに、鍋でも綺麗にしようと思う。厨房にたわしを借りに行った。

最近、特に焦げ付きやすくなっているような気がする。元々古い鍋なので、仕方がない話だけれど。

雪を鍋に入れて、たわしでごしごしと擦る。

なかなか頑固な焦げだった。力いっぱい磨いても、なかなか取れない。

寒くなってきたので、頭巾を深く被る。手もかじかんできた。

まだまだ焦げは完全に取れない。

一生懸命になりすぎて、私は気付いていなかった――背後より近付く存在に。

「お前が貴族の娘だな？」

「は⁉」

その刹那、体がふわりと浮き、布で口を覆われた。

すぐに人さらいだと思い叫ぼうとしたが、布に沁み込まされていた何かを吸い込んでしまい、すぐさま意識が遠くなる。

む、無念なり……。

薄れていく意識の中で、麻布に巻かれて行く。

最後に見えたのは髭だらけで、がたいの大きい、本物の山賊だった。

＊

ガヤガヤと賑やかな声で目覚める。うっすらと瞼を開くと、ガハハと笑う山賊の姿が。

騒いでいるのはルードティンク隊長か……。

鍋を、かけ布団のように私のお腹に載せたのは誰だ。地味に重い。

そう思って再度瞼を閉じようとする。が、いつもと微妙に笑い方が違うことに気付き、ハッと目を覚ます。起き上がろうとしたけれど、簀《す》巻《ま》きにされていて、身動きが取れない。

周囲は見慣れぬ部屋の中。床には熊の毛皮を鞣《なめ》した物が敷かれていた。

壁にも獣の皮が張り付けられている。

目の前には、山賊みたいな男の人が三人くらい座って酒を飲んでいた。中心には、猪豚《スース》の丸焼きみたいな物がある。きちんと処理をしていないからか、獣臭さが充満していた。

そこで思い出す。私はさらわれてしまったのだと。

鍋洗いに夢中になって、背後から近付く山賊に気付かなかったなんて、間抜け過ぎる。

これからどうしようか。山賊三人衆から逃げられるわけもない。

鍋が重いので、わずかに身じろぐと、私のお腹から滑り落ちて、カアン！　と大きな音を立てた。

一斉に振り向く山賊達。

男達は髭だらけの強面に熊の毛皮を纏い、手元には大剣を置いている。どこから見ても、本物の山賊だ。ルードティンク隊長とはぜんぜん違った。怖いと、心から思う。

今度からルードティンク隊長のことは、上品な山賊と呼ぶようにしようと心に誓う。

いや、そんなことはどうでもいい。

「なんだ、目覚めたのか」

ニヤニヤと私を見る山賊達。

声をかけられてびっくりした簀巻きな私は後ろへ転がったが、すぐに壁に激突してしまった。

「お前、アルテンブルク伯爵の娘だろう？」

違うけれど、正直に言えば何をされるかわからない。なので、コクコクと頷いておく。

「なんか、貴族の令嬢にしては妙にあか抜けない娘だが」

悪かったですね、田舎者エルフで。そんな言葉を喉から出す寸前で呑み込む。

今何時くらいだろうか。連れ去られてからどのくらい経ったか、まったくわからない。

外は真っ暗。窓から月明かりが差し込んでいる。

はあと溜息を吐けば、お腹がぐうっと鳴った。

山賊達にガハハと笑われる。生理現象だけど、恥ずかしい。

「なんだ、腹が減っているのか。おい、バトス、肉を食わせてやれ」

え、優しい……。じゃなくて。

親切にも、おいしそうではない猪豚《スース》の丸焼きをナイフで裂き、私の口元へと持って来てくれる。

その肉を掴んだ手、綺麗なの⁉　ナイフも、黒ずんでいる。お肉はきちんと処理された物なの⁉

嫌だ、お腹を壊したくない。私は繊細なんだ――と叫びたかったけれど、抵抗すれば何をされるかわからないので、黙っておく。

肉は無理矢理口の中に押し込まれてしまった。

「…………」

「どうだ？」

正直に言おう。シンプルに不味い。まず獣臭くて、次に獣臭くて、最後に獣臭い。

最悪だ。

涙を流しながら、なんとか呑み込んだ。

「そんな腹減っていたのか。可哀想な奴め。おい、もう少し食わせてやれ」

「いや、いいれす」

「遠慮すんな」

遠慮とかじゃなくて心から嫌なのに、山賊達は私にたくさんお肉を食べさせてくれた。

本当に、ありがとうございました。

食事が終わったら、山賊達は本題に入る。

「先ほど、矢文を送っておいた。お前の身柄は、伯爵サマがこちらの条件を呑むのと交換だ」

「……はい」

きっと、交渉に応じるのは騎士隊だ。どうしよう。見捨てられたりしたら。恐ろし過ぎる。

「それにしても――」

「は、はい？」

「お前、なんで鍋なんか持っていたんだ？」

「え、え～っと」

「貴族のお嬢様が鍋洗っているって、おかしくねえ？」

「お、おかしくねえです」

お客様が来ていたので、手ずからご馳走を振る舞うのは、貴族令嬢の嗜みですと、適当なことを言ってみた。こんな苦しい言い訳、信じるわけないと思っていたけれど――。

「ほう、お前、料理できるのか？」

「た、嗜む程度に」

「だったら今から何か作ってみろ。もしもうまい物が作れないのならば、お前は偽物だ」

「ええ～～」

あっさり、嘘の貴族令嬢の嗜みを信じてしまう山賊達。

簀巻きは解かれ、何か作れと命じてくる。長い耳を見られないよう、頭巾はしっかり被っておく。

それから、外套の合わせ部分をぎゅっと握った。

毛皮が裏に張られた革製の上着は、雪山捜索用にアルテンブルク伯爵家からの差し入れで、高価な品だ。これさえ着ていれば、ただの田舎娘には見えないだろう。

剣で脅されながら、連れて行かれた台所は、死ぬほど汚かった。

石のかまどは煤で汚れ、洗い場は皿やカップなどが山積み。汚れは食器にこびり付いたまま。

冬なので虫が湧いていないのは幸いなことだけど、到底料理を作れる環境ではない。

「あの、ここでは調理できません。外に簡易かまどを作ってもらうわけには？」

「だめだ。ここで作れ」

「ええ……」

はあと、深い溜息。とりあえず調理場は見なかったことにして、料理の材料を見せてもらった。

外にある小屋に、食料は保存されていた。どうやら狩猟をしつつ生活をしているようで、獣肉が多く見られる。解体せずにそのまま放って置かれていて、血抜きすらしていないように見えた。保存状態は酷い物で、とにかく臭い。

「すみません、この中で一番新しいお肉は？」

「そこの雪鳥《アベ》だ。朝狩ったばかりだが」

手に取ると、毛並みが艶々で、臭みもない。これならば、まだおいしく食べられるはずだ。

雪鳥《アベ》はおいしいと聞いたことがある。警戒心が強く、なかなか狩るのが難しいとのことで、一度も口にしたことがないが。腕のいい山賊がいるのかもしれない。

他に、強奪した物なのか小麦粉や香辛料もある。

朝獲りの鳥に芋、小麦粉、香辛料。材料はなんとかなりそうだ。

「あ、この卵は？」

「今日、雪鳥《アベ》の巣から持ってきたやつだ」

さすが山賊。種の保存とか、そういうのまったく考えていない。雪鳥《アベ》は冬が繁殖期という珍しい鳥なのだ。新鮮な卵なので、問題ないだろう。

この材料ならば、なんとかおいしい物が作れそうだけれど――。

山賊のお口に合うものが作れるのか。

けれど、アルテンブルク伯爵家の者でないとわかれば何をされるかわからない。

貴族令嬢であると証明するために頑張らなければ。

まずは掃除から。汚過ぎる台所を思い出し、白目を剥いてしまった。

＊

大変な問題が発覚した。ここには洗剤がないらしい。なんてこった！

石鹸すらないというので、絶望してしまう。

頭を抱えていたら、以前に祖母が話していたことを思い出す。

――昔は食器を洗うのに、小麦粉を使っていたのよ。

そうだ。小麦粉石鹸だ。

なんでも、小麦粉の中にある麩質《グルテン》が油を吸い取って汚れを落ちやすくすると言っていたような気がする。ちょっともったいない気がするけれど、背に腹は代えられぬ。腕捲りをして、掃除に取りかかった。

掃除に湯が必要だと言うと、見張り役の山賊は外で湯を沸かしてくると言っていなくなった。それでいいのか見張り番。

　ここから逃げられそうな気がするけれど、現在地がどこだかわからないし、迷って遭難でもしたら最悪なので、大人しくしておく。

　矢文を送ったというので、そのうち誰かが助けに来てくれるだろう。たぶん。

　湯を沸かしてもらっている間に、雪鳥《アベ》の血抜きをする。縄で両足を縛り、その辺に放置されていた包丁で首を切り落とそうとしたが、錆びていて使えない。

　この！　この！　と何度も叩き落とすようにして、首を切断した。

　……大昔の斬首刑かよ。

　ふうとひと息吐いたところで、背後の扉が開く。振り返って、苦情を申し出た。

「すみません、この包丁、ぜんぜん切れないんですけど」

「ヒッ！」

　山賊は私の顔を見て、軽い悲鳴を上げていた。何かと聞いたら、顔が血だらけになっていると。

「返り血を浴びただけです。刃が錆びていたので何度も何度も包丁で首を叩いて切断したんですよ」

「そ、そういうことかよ。驚かせやがって」

「どうもすみませんでしたね」

　どうやら刃物の砥石《といし》はあるようで、今から研《と》いでくれるらしい。勝手口から出て行く山賊。

だから、見張りはいいのかと聞きたくなる。驚きのザル管理だった。

雪鳥《アベ》は逆さまにぶら下げ、血抜きをする。それを待つ間、台所の整理をすることにした。

大きな桶を持って来て、汚い食器をどんどん入れていく。桶の中に食器が山積みになった。そこで、やっと調理台が見えてくる。

どこもかしこも油でぎっとり。汚いので絶対に触りたくなかった。けれど、やらなければならない。幸いなことに、たわしを発掘した。これで、いくぶんかは作業も楽になるだろう。

途中で湯が沸いたと、見張りの山賊がやって来る。

「すまん、包丁はもうしばらくかかる」

「いいですよ。ここの掃除も結構な時間がかかりそうなので」

水もほしいという要望を出したら、外にある井戸を自由に使っていいという許可が下りた。

「ここの扉を出てすぐ左にある」

「どうも、ありがとうございます」

だから、それでいいのか見張り役。山賊は包丁研ぎに出て行ってしまった。

私は頬を両手で打ち、気合を入れて掃除を始める。

まず、湯の中に小麦粉を溶かす。このままでは熱いだろうから、外から雪を持って来て、温度を下げた。トロトロになった小麦粉を油がこびり付いた調理台に垂らし、たわしで擦った。

石鹸の力には負けるが、小麦粉でもまあまあ綺麗になる。麩質《グルテン》の力に感謝。祖母の生活の知恵に、ありがとうと心の中で呟く。

調理台が綺麗になると、今度はお皿を洗う。もちろん、全部綺麗にするつもりはない。使う食器だけを選んで、小麦粉で油汚れを落とした。

最後に、かまどの掃除に取りかかる。

きっと、灰が詰まっているに違いない。そう思って、ポケットの中の手巾《ハンカチ》を口と鼻に当てるように巻いて、かまど口を開く。

「うっ、汚いっ、げほっ、げほっ!!」

かまど口を開いた刹那、黒い灰がわっと舞い上がる。窓を開き、扉も開けて全開にした。

灰を入れる桶を持って来て、火掻き棒を探すが、見当たらない。

「おうい、包丁研いだ――なんだ、これ、げほっ、げほっ!!」

お宅らが掃除をサボった結果だ！　と叫びたい。火掻き棒がないか尋ねたが、今まで見たことがないと言う。なんてこった。

「だったら、代わりの物を貸してください」

「んなもんねえよ」

「灰を掻き出さないと、料理できませんよ」

「そんなこと言ったって……」

どこかに長くて、先が平たい物がないかと聞くと、山賊の腰にいい物が差さっていた。

「あ、その剣、火掻き棒の代わりに使えそうです。貸してくれますか？」

駄目元で聞いてみる。さすがに拒否されるかと思っていたが――。

「ああ、使いたかったら使え」

「あ、ありがとうございます」

……武器、貸してくれるんかい。

なんか、結構抜けているし、いい奴臭がするので、山賊としてやっていけているのかと、心配になってしまった。

そんなことはどうでもよくて、掃除を再開させる。さっさとかまどの中の灰を剣で掻き出した。

かまどを綺麗にしたら、やっと調理に取りかかれる。

その前に、雪鳥《アベ》の解体をしなくては。山賊が包丁を研いでくれたので、解体もしやすい。

「貴族のお嬢さんは解体もできるんだな」

「し、社交界デビューの年に習うんですよ」

「へえ、意外だなあ……」

解体について聞かれぎょっとして、咄嗟に嘘を吐いたけれど、ぜんぜんバレなかった。

ホッと安堵する。

雪鳥《アベ》の肉はむちむちしていておいしそうだ。羽根を毟り、内臓を取り出して、部位ごとに分けていく。首肉、胸肉、手羽先、手羽中、もも、皮などなど。

まず、骨と旨味成分の強い手羽中、手羽先、芋を使ってスープを作る。味付けは香辛料と塩のみ。余計な味付けはせずに、素材の味を楽しんでいただく。

首肉は炙り焼きにする。これは軽く塩を振るだけでおいしいだろう。首肉は希少部位で、歯ごたえがあって旨味成分も強い。こってりとした味わいなのだ。

「すみません、蒸留酒か何かありますか？」

「あるぜ」

「調理に使うので、分けてください」

「わかった」

山賊は私の要望に応えてくれる。

「ほらよ」

「ありがとうございます」

「しかし、酒は何に使うんだ？」

「酒に漬けて、お肉を柔らかくするのです」

胸肉は脂身が少なくて、パサついているので若干食べにくい。けれど、お酒に漬ければ、柔らかくなるのだ。山賊は感心するように「へえ」と言っていた。

胸肉は塩で揉んで、しばし酒に漬けておく。その間に、小麦粉を水で溶いて、卵、塩コショウを混ぜる。かまどに火を入れ、鍋にオリヴィエ油を引いた。鍋が温まったら、生地を入れて薄く延ばして焼いて行く。二十枚ほど焼いただろうか。皿の上に重ねていく。

生地はこれくらいにして、再び雪鳥《アベ》の調理に取りかかる。

酒に漬けていた胸肉を取り出し、軽く水で洗う。細く切って、湯がいた。

芋も細切りにして、鳥皮と一緒にカリカリになるまで炒めた。味付けは塩コショウのみ。

もも肉は下味を付け、香辛料を混ぜた小麦粉を振ってカラリと揚げた。これが一番おいしいのだ。

最後に、ソースを作る。とは言っても、たいそうな物ではない。その辺で発見したいつのかわからない牡蠣《オストラ》ソースに香辛料を入れて味を調えただけの簡単なソースだ。

お皿にもものから揚げ、炙った首肉、茹でた胸肉、皮と芋のカリカリ焼き、薄く切ったチーズなどを盛り付けた。

「もしかして、小麦粉の皮に巻いて食べるのか？」

「はい！」

「へえ、うまそうだな」

雪鳥《アベ》が一羽しかなかったので、少量の肉でも満足感が得られるような料理を作ってみた。

見張り役の山賊と一緒に、居間に運んでいく。

どうやら食卓はないようで。床の上に置いて食べるらしい。薄く焼いた生地と、肉の盛り合わせとスープ鍋、器を持っていく。匙などもない。主食は肉。ナイフで切り分けて食べるのだとか。

「なんだ、これは」

料理を見た山賊のお頭っぽい男が尋ねる。

「鳥煎餅です」

「見たことない料理だな」

「王都で流行っているんですよ」

「ほう？」

これはこの前食べた、白葱煎餅を参考に作った料理だ。好きな具材を巻いて食べる。

山賊達は料理を見つめたまま動こうとしないので、適当に食材を選んで巻いてあげた。

まずはお頭の分から。具材は首肉にチーズ。牡蠣《オストラ》のソースを垂らして巻いた。

「どうぞ」

「お、おお」

葉野菜なんかがあったら、シャキシャキしていておいしいんだけど、残念なことに芋しかなかった。まあ、間に合わせの食材で作ったわりには、良くできていると思うけれど。

山賊のお頭は眉間に皺を寄せながら、もぐもぐと鳥煎餅を食べていた。

「どうですか？」

「……うまい」

良かった。不味い物を食べていたので、お口に合わないかもと思っていたけれど、案外味覚はしっかりしていたようだ。

生地はもっちり。雪鳥《アベ》の肉は身が締まっていて、おいしいはずだ。味見していないので想像だけど。他の二人にも作ってあげる。

「うまい！」

「こんなきちんとした食事、久々だ！」

お頭は続け様に五つ食べ、私のことを本物の貴族令嬢だと認めてくれた。

良かった……いや、ぜんぜん良くないけれど、この状況。

料理を作って貴族令嬢だと証明するとか、ありえない。なんじゃそりゃと言いたくなる。

食事が終わったら、再び拘束されると思いきや、私をほったらかしで酒盛りが始まる。

目の前ではどんちゃん騒ぎが起きていたが、急にぴたりと真顔になる山賊達。

床の上に置いていた剣を握った瞬間、扉がドンと蹴破られる。

「あ、ああ……！」

深夜の訪問者を前に、私は声が震えた。なぜならば、ここにいる山賊よりも怖い顔をした男が家に押し入ってきたからだ。

怖い。怖すぎる。

「お前ら、容赦しないからな！」

「ひえええええ‼」

「なんでお前が悲鳴あげるんだよ‼」

その指摘で我に返る。よくよく見れば、強面の男はよく知る顔だった。

「ルードティンク隊長……！」

「鍋でも被って、じっとしていろ」

その一言を合図に、睨み合いを始める山賊達。（※うち、一名はルードティンク隊長）

あまり広くない部屋に、体の大きなルードティンク隊長と山賊が三人もいるのはなかなか威圧感があるような。

そして、そろいもそろって強面、山賊顔という奇跡。

ルードティンク隊長のこと、そこまで山賊じゃないかなって思ったけれど、今見たら結構山賊だ。これからも安心して山賊と呼ぼうと心に決める。

「おい、よくもうちの衛生兵をさらってくれたな？」

「この女が、衛生兵だと？」

「どこから見ても衛生兵だろうが。戦闘員に見えるのか？」

「い、いや、この女は伯爵令嬢だろう？」

「どこからどう見ても、フォレ・エルフだろうが」

山賊達が私を振り返る。ずっと頭巾を深く被っていたので、耳を見せるために取り去った。

「なっ……！」

「お前っ……！」

「嘘を吐いていたな⁉」

瞠目する山賊達。っていうか、気付くの遅すぎですから。

呆然としているうちに、ルードティンク隊長のいる方向へ回り込んでそのままの勢いで家を出た。

「リスリス衛生兵っ！」

ベルリー副隊長が私を引き寄せてくれた。ぎゅっと抱きしめられ、張り詰めていた心が楽になったような気がする。

「良かった……無事で」

「はい、お蔭さまで」

ガルさんやザラさん、ウルガスもいる。なんと、他の遠征部隊の隊員達も数人来ていた。

ザラさんが一歩前に出て言う。

「副隊長、剣を借りてもいいかしら？」

「ああ、構わない」

ザラさんはベルリー副隊長に戦斧を手渡し、代わりに双剣の片方を鞘から抜き取る。

何をするのかと思いきや、山賊の家に入っていった。

「ベルリー副隊長、ザラさんはいったい……？」

「室内では戦斧は不利になるからだな」

「ああ、なるほど」

剣一本で大丈夫なのかなと、窓から中の様子を覗き込む。

「さすがに、大柄の山賊四名とザラさんで、いっぱいいっぱいですよね」

「山賊が四名？　私には三名しか見えないが、どこか別の場所に潜んでいるのか？」

「あ、すみません。ルードティンク隊長を山賊側に数えてしまいました」

「ああ、そういうことか」

ルードティンク隊長の山賊顔はベルリー副隊長公認だったらしい。良かった、山賊に見えているのが私だけじゃなくて。

窓から覗く室内は、ルードティンク隊長とザラさん、山賊三人組の緊迫した睨み合いとなっていた。

　これ以上、こちら側から戦闘に参加するのは難しいようだ。

「後衛のウルガス一人くらいならいけるかもしれん」

「ベルリー副隊長、勘弁してくださいよ……」

　数名の騎士が、台所にある勝手口に回り込んだようだ。

　ウルガスは窓を少し開け、手帳を取り出して中の様子を窺っていた。どうやら報告書用に記録を取っているらしい。

「あの、ベルリー副隊長、山賊は伯爵家に何を要求したんですか？」

「ああ。ここは伯爵家の領地なのだが、あいつらは五年前から勝手に占拠していて――」

　ずっと退去命令を出していたらしいが、山賊達はそれを無視。森に入っては狩猟をし、申し入れをしてきた使用人を刃物で脅すこともあったとか。

「それで、要求は退去命令を撤回しろというものだった」

「え～っと、身代金とかは？」

「いや、なかったが」

　ふと、疑問に思う。あの人達は山賊なのかと。

　部屋の中のおじさん達を覗き込んだ。髭だらけで、目付きが悪くて、武器を携えていて。

　うん、完全に山賊。

どうやら勝手口への騎士の配置が完了したようだ。
ベルリー副隊長が窓を軽く叩き、合図を送る。
すると、ルードティンク隊長が剣を鞘から引き抜く。緊張が走る山賊達。
「ここでケリをつけるぞ。負けたら、お前達はここを出て行くんだ」
「なんだと⁉」
それが合図だった。
大きな剣を掲げ、前方にいたお頭っぽい人が襲いかかってくる。
まず、動いたのはザラさんだった。小さな双剣の片割れで大丈夫なのだろうか。
ハラハラしながら見守る。
一方で、山賊の剣は大きくて重そうだ。
けれど、心配は無用だった。ザラさんは上から振り下ろされた剣を受け止めた。
ガキン！　と、金属どうしがぶつかる重い音が鳴り響いた。
重なった剣を滑らせ、山賊の刃の軌道を逸らす。
「――なっ⁉」
まさかの展開に、目を剥く山賊。それが、一瞬の隙となった。
その後、ザラさんはすぐさま腹を蹴り上げて、山賊を後方へと突き飛ばす。
ドカンという衝撃音と共に壁に激突した山賊は「ぐえっ！」と悲鳴を上げて、動かなくなった。

「兄上ェ!!」

「兄さん、なんてこったァ!!」

ザラさんがあっさり倒したのは兄さんだったらしい。まさかの兄弟だった。そんなことはどうでもいいとして、反撃してくると思いきや、その場で泣き崩れる山賊達。

「おおお～～なんてこった～～」

「見たことねえくらいの綺麗な姉ちゃんにこてんぱんにされるなんて～～」

ザラさんは綺麗なお姉さんじゃねえです。綺麗なお兄さんです。

「あんまりにも別嬪だったから、見とれていたんですよねえ～～」

「仕方ないっすよお～～」

訂正しないほうが幸せなのか。

その後、勝手口前で待機していた騎士達が突入してくる。山賊達はあっという間に拘束されていった。縄に繋がれて、連行されていく山賊御一行。ルードティンク隊長とザラさんが戻って来る。

「メルちゃ～ん、大丈夫だった？」

いきなりザラさんに抱きしめられる。ちょっと力強い。

「だ、大丈夫です。ザラさんは、平気でしたか？」

「ええ、心配ないわ。だって、あの人達、戦闘は素人だったから」

「あ、やっぱり、あの人達、山賊じゃないとか」

「たぶん、そうだと思うの」

だって、なんだか悪い人には思えなかった。きっと、狩猟をしながら暮らす強面のおっさん三人組なんじゃないだろうか。

「まあ、けれど、占拠と誘拐は良くないことです」

「その通り。メルちゃんを連れ去るなんて、許さないと思って、素人相手に強く出てしまったわ」

「武器を持っていましたし」

「鉈《なた》だったけれどね」

「あれ、鉈でしたか」

武器かと思っていたけれど、作業用の刃物だったようだ。うちの村ではあんなに大きな鉈を見たことがなかったので、気付かなかった。

「リスリス衛生兵、帰るぞ」

「あ、はい」

事件は無事に解決。

山賊っぽいおじさん達は拘束され、騎士隊に連行されていった。

連れ去られた場所は作戦本部になっていた館から、結構離れていたようだ。

やっとの思いで戻って来る。

夜遅い時間だったが、館の中は明かりが点いている。誘拐騒ぎがあったので、撤退できずにいたのだろう。館に入る前に、あることに気付く。

「あ！」

ベルリー副隊長に顔を覗かれ、「どうした、リスリス衛生兵？」と聞かれたが、動揺していて上手く言葉にできない。

「落ち着け。大丈夫だから」

背中を優しく撫でてもらい、やっと話すことができた。

「鍋を、山賊のアジトに忘れてきて……！」

「ああ、あの大きな鍋か」

何か深い思い入れがあるのかと聞かれ、首を横に振った。あれがなければ遠征先で食事を作れなくなるので、困るのだ。

「ならば、今度休みの時に一緒に買いに行こう。きっと、鍋代くらいならば、経費で落ちるはずだ」

「そ、そうですか？」

「ああ、心配いらない」

だったら、良かった。ちょうど、焦げ付きやすくなっていたし。

「今度、買い出しに行く時に選ぼうか」

「はい！」

やった！　新しい鍋！　せっかくなので、いい鍋を買いたい。

「以前、商人から王都でウーツ鋼の鍋が売っていると聞いたことがあるのですが」

「ウーツ……剣の鍛造に使われている鋼か」

ウーツとは、木目模様のある鋼だ。なんでも、焦げ付きにくく、長持ちするらしい。

「ウーツは剣でも大変貴重な品だ。果たして、鍋があるのかどうか」

「そうなんですね」

あったとしても高価な品なのかもしれない。商人め、適当な情報を言いやがって。

まあ、いい。新しい鍋は今までの物よりも、軽くて使いやすい物を選ぼう。

館の出入り口で話し込んでいたので、ルードティンク隊長に来いと呼ばれてしまった。

「食事を用意している。食ったら帰るぞ」

「はい！」

そういえば、何も食べていなかった。安心したからか、お腹がぐうと鳴る。食堂に行ったら、私にバターを渡してくれた騎士がいた。スープの入った皿を私に手渡してくれる。

「大変だったな。これを食べて、元気を出せ」

「あ……はい」

澄んだスープに、騎士はバターをドボンと投入した。

「お、おお……」

まさかのバタースープ、再び。まあ、空腹は最高のスパイスとも言うし、もしかしたらおいしいかもと思ったが——。

「うっ……！」

一口食べて、なんとも言えない濃厚さに一瞬白目を剥く。私の斜め前に座っているウルガスも、同じ表情だった。

空腹時でも、不味い物は不味かった。

残り物で作ったミルクスープ

やっとのことで王都に帰ることができた。三日ほどお風呂に入っていないけれど、寮に辿り着いた頃には限界だった。くたくた過ぎて何もする気にならず顔と手と足を洗って、泥のように眠った。

十日ぶりにお休みをもらった。今日ほど休日が嬉しい日はないだろう。

朝、起きたら全身筋肉痛だった。辛すぎる。

馬車は負傷者優先で使い、元気な私達は馬に跨って帰ったのだ。

遠征と山登りの組み合わせだったので、体がバキバキになるのも頷ける。

のろのろと起き上がった。騎士隊に入隊した時にもらった懐中時計の蓋を開き、時間を確認する。残念なことに、朝食の時間はすでに終わっていた。深く深く落ち込んでしまう。

はあと溜息を吐いたら、お腹がぐうと鳴った。

朝食を寝過ごすなんて最悪だ。昼食まであと二時間もあるのに。

しかも、部屋に非常食は置いていない。急に遠征に行くことになり、私物のビスケットなども持って行って食べてしまったのだ。

よって現在、室内にはまったく食料がない状況にある。意気消沈して、寝台にごろりと転がる。

お昼まで寝よう。まだ、眠気は残っている。けれど――。

ぐう。お腹が切なそうに鳴る。むくりと起き上がる。はあと、本日二度目の溜息。

仕方がない。街に何か食べに行こう。

暖炉に火を入れ、湯を沸かす。体を拭いて、服を着替えた。灰色のワンピースを着て、髪を三つ編みにしてお団子に纏める。

窓を開けばひやりと冷えていたので、アルテンブルク伯爵家より支給された外套を着込む。なんと、これは私物として使ってもいいらしい。なんて太っ腹な。

けれど、中に着ているワンピースがダサくて残念過ぎる。

先日、給料が出たので、何かお洋服も買いたい。髪飾りとか、靴も欲しい。

そんなことを考えていたら、この前ルードティンク隊長に買ってもらった胸飾りを思い出す。

箱を取り出し、包装を丁寧に剥がした。蓋を開いて、ほうと溜息を吐く。銀製で、五枚の花弁があり、中心に真珠がはめ込まれている綺麗な物である。灰色のワンピースに合わせたが、いまいちしっくりこない。きっと、王都で売っている素敵な服にしか合わないのだろう。

今日はいいかと思い、胸飾りは箱にしまう。外套の頭巾を被り、外に出た。

市場ではなく、商店街のほうに向かった。朝でもなく、お昼でもなく、そんな時間帯だからか、人通りは少ない。

買い出しでウルガスと何度も行き来した場所だったけれど、私用で買い物に来るのは初めて。

給料をもらっていなくてお金がなかったこともあるけれど、休日は疲れていて部屋でぼんやりと過ごすことも多かったのだ。まだ、騎士隊の仕事に体が慣れていないせいもある。

そんなことはさておき。

初めてのお買い物に心躍らせていたら、見知ったような人物の背中を目にする。

絹のように輝く金の髪を高い位置にくくり、背筋がピンと伸びた姿。真っ赤な外套に、丈の長いスカートを穿いた、女性にしては背の高いその人は――。

「あれ、ザラさん？」

きっと間違いないだろうと思い、駆け寄ってみる。

「ザラさ～ん！」

声をかければ振り返る美人。

「あら、メルちゃんじゃない」

「奇遇ですね」

　ザラさんはどうやらお買い物中だったようで、荷物を両手に抱えていた。一週間分の食材らしい。

「メルちゃんもお買い物？」

「え～と、お買い物といいますか、実は食事を食いっぱぐれてしまって」

「まあ！」

　どこかお手頃でおいしい食事処でも教えてもらおうとしたら、想定外のお誘いを受ける。

「だったら、私の家に来ればいいわ。朝からシチューを煮込んでいたの」

　なんでも、家にあった残り物で作ったシチューらしい。買い置きのパンがなかったので、食べる前に買い物に出かけたとか。

「えっ、でも、なんか悪いですし」

「いいのよ。一人で食べるのも寂しいし。それに、家の見学もできるでしょう？」

「見学？」

「一緒に住む約束をしていたでしょう？」

「あ！」

　そういえばすっかり忘れていたけれど、ザラさんの家に下宿させてもらう話があったのだ。でも、あれから他の部隊の騎士が近付いて来ることもないし、大丈夫なんじゃないかと思う。

「騎士が寄って来ないのは、私が一緒にいるからよ」

「あ、で、ですよね」

そうなのだ。あの日から、毎朝ザラさんは女子寮の門まで迎えに来てくれて、一緒に出勤している。こういうことを普通の男性騎士がしたら、寮長をしている女性騎士に叱られてしまう。けれど、ザラさんは女性達が出入りしている寮の出入り口に、完全に溶け込んでいるのだ。

それどころか、女性騎士さんと仲良く世間話をしている姿も良く見られる。

悪いなと思いつつも、甘えている状態だった。

それにしても、女性騎士に交ざっても違和感がないザラさんとはいったい……。

しかし、お休みの日に家に上がり込んでしまうなんて。ザラさんも疲れているだろうに。今日は遠慮しておこう。そう思ったが、空気を読まない私のお腹がぐうと鳴ったのだ。

ザラさんは私の腹の虫を聞いて、「あら、大変」と言う。恥ずかしくなって、顔から火が出るかと思った。

「じゃあ、急ぎましょう。焼きたてのパンも買ったのよ」

残り物で作ったシチューだけど、かなりの自信作らしい。そこまで聞いたら、お誘いを断ることなんてできなかった。

「早く行きましょう。ここから近いの。ぐずぐずしていたら、パンも冷めてしまうわ」

「えっ、あ……はい。あ、ありがとうございます」

結局、私はザラさんの家にお邪魔することになった。


ザラさんのお宅は商店街から少し離れた住宅街にあった。

そこは、二階建ての細長い家が並ぶ場所で、黄や赤など、色とりどりに塗られた壁がとても綺麗である。

「ここが私の家」

「はあ、ご立派なお家で」

「賃貸だけどね」

聞けば、そこまで家賃は高くないらしい。さらに、騎士隊には住宅手当もあるので、払う金額は僅かだと話す。

「そういえば、同居されている方はご在宅ですか？」

「ええ」

「あ、あの、大丈夫ですか？」

「平気よ。少し好奇心旺盛な子だけど」

仲良くなれるだろうか。ドキドキしながら、ザラさんの家にお邪魔する。

「ブランシュ、ただいま！」

同居人のお嬢さんはブランシュさんというらしい。どんな女性なのか、心待ちにしていたら――。

『にゃあ』

「うわっ!?」

白い毛並みの大きな猫が、玄関で待ち構えていたのだ。ザラさんは振り返り、満面の笑みで紹介する。

「この子、山猫《イルベス》のブランシュっていうの」

「山猫《イルベス》ですと～～」

山猫《イルベス》は北部の雪深い土地にのみ生息する大型の猫で、一部地域では愛玩用として飼っていると聞いたことがあった。

「これって、幻獣ですよね？」

「ええ、そうよ」

幻獣とは精霊と妖精を合わせたような、不思議生物といえばいいのか。

その山猫《イルベス》が玄関で「にゃあ」という可愛らしい声で鳴いていたのだ。大きさは、成人男性が四つん這いになったくらいで、私の体よりも大きい。大人しい気性だと聞いたことがあったが、間近で見ると迫力がある。毛並みは雪のような白。ふわふわで、可愛い――じやなくて！

「も、もしかして、同居人って⁉」

「ええ、ブランシュよ」

「そ、そんな～～‼」

騙された。女の子の同居人が雌の山猫《イルベス》だったなんて。

「メルちゃん、散らかっているけれど」

中にどうぞと勧められるが、山猫《イルベス》のブランシュがお座りをして、じっと私を見ている。

尻尾はぶんぶんと振られているので、敵対心はないようだが。

「メルちゃんのこと、観察しているみたい」

「お、お気になさらず……」

ぎこちない動きでお邪魔させていただく。ビビるのは仕方がないということで。だって、こんなに大きな猫、見たことないし。

ブランシュは首によだれかけみたいな物を巻いている。フリルで縁取られていて、とても可愛い。もしかして、ザラさんの手作りだろうか。

『にゃん』

「うわっ！」

じっと眺めていたら、姿勢を低くして私の顔を覗き込んできたので、びっくりしてしまった。

ザラさんは笑いながら、大丈夫だと言う。

「どうぞ、奥へ」

「あ、はい。お邪魔します」

ブランシュの横を通り過ぎ、食堂兼台所へと向かう。

食器の並べられた棚に、整理整頓された調味料入れ、手入れのされたかまど——そこは、男性の一人暮らしには見えない清潔な台所だった。山賊兄弟の台所とは天と地ほども違う。

食卓にかけられている布の織り柄がまた見事で。ほうと溜息を吐いてしまった。

「それ、私の故郷の織物なの」

「すっごく綺麗です！」

雪の結晶や森の木々、動物などが織り込まれている。うちの村は刺繍しかしないので、すごい技術だと感心してしまった。

「細かい意匠はできないから、刺繍のほうがすごいと思うけれど」

「そんなことないですよ。とても綺麗です」

なんと、この織物はザラさんが機織りをした物らしい。手先の器用さを羨ましく思った。

そんな話をしているうちに、シチューが温まったようだ。

配達されたばかりの、新鮮な牛乳で作ったシチューである。

「しばらく家を空けていたでしょう？　バタバタしていたから、遠征に行くって牛乳配達の人に言っていなくて、今日、四日分くらいまとめて持って来たのよ」

一人で消費するのは大変なので、シチューの材料にしてしまったらしい。うちの村では乳製品は貴重品だったので、シチューに使うことはなかった。

「お口に合えばいいけれど」

「あの、実は牛乳入りのシチューは初めてで」

「あら、そうだったの」

食卓には、焼き立てパンに三角牛《カローヴァ》の乳シチューが並べられる。

ふわりと漂うバターの香り。橙色の根菜に、黄色い豆といろどりも綺麗だ。

まさかのご馳走に、ごくりと生唾を呑み込んだ。食前のお祈りをして、いただくことにする。

「どうぞ」

「いただきます」

まずは、ごろごろと大きく切ってある芋を匙で掬って食べる。

芋はほくほくで、かすかに甘味があった。三角牛《カローヴァ》の乳のまろやかな風味と濃厚なコクが、よくしみ込んでいた。

もぐもぐしている時間が幸せ！　にっこりと笑顔になる。

「ザラさん、おいしいです」

「そう、良かった」

お肉は猪豚《スース》の燻製肉だった。強めの塩気がシチューの味を引き立てていた。丸いパンを手に取る。フワフワで、二つに割ったらふわりと湯気が漂う。小麦の香ばしい匂いがたまらない。一口大に千切り、シチューに浸して食べた。言葉にできないおいしさ。

これは王都一のシチューだと思った。あっという間に完食してしまう。

ザラさんのシチュー、すごくおいしかった。お店で出してもいいくらいの水準でびっくり。

「ありがとうございました。とってもおいしかったです」

「だったら良かった。……でも、メルちゃんて、すごいわ」

「何がですか?」

「遠征先で、食事を作ってくれることが」

ザラさんは「料理は好きだけど、面倒に思う時もある」と言う。

「自分の分だけならまだしも、他人の分までなんて、うんざりするわ」

「そうでしょうか?」

私は、誰かのために料理をするのは当たり前だった。そういえば、自分のためだけに料

理をすることって、なかったような気がする。

「だからね、誰かのために作る料理は愛なのよ」

「愛、ですか」

そんなこと、考えたことなんてなかった。

「料理人とか、そういう仕事で作っている人は別だけど。なんとも思っていない人に、料理は作らないでしょう?」

たしかに、そうかもしれない。手料理は、誰かのためを思って作る。私も頑張っている第二部隊のみんなに、おいしい物を食べて力を付けてほしいのだ。

「だからね、この前、メルちゃんが肉団子のシチューを作ってくれて、本当に嬉しかった」

「ありがとうございます」

お礼を言われるなんて、照れてしまう。私の料理なんてと思う時もあったけれど、作り続けてよかった。じんわりと胸が熱くなる。

これからも、頑張ろうと思った。

それから、一緒にお皿洗いをして、お茶を淹れる。茶菓子には、メレンゲ焼きが出てきた。薄紅の色付けがされたお菓子で、口に入れた瞬間にしゅわりと溶けてなくなる。

なんとも乙女チックなお菓子だ。

おいしいお茶とお菓子でほっとひと息。天気もいいし、お腹いっぱいだし、幸せ。

お茶とメレンゲ、買ったお店を教えてもらったので、購入して帰ろうと思う。

あと、非常食のビスケットとかも買わなければ。

ザラさんも今日はのんびり過ごすらしい。いい休日だ。

「でも、山猫《イルベス》を飼っていたなんて、驚きました」

「私が八歳の時に母が拾った子なんだけど寒がりで、仕方なく王都に連れて来たの」

「そうだったんですね」

ちなみにこの国には『幻獣保護条約』がある。

飼育及び接触が禁じられている一級幻獣は、竜のみ。

第二級となる保護幻獣は、聖狼《リュコス》、一角馬《モノケロス》、石像鬼《ガーゴイル》、恋茄子《アルラウネ》、鷹獅子《グリフォン》などなど。これらは免許を持っている一部の人のみ接触及び飼育を可能としている。

第三級は役場などに許可を申請すれば、誰でも飼育できる。ザラさんが飼育している山猫《イルベス》に、火蜥蜴《レザール》、虎猫《ティグラキ》、雪狐《スノソラ》などなど。

当然ながら、幻獣に分類される生き物は普通の愛玩動物とは違う。人を害さないように、きちんと契約を結んでいなければならないのだ。

「あの子の食費、とってもかかるの」

「大変ですね。どのくらい食べるのですか？」

「一日蜂蜜《ミエレ》ひと瓶くらい」

「お肉じゃないんですね」

さすが、幻獣。通常、北国ではスノードロップと呼ばれる、冬季にも咲く花を主食とする生き物らしい。肉食じゃない大人しい猫さんとか、可愛すぎるだろう。

「冬場は暖炉の前から退かないし、下手したら夏場も寒がっているの。散歩も嫌い、爪とぎも苦手、食事は匙で掬って与えなきゃいけないし、とってもの手のかかる子よ」

「遠征の時はどうしているのですか？」

「ルードティンク隊長の知り合いの家に預けているわ」

「なるほど」

王都には数軒、山猫《イルベス》を飼育している家があるらしい。けれど、乱獲は禁止されていて、国の許可を取得した一部の育種家《ブリーダー》のみが販売している。

加えて、飼育費や世話がかかることから、王都の一般家庭ではほとんど飼われていない。

「ってことは、ルードティンク隊長の知り合いは貴族の方ってことですね」

「そう」

遠征の時に預ける代わりに、相性が合えば繁殖を、という話らしいが、なかなか上手くいっていないとか。

「なんか、相手の家の山猫《イルベス》がお坊ちゃん育ちで、番《つがい》としての相性は微妙で」

「話を聞いていればブランシュさんも、どちらかと言えばお嬢様気質ですよね」

「そうかもしれないわ」

　親の気持ち子知らず、というものなのだろう。遊び相手としてはいい関係を築いているので、気兼ねなく預けていると話す。

「そういえば、ブランシュさんのよだれかけ……じゃなくて、前かけですか？　あれ、ザラさんが作ったのですか？」

「そうなの！　可愛いでしょう？」

「はい。手先が器用で」

「自分の服も手作りなんだけど」

「へえ、すごいですね」

　なんでも、ザラさんの生まれ育った地域は雪深い時季、外で何も作業ができないので、室内でできる手仕事を極め、収入源とするらしい。機織りに木材細工、裁縫に動物の革で作る靴など。

「各家庭に家業があって、小さな頃から習うのよ」

　家業を継ぐのは長子のみで、あとの人は他の家に弟子入りすることもあったとか。

「私はいろんな職人の家をふらふらしていて、機織りに裁縫、料理、いろんなことを覚えたわ」

「ザラさんの家の家業は何だったのですか?」

「斧職人ね。王都の武器屋にも卸しているの」

「へえ」

いろんな道が許されているのは、羨ましいと思う。うちの村は閉鎖的な場所だったんだなと、痛感してしまった。

「あ、そうだ。織物、他にもあるから見せてあげる」

「本当ですか?」

ザラさんに案内されたのは、裁縫部屋。トルソーや、ミシン、意匠画を描く机など、本格的な道具が並んでいる。

「うわ、うわあ~」

「ごめんなさいね、ちょっと雑多な場所だけど」

「いえ、素敵です!」

乙女の夢が詰まったような部屋だった。

棚には、色とりどりの布が詰められている。小箱にはレースや糸が納められ、見ているだけでワクワクしてきた。

「お店屋さんみたいですね」

「布屋に行ったら、ついつい買ってしまうの。病気よね」

「お気持ち、よくわかります」

布物商が来たら、ついつい使う予定のない布地を買ってしまうのは、女性ならば誰だって経験していることだろう。私はザラさんと夢中で布を眺めていた。

綺麗な布を買って、服を作るのもいいかもしれないと思い始める。

「だったら、今度一緒に布を買いにいきましょうよ」

「ええ、是非！」

楽しみが増えてしまった。素敵な布やレースが買えるように、お仕事を頑張らなければ。

その後、ザラさんは私のお買い物に付き合ってくれた。

非常食のお菓子を買い、服屋でワンピースを選んでもらい、最後にこの前言っていた、キャラメルナッツパイを食べに行く。

お店は貴族のお嬢様とか、奥様方で大変混み合っていた。

長い列ができていて、使用人っぽい人が並んでいる。ご主人の代わりに列を成しているのだろう。

「メルちゃん、どうする？」

「並びましょう」

せっかく来たのだ。並んででも食べたい。

「あ、ザラさんが迷惑じゃなかったらですけれど」

「ええ、大丈夫。私も食べてみたかったから」

「では、挑んでみましょう」

列に並ぶこと一時間。やっとのことで店に入れた。席と席の間には囲いがあって、落ち着いた空間を作り出している。これも、人気の秘密かもしれない。

店員さんが品目表を持って来たが、中を開いて驚く。お菓子だけでも二十以上の、豊富な品目だったのだ。

「パイは基本として、揚げ芋も欲しいわね」

「同感です」

しょっぱい料理も置いているなんて、最高かと思った。紅茶とキャラメルナッツパイ、揚げ芋を注文する。

料理を待つ間、ぼんやりと出入り口の扉を眺める。入って来るのは女性ばかりだった。

「ここって女性ばかりなんですね」

「そうなの。いつもは外から店内を眺めるばかりで」

キャラメルの甘い香りは外にまで漂っている。通過するだけではさぞかし辛かっただろう。

店員さんが持って来た紅茶を飲んで、ほっと息を吐く。ザラさんも同じように、安堵の表情を見せていた。買い物に連れ回して悪かったなと思い、謝ればそうではないと首を横に振る。

「ここ最近、男女問題に悩んでいたから、なんか癒されたわ」

ザラさんはしみじみと呟く。

そういえば、騎士隊に戻ったきっかけが、お客さんに迫られていたとかなんとかだったような。

なんでも、交際の申し出を断るために、女性のお友達に偽物の恋人になるように頼み、お断りをし続けていたまでは良かった。が、今度は女性側に迫られてしまい、困っていたらしい。

「こんな形《なり》をしていても、異性として扱われるなんて、思いもしていなかったから」

「ふうむ」

「ただの友達付き合いを、したかっただけなのに……」

女性と同性のようなお友達付き合いをしたいけれど、難しかったということだろうか。

大人の話はよくわからない。女性っぽい喋りをしていても、慣れたら男性にしか見えないので、友達だった女性も、恋人としての関係を望んだ、ということなのか。

物憂げな様子で、「男女の友情って、成立しないのかしら?」と呟いている。

私はそんなザラさんに、ちょっと図々しいことかもしれないけれど、ある提案をしてみた。

「あの、私は、ザラさんとお友達になりたいです」

「あら、メルちゃんはお友達じゃなくて――」

「お待たせいたしました」

お待ちかねのキャラメルナッツパイが運ばれてくる。私は身を乗り出して、パイに魅入ってしまった。

「うわ、おいしそうですね」

「まあ、そうね」

パイの表面は飴絡《キャラメリゼ》めされていて、ツヤツヤと輝いている。大きさは拳大くらい。

ナイフを入れたら、サクッとした手応えがあり、下のほうはザクッという音が鳴った。

「土台にナッツを敷いているみたいですね」

さっそく、一口大に切り分けていただく。

表面は言うまでもなく焦がしキャラメルがパリパリしていておいしい。生地はサックサク。豊かなバターの風味が堪らない。中はカスタードクリームがみっちりと詰まっている。ナッツは焼く前に一回炒ってあるのか、香ばしい。ほんのりと塩味が利いていて、全体の味を引き締めてくれる。

片手にフォークを握りしめ、もう片方は頬に手を当て、はあとひと息。

「幸せです」

「ええ、本当に」

口の中が甘くなったら、香草が振ってある揚げ芋を食べる。

甘い物のあとのしょっぱい物は、悶絶するほどおいしいのだ。

あっという間に食べきってしまう。

キャラメルナッツパイは行列に並んででも食べたいお菓子だった。

＊

楽しい休日はあっという間に終わってしまった。翌日から、またお仕事である。

今日は午後からベルリー副隊長と、遠征の時に使う鍋を買いに行く。

午前中はワクワクしながら、衛生兵の研修会に向かった。

研修会は講師に隊医の先生を招き、最新の治療について勉強する。講義室に行ったら、屈強なおじさんばかり。なんでも、衛生兵は負傷者を運んだり、医療道具を運んだりするので、力持ちのほうがいいのだ。

中には、耳などに魔力強化の装身具を着けたおじさんもちらほらいる。きっと、回復魔法が使える魔法使いなのだろう。

本日の研修会は各部隊、代表で一名来るようになっていた。精鋭の集まりということになる。

ピリピリとした雰囲気に居心地悪さを覚えつつ、「どうも～」と言ったら、一気に注目を浴びてしまった。気まずい雰囲気に耐えながら、一列に並んだ机の、端っこにある誰もいない席に着く。

時間ぴったりに、講師の先生がやって来た。

「どうもみなさん、おはようございます」

二十代半ばくらいだろうか。眼鏡をかけた若い男の隊医がやってきた。

隊医の名前はウェルテル・ショコラ。愛想がいい笑みを浮かべながら、講義を始める。

「今日はエンバーミングについて説明いたします」

みんな、初めて聞く言葉に、きょとんとする。前に座っていた衛生兵のおじさんが、質問をした。

「講師殿、えんばーみんぐって何でしょうか？」

「異世界より伝わった、遺体の防腐と保存、修復の技術です」

微笑みを絶やさずに話す隊医。一方で、凍り付く衛生兵のおじさん達。私も、開いた口があんぐりと広がったまま塞がらなかった。その場の空気も読まずに、ショコラ先生は説明を続けている。

「遺族も、死体が綺麗なほうが喜びますからね！　最先端の技術を伝授します！」

隊員の命を救う手助けをするのがお仕事なのに、ご遺体の扱い方を習うなんて。

まあ、これも立派なお仕事かもしれないけれど。ショコラ先生は嬉しそうな表情で、参考書を開いた。

「まず、傷口から臓物などがはみ出ていたら、綺麗に収納して縫合してください。あ、遺体の場合は、縫っても大丈夫ですからね。すでに、死んでいますから」

傷口の縫合はすべての衛生兵ができるわけではない。

衛生兵には三種類階級がある。

第一衛生兵は傷口を縫ったりできる。

第二衛生兵は痛み止めの使用が許可されている。

第三衛生兵は止血や消毒、薬の塗布ができる程度。

私は第三衛生兵。時間があれば勉強して、階級を上げたいとぼんやり考えている。部隊の騎士達の生存率も上がるし、給料もぐっと増えるのだ。

ショコラ先生は衛生兵達の引いている態度など気にも留めず、遺体の扱い方について淡々と説明していた。

「まず、腐敗を遅らせるために血液を抜きまして――というのは現場では無理なので、こちらの魔法薬《ポーション》を打ちます」

遺体の腐敗を遅らせる魔法薬《ポーション》が配られる。紫色の、綺麗な液体だ。

これを体の数か所に打つらしい。

「表情が苦痛に歪んでいる場合は、按摩《あんま》をして和らげてください」

体全体を消毒液で拭き取り、衣服が破れていれば繕う。

やせ細り、顔色が悪い場合にも、薬品を打って綺麗な状態にするとか。

依然として、おっさん衆はドン引き状態だった。けれど、話を聞いているうちに、私はすごい技術だと思うようになった。

魔物と戦って命を落とす騎士は年間で百名ちょっとくらいだと聞いたことがある。衛生兵である以上、人の生死の瞬間に立ち会うこともあるだろう。

医者でない私達ができることは多くない。

家族は当然心身喪失状態になるだろう。けれど、亡くなった人が生前と変わらない姿で帰って来るのならば、少しは救われるのではないか。

そんな風に思ってしまった。まあ、エンバーミングなんてしたくないけれど。

四時間、みっちり遺体の処理についての話を聞くことになった。

衛生兵のおじさん達は青い顔で講義室をあとにする。意外と繊細なようだ。

私も席を立とうとしたら、声をかけられる。

「君、フォレ・エルフ？」

「あ、はい。そうですけれど」

「そっか」

まじまじと見られ、眉間に皺を寄せる。

「あの、何か？」

「他種族の生態に興味があって」

「お断りいたします」

「まだ、何も言っていないけれど」

嫌な予感がしたのだ。でもまあ、一応話だけ聞いておく。

「良かったらなんだけど、もしも任務で死亡した場合、解剖させてくれないか？」

「すみません、解剖は先約があるので」

「え⁉」

お辞儀をして、部屋を飛び出す。嫌な予感は当たっていた。当然ながら、解剖の先約なんてない。

ヤバそうな先生だけど、隊員のことを考えての研修会だったのかなと思っていたのに、違った。

あれは、ショコラ先生の趣味の話を聞く会だったのだ。

どうかこの先、関わり合いになりませんようにと、心から願った。

その後、少し早いけれど、食事を取ることにした。

まだ、昼休みにはなっていないようで、食堂には研修会に参加した衛生兵のおじさんばかりだった。未だ、彼らの表情はさえない。それどころか、先ほどよりも悪くなっていた。

いったいどうしたものか。

その理由は、すぐに判明することになった。

『本日の品目　モツ煮込み定食』

……うん、これは無理。

私はそこまで繊細ではないけれど、先ほど参考資料として、騎士の体からはみ出た臓物《モツ》の精巧な絵を見たばかりだったのだ。

さすがの私でもモツ煮込みは食べられないと思い、回れ右をして、第二部隊の騎士舎に帰った。

ザラさんからの差し入れの焼き菓子があったので、それを齧ることにした。

結局、食欲がわかなくて、何も食べなかった。

午後からベルリー副隊長と鍋を買いに行く予定だったけれど、急な会議があると言って出かけてしまった。会議のあと、出かけようという話になったので、ベルリー副隊長を待つ間、隊員達の外套の繕い物をする。

遠征に出かけると、枝に服を引っかけたり、戦闘で破いてしまったりなど、すぐにボロボロになってしまうのだ。一番酷い状態になっていたのはルードティンク隊長の服だった。

体が大きいので、外套もずっしりしている。裾はほつれ、ボタンはいくつも紛失し、内ポケットは破けて使えない。頑張って繕った。破れた内ポケットには、先日ザラさんと二人でふざけて作った山猫《イルベス》のアップリケを縫い付けておく。

夢中で縫い物をしていたら、終業一時間前になった。そこに、ベルリー副隊長が戻って来る。

「リスリス衛生兵、すまなかった」

「いいえ、大丈夫ですよ」

けれど、今から街に行くには微妙な時間だ。そう思っていたら、ベルリー副隊長がある提案をしてくれる。

「ならば、鍋を買いに行って、そのまま直帰にしよう」

遅くなったお詫びに、夕食を奢ってくれるらしい。昼食を食べていないことを思い出し、空気を読まないお腹の虫がぐうと鳴った。

「い、いいんですか？」

「ああ。いつも頑張っているから、感謝したいと思っていた」

「私は、そんな……いえ、嬉しいです」

そんなわけで、さっそく鍋を買いに行くことにする。ルードティンク隊長の外套は椅子にかけておいた。

街は夕焼け色に染まっていた。道行く人達も、帰宅途中なのか早足である。

目指すのは商店街の金物屋。もうすぐ閉店する時間みたいなので、駆け足で向かった。

走った甲斐あって、営業時間内に間に合った。軒先にいた店主に、お鍋を見せてくださいと頼む。

「どういった鍋をお探しでしょう？」

「あの、ウーツ鋼の鍋ってありますか？」

「残念ながらうちの店では……といいますか、王都の商店で扱っている店はないと思います」

「や、やっぱり……」

ウーツ製の鍋は古い童話の中にのみ出てくるらしく、実在している物ではないと言われてしまった。剣などはいくつかあるらしいが、大変高価な品らしい。

「ウーツ製の鍋なんて、よくご存知でしたね」

「はい。村に出入りしていた商人に聞いて――今思えば、話のネタだったのかもしれないですね」

「そうだと思います」と、はっきり言われてしまった。恥ずかしい。

「ドワーフに大金を積めば作ってもらえるかもしれないですねえ」

「ドワーフ、ですか」

ドワーフとは、細かい作業を得意とする小人族で、フォレ・エルフと同じく、森の深い場所に住んでいる。気難しい性格の者が多く、冒険者が武器や防具を作ってもらうために集落を訪ね、追い返された話は珍しくない。

しかも、ドワーフは細工をするだけで、材料は自分で調達しなければならないのだ。ウーツ鋼なんて、どこにあるか知るわけもない。すぐに諦める。

「では、六人前くらいの、軽くて大きな鍋をください」

「はい、かしこまりました」

ベルリー副隊長と一緒に、あれではない、これでもないと話し合いながら、鍋を選ぶ。

「やはり、リスリス衛生兵が持ち歩きやすく、軽い素材がいいだろう」

「多少重くても、盾にもなりそうな丈夫な鍋のほうが良くないですか？」

そんな意見を出したら、ベルリー副隊長はじっと私の顔を見て言った。

「リスリス衛生兵は私達が守る。だから、その辺は気にしなくてもいい」

「あっ、はい。ありがとうございます」

真正面から「守る」と言われ、ちょっと照れてしまう。ベルリー副隊長、男前だな～と思ってしまった。女性だけどね。

選んだのは、熱伝導率の高い、銅製の鍋。焦げが付きにくく、調理時間も短くなると店主がオススメするので、話し合って決めた。

新品の鍋を抱え、うっとりとしてしまう。妥協せずにじっくり吟味できてよかった。閉店時間を過ぎても、接客を続けてくれた店主にも感謝だ。素敵な買い物ができて、満足感で心が満たされる。

その後、ベルリー副隊長と食事に行った。鳥の串焼き専門店で、店内はおじさんばかり。

「ここはモツ焼きがうまいんだ」

「モツ……」

今日はモツ尽くしの一日なのだろう。もう、平気なので、ベルリー副隊長オススメの部位を食べることにした。

「どうだ？」

甘辛い秘伝のタレが染み込んだモツは、歯ごたえがあってとてもいい。焼いたモツの他に、野菜と一緒に煮込んだモツも人気品目のようだった。これがまた、おいしくって。普段、お酒はあまり飲めないけれど、思わず注文してしまった。ワイワイガヤガヤの賑やかなお店で、楽しい気分になる。お酒のおかわりを頼んだ。

「リスリス衛生兵、困ったことはないか？」

「はい、みなさん、良くしてくれますので」

「そうか。心配事や悩みがあったら、何でも相談してくれ」

「ありがとうございます」

その後、ベルリー副隊長は私の働きを大いに労ってくれた。なんだか照れる。

「無理はするな。もっと、周囲に甘えてもいい。一人で苦しむなんてことは、あってはならないことだ。助け合って、頑張ることを目標にしたい」

フォレ・エルフの村では、頑張ることが当たり前だった。けれど、第二部隊では皆で支え合って、互いの足りないところを補いながら働こうと、ベルリー副隊長は言ってくれる。

まだまだ未熟だけれど、可能な限り私にできることをしたい。

「ベルリー副隊長、私、これからも騎士として、精一杯努めます」

「ああ、頑張ろう」

騎士は身体が資本。だから、しっかり食べるようにと言われる。

なんだか最近、食生活が充実していて横に成長しているような。

気にしたら負けだと思うことにした。

お姫様は砂糖菓子？

遠征部隊のお仕事は王都外に出る魔物の討伐が主である。

けれど、それ以外の任を命じられることもあるらしい。それを、本日の終礼で言い渡された。

「明日は休みになる」

ルードティンク隊長の言葉を聞いて、ウルガスは「やったー！」と喜ぶ。

「その代わり、夜にある夜会の警護任務をすることになった」

「え、それって休みじゃないじゃないですか!!」

渾身の叫びだった。同時に、怒られるウルガス。

「いちいち反応を声に出すな！　上司の話は黙って聞け！」

ウルガスはルードティンク隊長に頬をつねられ「ひゃい」と返事をする。

なんでも急に隣国のお姫様が参加をすることになり、警備を増やすことになったらしい。

「昼間休んで、夜出てきて日付が変わる時間まで警護任務、翌日は通常通り出勤」

ウルガスじゃないけれど「ええ～～」と言いそうになった。次の日が休みだったら最高なのに。

「二人一組で動いてもらう」

どういう風に組み合わせるのか。

第二部隊はなかなかバランスの取れた人員が集まっていると思う。

攻撃力重視で、指揮能力も優れた大剣使いのルードティンク隊長。

機動力が高く、手数の多い双剣使いのベルリー副隊長。

警戒力に優れ、体力がある槍使いのガルさん。

遠方攻撃ならお任せあれ、弓使いのウルガス。

攻撃と防御、共に優れている戦斧使いのザラさん。

……そういえば、私って護衛任務に必要なのか。騒ぎがあっても、何もできないような気がする。まあ、騎士が歩いているということに、意味があるのかもしれないけれど。

「それで、組み合わせだが――俺とリスリス」

「えええ～～!!」

自然と、叫んでいた。

心のどこかで、ルードティンク隊長だけは嫌だ、と思っていたのかもしれない。

「お前は!!」

「すみませんでした、ついうっかり本音が！」

「余計たちが悪い!!」

だって、ルードティンク隊長の山賊顔は、なんか面倒事を引き寄せそうな感じがするし。

「戦闘能力のバランスを考えたら、俺がリスリスと組むしかないだろう」

「その通りでございます、ルードティンク隊長殿」

「黙ってついて来い」

「了解であります」

他の組み合わせは、ベルリー副隊長とウルガスのお姉ちゃんと弟コンビ。

ザラさんとガルさんの美女と野獣（？）コンビなど。

「俺とリスリスは会場内、ベルリーとウルガスは見張り塔で監視、ザラとガルは庭の見回りをしろ」

みんな、バラバラに配置されるようだ。

それにしても、ちょっとワクワクする。

貴族の夜会なんて、絶対に見ることができないと思っていた。

綺麗なドレスとか、お姫様とか、キラキラのシャンデリアとか。楽しみ。

「当日は正装で来るように」

騎士隊は通常の騎士服と、式典用の白い正装が支給される。今まで着る機会などなかったが、とうとう袖を通す日が来たようだ。

——あ!!

ここで、衝撃の事実に気付く。

支給された制服の袖や丈が長く、手直しをしなければならない。一番小さな物でも、私には大きくて、結構詰めていたのだ。

その作業を帰ったらしなければならない。いつかしなければと思いつつ、休日は疲れてやる気が起きなかったり、お買い物に出かけていたりと、後回しにしていた。そのツケが、今になって回って来るとは。

ぐぬぬ……。

ルードティンク隊長の話は終わってこの日は解散となった。

深い息を吐き、肩を落としながら踵を返したら、背後より声をかけられる。

「メルちゃん、どうしたの？」

ザラさんだった。今から帰って、制服の裾上げをしなければならない旨を説明した。

「だったら、手伝ってあげるわ。一緒にしましょう」

「え、そんな！」

ザラさんの趣味は手芸で、私より遥かに上手い。けれど、手伝ってもらうなんて、悪いような。

「いいの。どうせ暇だし」

「ありがとうございます。えっと、じゃあご迷惑でなかったら」

「だったら決まりね」

と、いうわけで、制服の裾上げはザラさんが手伝ってくれることになった。


帰寮後、明日、ザラさんの家に持って行くお菓子を作ろうと、寮の共同台所で調理を開始する。

材料はカラス麦。この前、大安売りをしていたので、たくさん買ってしまったのだ。

カラス麦は食物繊維が豊富で、栄養も豊富。その昔、黒羽烏《カラス》しか食べない麦と呼ばれ、家畜の餌にしか使われていなかったらしいが、近年、その評価は見直され、食用として広がりつつある。

バターや砂糖、卵などは食堂のおばちゃんにわけてもらった。あそこは、余った食材を安く売ってくれるのだ。

ボウルにバター、卵、砂糖を入れ、滑らかになるまで混ぜる。次に、カラス麦を入れて、ボソボソに纏まってきたら、砕いたナッツ類を入れてさらにしっかりと混ぜ合わせる。

一時間ほど、生地を休ませる。これをすると、粉っぽさがなくなるのだ。

鉄板に油を塗り、適当な大きさに千切った生地を並べていく。火が通りやすいように、平たく潰すのも忘れない。

香ばしい匂いが台所に漂う。衛生士の参考書を読みながら、静かな時間を過ごす。

こうして焼き上がったカラス麦のクッキー。一枚味見してみる。

サクッと食感は軽く、ナッツの香ばしい香りが口の中に広がる。素朴な味わいで、飽きがこない。

なかなか上手くできたように思える。

粗熱が取れたら、紙袋に入れた。これでお土産の心配をしなくてもいいだろう。

その日はお風呂に入り、じっくり休むことにした。


翌日。

先日買った白いワンピースを着て、ザラさんの家に向かう。

制服とお菓子の入った鞄を持ち、寮を出て、中央街を通り、住宅街へと向かったが――

角を走って曲がって来た若い女性とぶつかってしまった。

「きゃあ！」

「ぎゃっ！」

突然の衝撃に、ごろんと後方へと転倒してしまう。

「やだ、あなた、大丈夫⁉」

「う、うむ……」

とっさに出た言葉が、おっさん感のあるものだった。微妙に恥ずかしい。

女性は私に手を差し伸べてくれた。

「ありがとうございま――」

「ゴラァ、追いついたぞ!!」

「許さねえ!!」

こちらへ詰め寄ったのは、顔に傷がある屈強な男達。若干ガラが悪い。

一方で、私にぶつかった女性は、金髪碧眼で上品なワンピースに身を包んだ美人である。

きっと、貴族のお嬢様なのだろう。

しかし、供も連れずに歩いているとは。

それにしても、いったいこのお嬢さんは何をしたのか。

私は屈強な男とお嬢さんの間に割って入る。

「なんだぁ、お前は!?」

「あの、私、実はこういう者でして」

騎士の証である、腕輪を示す。すると、大人しくなる男達。

「どうしたのですか？」

「騎士様、この女が、無銭飲食をしたんですよお」

「三人分の飲食をして」

「な、なるほど……」

細身に見えるのに、ずいぶんな健啖家《けんたんか》のようだ。

「私、異国から来て、その……」

ああ、なるほど。外でお金を支払うことを知らないお嬢様か。

たぶん、夜会に参加する貴賓だろう。

「わかりました。ここは、私が立て替えておきましょう。いくらですか？」

「銀貨一枚でさあ」

「あ、はい」

結構食べたな、このお嬢さん。

ガラの悪い男だったけれど、まっとうに飲食業をしている人達だったようだ。

私は涙を呑んで、銀貨一枚を差し出した。代金を受け取り、満足して去りゆく男達。

なんとか騒ぎを収めることができた。ふうとひと息。私も本気を出せば、騎士らしいことができるのだ。まあ、お金の力で万事解決だったけれど。

「あ、あの……」

振り向くと、申し訳なさそうにする女性が。

「大丈夫ですか？　怪我は？」

「い、いいえ、大丈夫」

「良かったです」

しかし、このお嬢さん、なんだか心配だ。

「どこかに向かう途中でしたか？」

「実は、迷子になってしまって」

「なるほど」

滞在先は王宮だった。やっぱり、高貴な身分のお嬢様なのだ。

「ここから王宮までだと馬車で十分くらいですね。そこの乗り場から乗れますが——」

「それって、お金がいるの？」

「そうですね」

俯くお嬢さん。きっと、お金を持っていないのだろう。

「え～っと、歩いて三十分くらいなんですが、徒歩で良ければお連れしますが」

「いいの⁉」

「はい」

ザラさんには悪いけれど、このお嬢さんを放っておくことはできない。そんなわけなので、一緒に歩いて王宮まで向かうことになった。

一時間後、やっとのことでザラさんの家に到着する。

「メルちゃん‼」

なんと、ザラさんは家の前で待っていてくれたようだ。

「良かった……」

「すみません、ちょっと騒動に巻き込まれて」

「そうだったの……。捜しに行こうか迷って」

どうやら、心配をかけていたようだ。

「あ、ごめんなさい。中へ」

「おじゃまします」

ザラさんの家へと一歩足を踏み入れたら――。

『にゃあ！』

山猫《イルベス》のブランシュに出迎えられた。相変わらず、大きな猫だ。

片足を上げて、挨拶のようなものをしてきたので、「どうも」と会釈する。『にゃ！』と返事があった。

ザラさんはお茶を淹れてくれた。私も作ってきたカラス麦のクッキーを手渡す。

「初めてカラス麦でクッキーを作ったのですが、お口に合うかどうか」

「わざわざ作ってくれたの？　嬉しい、ありがとう、メルちゃん」

喜んでくれたようでよかった。

お茶を囲んで、ホッとひと息。

「――ということがありまして」

例のお嬢様は護衛や侍女の目を掻い潜って、こっそり街に繰り出していたらしい。大丈夫なのか、そのザルな環境。

「それで、立て替えたお金は？」

「大丈夫です。きちんと返ってきました」

お嬢様はすごく気にしていたようで、危うく色を付けて返されそうになった。

「銀貨一枚しか出していないのに、金貨十枚くらい持ってきて」

「あらあら」

もちろん、お断りしたけれど。

「メルちゃん、大変だったのね」

「いえいえ～、私も、騎士の端くれですし！」

なんだか、初めて騎士らしいことをしたので、ちょっと自信にも繋がった。

「私にも、人助けとかできるんだな～って、ちょっと感動してしまいました」

「そう。私も、立派な騎士様だと思う」

「ザラさん……」

そんな風に言ってくれるなんて、嬉しい。じーんとなった。

「って、お喋りもこれくらいにしておかないと、夜会に間に合わないわね」

「そうでした」

私は上着を、ザラさんはズボンを縫ってくれた。

せっせと縫うこと二時間、お腹がぐうっとなって、ハッと我に返る。

「そろそろお昼にしましょうか。お芋とひき肉のパイを作ったの」

「やった～！」

今から焼いてくれるらしい。わくわくしながら待たせていただいた。

十五分後――こんがりと焼けたパイを囲んで昼食となる。

「お待たせ」

「わっ、すごい！」

網目に重ねられたパイ生地が、ツヤツヤと輝いていた。そこに、ザラさんがサックリとナイフを入れる。

「はい、どうぞ」

「ありがとうございます！」

断面を見ると、スライスされた芋とひき肉が層になって詰まっていた。

お芋とひき肉のパイを前にした状態で、食前のお祈りをする。

――おいしい食事をもたらしてくれる神々に感謝を！

「いただきます！」

「はい、召しあがれ」

フォークをパイに滑らせる。外側の生地はサクサクで、内側は肉汁《グレイビー》ソースが染み込んでいてしっとり。芋のホクホクとした食感と、ひき肉の旨みがなんとも言えない。

「ザラさん、おいしいです」

「そう、よかった」

ザラさんの料理を堪能し、残りの裾上げに取りかかる。夕方になる前に完成となった。

「今日はありがとうございました」

「こちらこそ、楽しかったわ」

うう、ザラさん、いい人過ぎる……。手伝ってくれた上に、楽しかったなんて……。

「では、またあとで」

「あ、はい」

そうだ。このあと、任務が入っていたのだ。ちょっと仮眠を取って、休んだら仕事に行こう。

ザラさんと別れ、寮まで戻ったのだった。

＊

――あれから数時間後。

「ふわ～～」

――体が重い。

同じ姿勢で縫い物をしていたからだろう。仮眠だけじゃ足りない。もっと寝たい。ごろごろしたい。でも、行かなきゃ。

しかし、任務はルードティンク隊長と一緒か～～。ザラさんとだったら、ドレスにリボン、レースとかについて語ることができたのに。いや、まあ、夜会に行くのは仕事なんだけどね。

頬をパンと叩き、気合いを入れた。

髪は左右の髪を編み込んで、後頭部でくるくると纏めてみた。化粧もいつもより濃い目に施す。

真っ白い制服に袖を通すのはちょっとドキドキだ。

普段の制服にはない、金の飾緒《モール》が付いている。ボタンも金だ。なんと、白い鞘に収まった飾り剣もあるのだ。本物の剣なので、柄を引いたら刃が出てくる。マントもある。なかなか、サマになっているのではないだろうか？　全身鏡の前でくるりと回ってみる。うむ、いい感じだ。

そろそろ時間なので、寮を出る。

「メルちゃん」

門から出た途端、声をかけられる。そちらを見ると、見目麗しい貴公子が佇んでいた。

「うわっ、ザラさん！」

正装姿のザラさんはものすごく素敵で、思わず見とれてしまった。髪形はいつもと違い、一つに纏めて三つ編みにしている。

「いいですね、正装姿。よく似合っています」

「メルちゃんも、凛々しくてかっこいいわ」

「ありがとうございます」

と、二人で照れ照れしている場合ではない。王宮に行かねば。

すれ違う女性達は、ザラさんを振り返る。そうなる気持ちはすごくわかる。

王宮が近付くにつれて、華やかな雰囲気となる。ドレスを着た貴婦人が、馬車から乗り降りしているのだ。

それにしても、すごい人混みだ。ザラさんと逸れないようにしないと。

やっとのことで、集合場所に辿り着く。

いつもは殺伐としている第二部隊の面々。

しかし、しかしだ。白い制服に袖を通したら、みんな本物の騎士のように見えるのだ。

あのルードティンク隊長だって、ほら。山賊風の騎士になっている。素敵！

「おい、リスリス、良からぬことを考えているのではないな？」

「ヒェッ！」

びっくりした。眼前に詰め寄り顔の山賊……いや、ルードティンク隊長がいたから。

正装姿素敵ですねと、言っておく。

すでに任務は開始していた。私とルードティンク隊長は大広間で、見回りをする。とはいっても、他の場所に比べたら、騒ぎも少ないらしい。

それにしても、王宮の夜会は絢爛豪華だ。

天井のシャンデリアは水晶で、蝋燭の火に照らされてキラキラと輝いている。

床にはふかふかの絨毯が敷かれており、足元がちょっと幸せ。

それから、なんといっても、参加しているお嬢様方の美しさに目が眩む。ヒラヒラのドレスは童話のお姫様のよう。まさに、絵本の中でしか知らなかった世界が、目の前に広がっていたのだ。

「おい、ぼんやり歩くなよ。うっかり偉い貴族にぶつかって、不興を買っても助けないからな」

「わかっていますよ～」

隣国よりお姫様が来ているので、護衛の騎士達はいつもよりピリピリしているらしい。

「最近、外交で揉めたとか揉めていないとかで、まあ、関係は微妙ってとこだ」

「なるほど」

うちの国としては、仲直りしたいようだけど、向こうの国が取り合わない状況らしい。

そんな中でのお姫様訪問。緊張するのもわかる気がする。

ルードティンク隊長より、耳打ちされた。

「国王陛下のもとへ行く」

「へ？」

「なんでも、重要な報告があるらしい」

「ほうほう」

護衛の一味に加わるらしい。大変なお仕事だ。

ずんずんと人を避けて進むルードティンク隊長。一方で、私は人波に攫われていた。

「ルードティンク隊長～～」

「お前は！」

だって、仕方がないじゃないか。小柄なので、身体的に人混みをぐいぐい進むのは無理がある。

ルードティンク隊長は私の腕をがっしりと掴み、前に進んで行く。

操り人形のように歩くこと数分。やっとのことで、国王陛下の御前に辿り着いた。

ずらりと、大勢の騎士達に囲まれる王族の皆様。

騎士の面々の背が高くて、見えないけれど。

どうしてか、ルードティンク隊長はどんどんと前のほうに進んで行く。腕を掴まれた私もあとに続く形に。

ルードティンク隊長は最前列。私はその後ろにという位置で、国王陛下のお言葉を聞くことになった。

金色の王冠に、真っ赤なマントをお召しになった国王陛下。ルードティンク隊長が目の前にいるので、姿は一部しか見えない。御年は確か、七十くらいだと聞いたことがある。

「――皆の者、今日はめでたい話がある」

会場は一瞬にして、シンと静まり返った。

長い長い国王陛下の話をまとめると、第二王子と隣国のお姫様が婚約することに決まったと。なるほど。縁を結んで、関係悪化も回復、というわけか。

隣国のお姫様は――だめだ。私の角度からだと、ドレスの裾しか見えない。ルードティンク隊長の上着を掴み、背伸びをして覗き込んだら、想定外の展開となる。

急に動き出すルードティンク隊長。反応が遅れ、上着から手を放しそびれる。当然のごとく、引きずられて行くことに。

しかし、それよりも大変な事態となっていた。

令嬢の一人が隣国のお姫様のもとに近付き、叫んだのだ。

「――この、泥棒猫!!」

ナイフを持った手を振り上げた――が、それが下ろされることはなかった。

ルードティンク隊長が腕を掴んで、阻止したからだ。

ザワザワとざわめく会場。騎士達に取り押さえられ、連行される令嬢。

周囲の騎士の話す声が聞こえた。

隣国のお姫様を刺そうとしたのは、第二王子の元婚約者だったらしい。なんてこった。

たぶん、関係の悪化が原因で、第二王子は隣国に差し出されたのだろう。

婚約が解消されて、悔しかった気持ちはわからなくもないが、隣国のお姫様にそれを向けるのは良くないだろう。

隣国の者だろうか。政治家っぽいおじさんが叫ぶ。「この落とし前はどうしてくれるのか」と。

第二王子の顔色は真っ青だった。

隣国のお姫様は――と、ここで初めて姿を目にする。

「あ!」

「あ〜!!」

私と隣国のお姫様は同時に叫んだ。

「あなた、昼間の騎士様ね！」

「あ、はい……」

どういうことなのかと、問いかけるよりは責めるようなルードティンク隊長の視線が突き刺さる。

「姫様、お知り合いですか？」

「そうなの。私、この国の街の様子が気になって、王宮を抜け出したんだけど、いろいろあったあとに迷子になっちゃって」

銀貨一枚分の食事を召し上がった部分は、ザックリと省略されていた。

「この騎士様が助けてくださったの！」

手をぎゅっと握られ、お礼を言われた。

「助けてくれて、ありがとう」

「い、いえ、その、もったいないお言葉です」

どう返したらいいのかわからず、しどろもどろになりながら答えた。

「ここはおいしい食べ物がたくさんで、気候は穏やか、正義感溢れる騎士様がいらっしゃる素敵な国だったから、もっと知ったほうがいいと、お父様に伝えておくわね」

「！」

「良かったら、結婚式にもいらして」

「は、はい……」

なんと、驚いたことに、お姫様は今回の件を不問に付してくれるらしい。なんて、太っ腹なお姫様なのか。

騒ぎは一瞬にして、なかったものにされる。

それから、お姫様の話し相手をするように命じられた。

高貴な御方が喜ぶ話なんて何もないと思ったけれど、なんとか面白話を記憶から蘇らせて話した。

「それで、ルードティンク隊長が怖い顔で言ったんです――」

「ドキドキするわね」

あまり外出をしないので、私達の遠征珍道中を楽しそうに聞いてくれた。

「メル、あなたって、本当に面白い子」

「ありがたきお言葉です」

最後に、この国での滞在を楽しかったと言ってくれたので、ホッとした。

国際問題になりかねない騒動だったけれど、今後、どうなるのか。

「心配しないで。お父様は私を可愛がっているから、お願いすれば悪いようにはならないわ」

……考えていたことが筒抜けだったようだ。

「本当に、ありがとうございました」

「お礼を言うのは私のほうよ。考えなしに護衛も連れず街に行ったりして。あなたが助けてくれなかったら、大変なことになっていたわ」

今回の旅で、関係者一同の弱みを握ったので、大丈夫だと念押ししてくれた。

「弱み、ですか」

「ええ。私の脱走に気付かなかった侍女、国に喧嘩を売った大臣、私を守れなかった騎士達……。騒ぎを知る人達の口は、完全に封じておくから」

なんて強《したた》かなお姫様なのだろうか。

私は、この御方を守った。一生の宝物になるような経験だ。

最後に、握手をして私達は別れた。

きっと、この先の生涯で会うことはないだろう。けれど、大きな影響を私の中に残してくれた。

今日一日の経験が、私が騎士をするにあたっての意識を変えてくれた。

ただ、戦うだけではない。守ることも、大切な仕事なのだ。

私は騎士という職業を、誇りに思う。

廃墟でキャラメル大作戦!?

今日も今日とて、暇さえあれば保存食を作っている。

やはり、遠征時の楽しみといったら、食事しかない。それで、少しでもやる気が出るような品目を考えている。けれど、なんでもかんでも、というわけにはいかない。

大切なのは、日持ちするということ。それから、持ち運びしやすいということ。そうなると、お菓子はどっしりみっちりなしっかりした物に限定される。

「リスリス衛生兵、今日は何を作るんですか？」

すっかり私の助手と化しているウルガス。衛生兵の資格を持っているのが彼しかいないので、他に声をかけられる人はいないのだけれど。

話は本日の品目に戻る。

「本日はキャラメルを作ります」

「おお、いいですね！」

キャラメルには多くの糖質が含まれている。

「糖質――炭水化物は脳が活性化します」

「なるほど。判断能力の低下は死を招きますからね。力も出ませんし」

決して、おいしいから持ち歩くわけではない。きちんとした、栄養補給が大きな目的なのだ。

「材料にもよりますが、保存期間は約二ヶ月ですね」

「へえ、結構保つんですね～」

ただ、弱点もある。

「なんですか?」

「熱に弱いんです」

夏場はドロドロに溶けてしまうので、持ち歩くのは冬限定だろう。と、お喋りはこれくらいにして、調理を開始する。

「まず、材料はですね――」

練乳、砂糖、水飴、バター。

「分量はそれぞれ同じ量で、バターはそれよりも少なめ、みたいな感じですね」

まず、練乳、砂糖、水飴を鍋に入れ、弱火を保ちつつ混ぜ合わせる。もったり柔らかくなったら、バターを入れて煮詰め、ツヤツヤな照りがでてきたら完成。

「完成したキャラメルは、鉄板の上で乾かします」

キャラメルがくっつかないように、しっかり油を塗ってから流し入れる。

布を被せて、雪の積もった外に放置していたら、半日で固まるだろう。

「おいしそうですね～～」

「おいしいと思うのですが……」

「ですが？」

私は真剣な顔で、ウルガスに話しかける。もしかしたら、失敗しているかもしれない。

遠征先で食べて、失敗していたら大変なことになる、と。

「ど、どうするんですか？」

「毒味します」

私は食堂のおばちゃんにもらった、パンを取り出した。

「それは、パン？」

「そうです」

私は鍋に残ったキャラメルを、匙で掬ってパンに塗った。

「こ、これは、なんておいしそうな……！」

「ウルガス、これは毒味です」

そう、大切な確認作業。私とウルガスの分と二つ、キャラメルをたっぷり塗ったパンを
頬張る。

「う、うまっ！」

「おいしいですね」

キャラメルは間違いないおいしさであった。特別な食材など何も使っていないのに、温かいキャラメルはなめらかで濃厚。香ばしい風味があとを引いている。

パンとの相性はバツグンだ。パサパサのパンに、キャラメルが染み込んで、しっとりとなる。

「いいですね」

「ええ、実に、いいものです」

そんな役得にありつきながら、私とウルガスは日々、保存食作りに励んでいた。


夕方、固まったキャラメルは鉄板から取り出し、包丁で一口大に切り分けていく。

結構硬くなっていたので、ウルガスに切ってもらった。

カットしたキャラメルは丁寧に紙に包み、瓶の中に詰めたら完成。あとは、遠征任務があるまで、保存庫で放置となる。

「リスリス衛生兵、キャラメルを食べられる遠征の日が楽しみですね！」

「そうですね、ウルガス！」

目的が任務ではなく、キャラメルを食べに行くに変わっているように聞こえた気がしたけれど、気にしたら負けだ。

そう、思うことにした。

＊

本日も晴天！　朝一番の時計塔の鐘で目を覚ます。

まず、ふわふわと波打った髪と格闘しなければならない。夜、綺麗に梳《くしけず》ってから寝たのに、寝返りを打ったりして、いつの間にか絡まっているのだ。

フォレ・エルフの村にいた時代は、水を付けて一生懸命梳かしていた。

けれど、今は街で買った静電気を起こしにくい猪豚《スース》の毛を使ったブラシに、薫衣草《ラバンダ》、林檎草《カモマイル》、迷迭草《ローゼマリー》などの薬草から取れた精油と酒精を混ぜた物を髪に揉み込み、櫛を入れている。すると、ものの数分で綺麗になるのだ。

おさげの三つ編みにして、制服を着込み、申し訳程度の化粧を施す。

歯磨きをして、鞄の中身を確認する。

お財布におやつ、ハンカチ、手帳に筆記用具、寮の鍵、小型ナイフ、櫛、化粧道具などなど。

通勤用なのに、護身用のナイフがあるせいで、ちょっと物騒だ。

鞄を肩にかけ、食堂へと向かう。

食堂は出勤前の騎士でごったがえしていた。

みんな、騎士をしているだけあって、がたいがいい。その分、私は余計に小さく見えるようで、食堂のおばちゃんにたくさん食べるように勧められた。

「おはよう、メルちゃん」

「おはようございます」

「今日はパンケーキだよ」

「おお……」

朝からなんて素晴らしい品目なのか。おばちゃんをぎゅっと抱擁したい。

「種類がいろいろあってね」

・バターと楓《アルセ》シロップ載せ

・生クリームとベリージャム

・目玉焼きとベーコン

・サラダ盛りとベーコン

「……迷う」

パンケーキの素晴らしいところは、しょっぱい系にも合うところだろう。

甘い系とどちらにすべきか。

「根菜類のミルクスープもあるからね」

なぬ！　ならば話は別だ。私は迷わず、バターと楓《アルセ》シロップに決めた。

「パンケーキは何枚にするかい？」

「そうですね……」

周囲を見ると、五枚くらい重ねている人もいた。薄いパンケーキみたいだけど、結構大きい。

二枚、いや、三枚いけるか。迷ったので、おばちゃんに質問してみた。

「平均はどのくらいですか？」

「三枚だね。みんな、六枚とか、七枚とか、ぺろりと食べる子もいるよ」

「おお……さすが、騎士」

しかし、私はそんなに食べられないだろう。

「三枚にします」

「そうかい。お代わりもできるからね」

「はい、ありがとうございます」

お盆の上に、三枚重ね、バターと楓《アルセ》シロップをトッピングしたパンケーキに、根菜類のミルクスープを手渡される。飲み物は甘酸っぱいベリージュースにした。

十枚くらいパンケーキを重ねて食べている騎士のお姉さんがいたので、目の前に座らせてもらう。

高々と積み上がったその姿は、まるで塔のよう。

ナイフとフォークを手に持ち、真剣な表情で攻略しようとしていた。

まじまじ見るのも失礼なので、食前のお祈りをさせていただく。

瞼を開くと、パンケーキの塔は半分ほどに減っていた。魔法のようだった。

時計塔の二回目の鐘の音で我に返る。騎士のお姉さんの健啖家っぷりに見惚れている場合ではない。私も食べなければ。

パンケーキは薄いけれど、外はサクサク、中はモチモチ食感で美味しかった。楓《アルセ》シロップの香ばしい風味と、溶けかけたバターの風味豊かなことといったら。

口の中が甘ったるくなったら、スープで塩分を補給。根菜は良く煮込まれていて、ホクホクだ。

——と、のんびり食べている場合ではない。ザラさんとの集合時間に遅れてしまう。

パンケーキ、正直あと二枚くらい食べられそうだったけれど、ぐっと我慢。時間もないし、満腹になりすぎても、動けなくなるだろう。

食器を片付け、おばちゃん達においしかった旨を伝え、食堂を出る。

ザラさんは女子寮の前で待ってくれていた。

本日も、私のほうが遅かった。

「おはようございます！」

「おはよう、メルちゃん」

ザラさんは今日も朝から美人だ。太陽に照らされて、キラキラ輝いているように見える。

金の髪はサラサラで、私以上に努力をしているのだろうなと思った。

「どうかした？」

「い、いいえ、なんでも！」

その人間力、分けてほしいなどと考えていたことは秘密だ。

「そうそう。今日、寮からすっごく甘い匂いが漂ってて、何事って思っていたの」

「朝食がパンケーキだったんですよ」

「なるほど」

確かに、言われてみたらバターの焦げたいい香りがする。

「さすがに、朝からパンケーキは無理ね」

「ザラさんは朝、どんな物を食べているのですか？」

「基本、朝は火を使わないの」

パンとチーズ、ハムに果物。たいてい、変わらない品目を食べているらしい。

「うち、かまどは薪だから、処理が面倒で」

ザラさん曰く、かまどに火を熾こす方法は二つある。

一つ目は薪。マッチなどで火を点けて、風を送りつつ火を熾こす。

もう一つは魔石燃料。使い方は簡単。石に刻まれた呪文を摩り、魔法陣が敷かれたかまどに入れると火を熾こすことができる便利道具だ。使い捨てで、お値段は結構張る。

「灰も出ないし、後始末は簡単だからいいと思うんだけど、ちょっと割高で」

「わかります」

魔石燃料はまだ庶民の間では普及していない。需要が少ないので、なかなか値段も安くならないのだ。

「お年寄りとかは、どうしても新しい物は受け入れられない傾向にあるから」

「その気持ちもわかりますけれど」

「あと、爆発事件も、何件かあったりするのよね」

「ば、爆発、ですか⁉」

「ええ」

魔石というのは、魔力の結晶体である。それに、火の属性呪文が刻まれた状態で出荷される。

たまに、安価な粗悪品があるようで、かまどの中でボン！　と弾けることがあるらしい。

「正規品ならば問題ないの。粗悪品だと、そういう事故も起こる可能性があるみたい」

「なんか、怖いですね」

そんな話をしていたら、騎士舎に到着した。

騎士の証である腕輪を見せ、守衛騎士のいる門を通過し、第二部隊の騎士舎に向かう。

遠征部隊の敷地内に入ったら、大柄な騎士が目立つようになる。

ザラさんみたいな細身の男性はほとんど見ない。

女性騎士も私とベルリー副隊長しかいないらしいので、驚きだ。

だから、ザラさんと並んで歩いていると、チラチラと見られるのだ。もう今は慣れっこだけれど。

休憩室には、ウルガスとガルさんがいた。

「おはようございます」

「おはよう」

「あ、二人共、おはようございます！」

ウルガスは今日も朝から元気だ。さすが、第二部隊最年少。このまま健やかに育ってほしい。

「あら、ガル、それ素敵ね」

ザラさんはガルさんの変化にいち早く気づいた模様。

「なんですか？」

「見て、尻尾の一部を三つ編みにしているの」

「わ、カッコイイですね！」

朝から一緒にいたウルガスも気付いていなかったようで、感心しつつ覗き込む。

ううむ。こういう見えないオシャレは憧れる。騎士隊は規律が厳しいので、派手な装いは禁止されているのだ。ザラさんが付けているみたいな、小粒の耳飾りはギリギリ大丈夫。腕輪は禁止。首飾りは見えなかったら問題ないようだけど、それでは意味がないような。お守り《アミュレット》みたいな魔道具は、申請したら堂々と身に着けることができる。しかし、高価な魔道具なんて、下っ端騎士の手が届く品ではないのだ。

耳に穴を空けるのも、ちょっと、いや、かなり怖い。オシャレへの道はほど遠かった。


始業五分前の鐘が鳴ったので、朝礼のある執務室に向かった。

執務室には、ベルリー副隊長がいて、爽やかに挨拶をしてきた。

「みんな、おはよう」

「おはようございます」

挨拶を返したら、にっこりと微笑んでくれる。これが噂の、メイド殺しの笑顔。

短髪で背は高いが、見た目は女性らしいベルリー副隊長。

しかし、こう、行動の一つ一つが男前で、騎士隊で働くメイド達に大人気なのだ。

その気持ちはよくわかる。女心をよく理解していて、親身になってくれるベルリー副隊長は、本当に素敵な人なのだ。尊敬する騎士の一人である。

「リスリス衛生兵、今日も可愛い髪形だ」

「あ、ありがとうございます」

今日も、苦労して結んだ髪を褒めてくれた。とても嬉しい。

お喋りはこれくらいにして、そろそろ朝礼が始まるので、壁側に整列して待機する。

ベルリー副隊長も仕事を置いて列に加わった。

シンとした中で、待つこと数分。バン！　と勢いよく扉が開かれた。

やって来たのは、我らが山賊のお頭――ではなく、ルードティンク隊長だ。

本日も変わらない、泣く子も逃げ出す強面である。

分厚い書類の束を持ち、ドンと執務机の上に置く。あれが何なのか、みんなよく理解していた。

遠征の指示書だ。だから、ルードティンク隊長の一言はたやすく想像できる。きっと「今から遠征に行く」だろう。脳内に思い浮かべていた言葉を、ルードティンク隊長はそのまま言った。

「喜べ。今から遠征に行く」

ウルガスは「うげっ」と言葉を漏らす。瞬時に、ルードティンク隊長にジロリと睨まれてしまった。

「ウルガス。お前は、所属している部隊をわかっていないようだな」

「だって、最近多くないですか？　前は一ヶ月に一、二回くらいだったのに、最近頻度が高くなってますよ」

「ここ何回か、成果を上げているおかげで、少数部隊の評価が見直されているからだろう」

もう一つ増やすか、隊の再編制をするか、そんな話が上層部の中で上がっているらしい。

「しばらく我慢しろ。その分、給料も上がっているから」

「……わかりました～～」

ウルガスの気持ちはわからなくもない。遠征部隊の任務は主に魔物相手だ。命を懸けた戦いだって、一回や二回ではなかっただろう。

その緊張感を、月に何度も味わうことになるのは、たまったものではない。

それに、騎士達の主な仕事は、災いに備える訓練だ。

もちろん、民を守ったり、騒動を鎮《しず》めたり、魔物と戦うのも仕事だが、それらは訓練をしないと達成できない。そこで、一年の大半を訓練につぎ込む。それができないとなれば、不安になるのだ。

今はルードティンク隊長や上層部の言葉を信じ、新しい部隊ができるのを待つしかないだろう。

「――で、任務内容についてだが、場所はナギア地方」

ナギア地方――王都から馬車で丸一日と、結構離れた場所にある乾燥地帯。

その昔、温泉が湧く観光の街だったらしいが、二十年ほど前に温泉は人工的に作っていた物だったと発覚し、一気に廃れていった。そして、現在は廃墟となっている。

「そこに、どうやら魔物が住み着いているらしい」

現在、そこは国が管理している土地となっており、数年後に再開発の計画もあることから、退治するようにと命令が下ったとか。

「住み着いている魔物は、大土竜《トーポ》」

大土竜《トーポ》――穴を掘って地中を移動し、地上の小型動物を襲う魔物だ。

「調査員が数名、食われたようだ。護衛もいたが、成す術もなかったと」

……まさかの死亡案件に、目が飛び出そうになった。

地中から飛び出してきて、こう、バリムシャと、食べられてしまったらしい。

やだな～～、怖いな～～。

全力で行きたくなくなってしまった。

ルードティンク隊長は険しい顔で書類に目を落としつつ、話を続ける。

「何度か他の遠征部隊が現地に向かったらしいが、一向に姿を見せず――」

大土竜《トーポ》はいなくなったのだろう。もう、大丈夫だ。

そう思って調査を再開させたら、再度現われる大土竜《トーポ》。またしても、調査員が食べられてしまった。ここで、騎士隊は『魔物研究局』に協力を依頼する。

「魔物研究局、ですか？」

そういえば、ザラさんが以前話をしていたような。魔物の肉、骨、皮など、なんでも欲しがる変わり者の集団だと。

魔物研究局の調査の結果、驚くべきことが発覚する。

「大土竜《トーポ》は元々、臆病な一面のある魔物だったらしいが、そこの廃墟に住み着いたヤツは、護衛の人数や、騎士隊の編制によって、襲ったり、襲わなかったりしていたらしい」

戦闘員が十名以上いると、襲わないと。なるほど。小賢しい性格をしているようだ。

その結果を受けて、再編制した部隊で討伐に行ったが、失敗したらしい。死人はでなかったが、負傷者をだした。その理由は、訓練不足にある。

間に合わせで小隊を作っても、連携などが上手くいくわけないのだ。

「それで今回、うちにお鉢が回ってきたわけだ」

執務室の空気が重くなる。我々にも荷が重い任務なのではと。成功すれば表彰に加え、褒賞が貰えるらしいけれど、それよりも命が惜しい。

けれど、私達は騎士で、命じられたら行くしかないのだ。

「以上だ。十五分で支度をしろ」

「了解」と言って、各々散り散りになる。

私は更衣室に置いてある数日分の着替えを鞄に詰め込み、次に食糧を準備するため保管庫へ急ぐ。

とりあえず、三日分くらい用意するように言われた。

パンとチーズ、燻製肉、香辛料、瓶詰保存食を詰めていく。

三日分となると、結構な重さになった。半分はウルガスが持ってくれるけれど、私はその上に鍋も背負う。

個人が持ち歩く、ビスケットやチョコレートなどの簡易食事袋を作っているところに、ウルガスがやって来る。

「リスリス衛生兵、手伝いますよ」

「ありがとうございます」

食糧を革袋に詰め込んで行った。

「俺達、ついてないですね」

「仕方がないですよ」

仕事だもの。そう言うしかない。

「ウルガスの食糧袋には、特別にキャラメルを入れておきますね」

「あ、キャラメルがありましたね！」

三粒ほど入れて、ベルトに袋を吊り下げる。ウルガスは嬉しそうにしていた。

「リスリス衛生兵、ありがとうございます。頑張ります」

キャラメルでやる気が復活するウルガス。微笑ましいの一言だ。

「あ、もう時間ですね」

「急ぎましょう」

荷物を背負い、集合場所まで急ぐ。

＊

移動は馬車。休憩は三時間に一回あるらしい。

操縦はルードティンク隊長、ガルさん、ベルリー副隊長が交代で行う。まずはルードティンク隊長が担当する。

車内では、各々自由に過ごす。

ベルリー副隊長は腕を組み、鋭い視線を窓の向こうに向けていた。

ガルさんはナイフを磨いている。

ウルガスは寝ていた。

ザラさんは刺繍をしている。

私は参考書を持って来たのでお勉強。ここ数日、忙しくて、できていなかったのだ。

お昼は小さな村に停まって、食堂で食べた。

午後からはベルリー副隊長が馬車を操る。

ルードティンク隊長が車内にいると、微妙な気まずさが。感じているのは私だけかもしれないけれど。

「……なんか、肩が凝った」

ルードティンク隊長がぼそりと呟く。

「薬草湿布貼りますか？」

「この前足にしたみたいなやつか？」

「そうですね」

「頼む」

「了解です」

この前の薬草湿布は傷を治す効果のある物だったが、今回は凝りを解す物になる。

「具体的に、症状はどんな感じですか？」

「肩が重たくて、鈍痛がある」

「熱はある感じですか？」

「言われてみれば、あるような」

「急に痛みだした感じですね？」

「そうだな」

「なるほど。わかりました」

少しだけ、馬車を停めてもらう。革袋に雪を入れて、馬車に戻った。

「雪を何に使うんだ？」

「冷湿布を作るのです」

急性の凝りに対して、効果的なのが冷湿布だ。だが、あくまでも応急処置なので、痛みが続くようであれば医者にかかったほうがいい。

まず、桶に水を入れて、雪を入れて混ぜる。そこに鎮痛作用と血行促進作用のある、明晰薬草《クラリセージ》の精油を数滴垂らした。それもよく混ぜて、手巾《ハンカチ》を浸し、良く絞る。

「では、上着を脱いでください」

「ああ」

ルードティンク隊長は上着を脱ぎ、私に背を向ける。

「ルードティンク隊長の体、相変わらずすごいですね～」

ウルガスがそんな感想を漏らす。

「見るなよ」

「いや、視界に筋肉が飛び込んできたと言いますか」

確かに、ウルガスの言う通りルードティンク隊長の体はすごい。あの大剣を振り回すだけある。背中だけでもバキバキだ。

と、筋肉を気にしている場合ではない。湿布を貼らなければ。

「ではルードティンク隊長、湿布を置きますね」

「ああ」

冷湿布を左右に置いた。

「冷たっ！」

「ちょっと我慢してくださいね」

放置すること数分。

「こんなもんですね。どうですか？」

「まあ、さっきよりはだいぶマシになった」

「良かったです」

衛生兵的な活動ができて、満足である。最近、食事ばかり作っていたような気がしたので。

その後、ルードティンク隊長は寝てしまった。

ガタゴトと、馬車は街道を進んで行く。

夜、小さな村で一泊する。ここから三時間ほど馬車で走った先に、廃墟があるらしい。移動だけだったけれど、なんだか疲れていたのか、ぐっすりと眠ってしまった。

翌日。

ついに任務にあたる日となった。

しっかり睡眠を取って、朝食も食べて、元気！　なのに、向かう先が最悪過ぎて、仕事したくない症候群に罹《かか》る。頬を打って、気合いを入れるしかなかった。

廃墟までは、村で御者を雇って連れて行ってもらう。馬は魔物に狙われる可能性があるので、置いていくらしい。

一応、夕方ごろに迎えに来てもらう予定だとか。

魔物がいつ出るかわからない現場に置いて行かれるとか、怖すぎる。でも、我慢するしかない。

シンと静まり返った車内に耐えること三時間。

とうとう、現場に辿り着いてしまった。

そこは、観光施設があっただけあって、かなり大規模な街だったようだ。

通りには、煉瓦の建物がずらりと並んでいる。

土産物屋に食堂、宿屋、温泉施設……。窓は割れ、扉はなくなり、壁紙も剥がれている。

どこも荒れ果てていて、周囲は明るいのに不気味だった。

雪はうっすら積もっている。王都よりも積雪量は少ない。

大土竜《トーポ》は大きく、地上に出てくる前は地面が振動するらしい。

「リスリス衛生兵、大土竜《トーポ》が出たらすぐに退避しろ。耳はいいんだろう」

「はい、頑張ります」

なんか、どんくさいので、一番にバリムシャされる気もするけれど……。

街中は草が隙間なく生えている。地面は石畳のようだ。人が住まないと、こうなってしまうのか。

衝撃的な街並みだった。

慎重な足取りで、進んでいく。

ルードティンク隊長がゆっくり進むので、私は薬草を摘みながら歩いていた。

途中で、余所見をするなと怒られる。薬草摘み禁止令が出された。ぐぬぬ。

ここで、休憩時間となる。

街の広場で、噴水の前にあった椅子に腰かけた。

視界にチラリと派手な鳥が映りこむ。私は隣に座っていた、ウルガスの袖を急いで引いた。

「ウルガス、今、鳥がいました！」

「どこにですか?」

「あそこです!」

草むらからわずかに、鮮やかな緑の羽根が見えたのだ。早く弓矢を用意するように頼む。

「緑の羽根って、この草むらじゃわかりにく……あ!」

ウルガスも見つけたようで、素早く弓に矢を番え、迷いなく射る。

見事、ウルガスは派手な鳥を射止めた。

「派手な鳥ですね~これ」

鶏冠《とさか》は鮮やかな緑、耳羽根は赤。肩羽根は紫、尾羽根は黄色。

「これは虹雉《ファイサン》じゃないか」

ルードティンク隊長の知っている鳥だとか。虹雉《ファイサン》とな。

なんでも、羽根はご婦人方の扇子や帽子などに使われるらしい。ルードティンク隊長が険しい表情で説明する。

どうして、そのような苦々しい表情で語っているかといえば――。

「何年か前、メリーナ……婚約者にこいつを狩って来るように言われたんだ」

しかし、大変珍しい鳥らしく、狩ることができなかったらしい。

「手ぶらで帰ったら、死ぬほど機嫌が悪くなって。いや、店で普通に買えばいいと思ったが……」

その辺は、好きな人が仕留めた虹雉《ファイサン》で扇子や帽子を作りたいという乙女心（？）なのだろう。

「肉は間違いなくうまい」

「おお！」

期待が高まる。

とりあえず、羽根は毟り取り、血抜きをする。内臓を抜き取って、雪を詰めた革袋の中に入れた。

休憩は以上。大土竜《トーポ》捜索を再開させる。

街は不気味なほどに静か。魔物が地下に潜んでいるとは思えない。

けれど、確実にいるのだ。一歩一歩、警戒しつつ歩みを進めていく。

「ガル、どうだ。なんか匂ったり、聞こえたりするか？」

ガルさんは眉間に皺を寄せ、周囲を探るように鼻をヒクヒクと動かしている。

異変なし？　と思ったけれど、ピクンと耳が反応を示した。

「あ！」

私の耳も、異変を聞き入れた。

――来る!!

「総員、戦闘準備だ。急げ！　ウルガスとリスリス衛生兵は後退」

「うぃっす！」

「り、了解です！」

背負っていた荷物はその場に放棄。その後は全力で走る。

地面が揺れる。同時に、バリバリと何かが裂けるような音が響き渡った。

「ついに、来ましたね」

「はい」

人を食らった獰猛な魔物。考えたら、ぞっとする。

ウルガスは最初から毒矢を取り出す。じっと前を見据え、タイミングを窺っていた。

地面が盛り上がり、何かが近付いてきているのがわかった。人が走るよりも速く、地中を泳ぐようにして進んでいる。

隊列はルードティンク隊長が一番前、次にザラさん、ガルさんとベルリー副隊長が並んで迎える。

そしてついに、大土竜《トーポ》は地上に姿を現した。

全身は茶色の毛に覆われ、図体はずんぐりしている。鼻は尖っていて、耳は退化しているのか、見当たらない。目は左右に三つ、計六つもある。赤く光っており、薄気味悪い。

驚くべきは、指先にある鋭い爪。あれで、地中を縦横無尽に進んでいたのだ。

あの爪に引っ掻かれたら、たまったものではないだろう。

ルードティンク隊長は剣を抜き、振り上げる――が、大土竜《トーポ》は再度、地中に潜る。

「リスリス衛生兵、屋根に上れますか？」

「が、頑張ります」

ウルガスはここにいては危ないと判断。私に屋根に上るように指示を出す。

近くにある商店の前にあった木箱に上り、窓枠に足をかける、が。

「うわっ！」

劣化していて、足をかけた途端に木枠が崩れた。その拍子にバランスを崩して落下――。

「危ない!!」

落ちる寸前で、ウルガスを下敷きにして着地してしまった。

「ウッ！」

「わ、すみません！」

「だ、大丈夫、です」

「あ、ありがとうございます」

そうこうしているうちに、再度地上に顔を出す大土竜《トーポ》。慌てて立ち上がる。

出てきたのは、ベルリー副隊長とガルさんよりも遥か後方で、私が鞄を放棄した辺り。

「げっ！」

「うわっ！」

なんと、大土竜《トーポ》は食糧の入った鞄を爪で裂き、中を漁っていたのだ。

「な、何を……」

「あ、なんか、瓶を呑み込んだみたいです」

「リスリス衛生兵、視力がいいんですね」

「まあ、フォレ・エルフなのでそれなりに。何を食べたかまでは、わかりませんが」

その動作、数十秒。

その間、ルードティンク隊長が駆け寄ったが、またしても大土竜《トーポ》は穴を掘って潜る。

「うわ、やばっ！」

「ぎゃあ！」

そして、大土竜《トーポ》はこちらに向かってやって来る。

「おい、リスリス、ウルガス、逃げろ!!」

「言われなくとも～～」

「わかっています！」

ルードティンク隊長の叫び声が聞こえた。私とウルガスは、全力疾走を始める。

魔物に追いかけられるなんて初めてだ。心臓がドッドッドッと、嫌な鼓動を立てている。

不安を解消するために、叫んだ。

「な、なんでこんなことにいいい～～!!」

「走りながら喋ると、舌噛みますよ、リスリス衛生ひゃい!!」

うっかり舌を噛んだウルガス。微妙に涙目になっていた。

猛追しているのは、地響きの感じ方でわかる。グラグラと揺れる中、必死になって前に進んでいった。

それにしても、大土竜《トーポ》、速い！　瞬く間に、私達の後方まで迫っている。

「リスリス衛生兵、二手に別れましょう！」

「え、でも……」

「大丈夫です。リスリス衛生兵のほうに行ったら、すぐに毒矢を放ちます」

「わかりました！」

あと少しで、左右に分かれる道となる。

動悸がさらに激しくなった。汗が頬を伝い、滴り落ちてくる。

私は左、ウルガスは右。

別れた瞬間、大土竜《トーポ》は地上に出てきたようで、茶色い毛並みが少しだけ視界に映った。

ギラリと光る赤い目も。怖すぎる。

ついに、分岐点に辿り着いた。

ウルガス、健闘を祈る！

私はこっちに来るなよと願いを込め、左方向に地面をタン！　と蹴った。

バクバクと激しく鼓動を打つ心臓に耐えながらも、全力で走る。

が——。

「うわあ～～～、こっちか～～～!!」

響き渡る——ウルガスの声。

どうやら、向こうに行ってしまったらしい。なんだ、その、お気の毒に。

大丈夫なのか。私は頑張って屋根によじ登り、ウルガスの様子を確認する。

「リスリス衛生兵。大丈夫か？」

「ベルリー副隊長、私は平気です！」

「わかった。そのままそこで待機してくれ」

「了解です」

ルードティンク隊長達もあとを追っているようだ。けれど、ウルガスと大土竜《トーポ》までずいぶんと遠い。

頑張れ、ウルガス！

負けるな、ウルガス！

しかし、大土竜《トーポ》の猛追は止まらない。

もう、見ていられない。顔を逸らそうとしていた時、ウルガスは驚きの行動に出る。

建物のあるほうへ近付き、箱を蹴って勢いを付け、壁を蹴って屋根に上るという荒技を見せた。

　そして、すぐさま弓を構え、矢を放つ。見事、眉間に弓は命中。

　大土竜《トーポ》は悲鳴を上げ、地中へと潜っていく。凄まじい速さで逃げていった。

　ウルガスは二射目を構えたが、ルードティンク隊長より待ったがかかった。隊列が乱れているので、深追いはするなとのこと。

　とりあえず、ウルガスも無事だったし、怪我もなかったのでホッとした。

　屋根の上でへたりこんでいたら、ザラさんが迎えに来てくれた。

「メルちゃん、大丈夫？」

「は、はい、なんとか」

　しかし、腰が抜けてしまった。なさけないことに、しばらくここから動けそうにない。

「助けてあげるから、ちょっと待ってて」

「え⁉」

　ザラさんは軽やかな身のこなしで、屋根まで上がって来た。

「怪我はしてない？」

「はい」

　いったい、助けるってどうやって――と思っていたら、ひょいっと横抱きに持ち上げられ、しゅたっと地上に跳んだザラさん。

衝撃とかほとんどなくて、一瞬の出来事だった。

「メルちゃん、歩ける？」

「え、た、たぶん……」

ザラさんはすぐに下ろしてくれたけれど、またしても腰が抜けてしまい、軟体動物のようにぐにゃぐにゃになってしまった。

「わっ、メルちゃん」

「うっ、すみません……」

今度はおんぶをしてくれた。何から何まで、申し訳ない。

ルードティンク隊長にウルガス、ベルリー副隊長、ガルさんと合流し、裂かれた食糧鞄を取り囲むようにして、反省会を行う。

「まず、あいつは何を食っていたのか」

鞄の中身を並べて、何がないか確認する。

パンにチーズ、燻製肉、乾燥果物に炒り豆、ビスケット……ほとんどの食材は無事だ。

大土竜《トーポ》は何を食べていたのか。

「あ、そう言えば、リスリス衛生兵が瓶を丸呑みしたのを見たと言っていましたね」

「そうでした。奴は、瓶だけ選んでいたように思えます」

瓶は猪豚《スース》の肝練りに、砂糖煮込み、蜂蜜《ミエル》――はて？

「あ、リスリス衛生兵、キャラメルがないです！」

「そういえば！」

キャラメルだけ狙って食べたとか、あり得るのか。

「でも、隊員の中で、唯一キャラメルを持っている俺のほうを追って来たので可能性はありますよ」

そうだ。ウルガスの個人食糧袋にだけ、キャラメルが入っているのだ。

「なるほど。ならば、キャラメルでおびき寄せることも可能ってことか」

ルードティンク隊長が、悪事を閃いた山賊のような表情で呟く。

「だが、問題は、どうやって倒すかだな」

ウルガスは毒矢を放った。しかし、大土竜《トーポ》は矢が刺さったまま、元気に逃げて行った。

「というか、矢、あんまり刺さってなかったような気がします」

「皮が硬い可能性があるな」

おそらく、反撃を受け、驚いて逃げたのだろうと。

「逃げ足も速い、防御力も高い可能性がある、弱点も不明……」

現状、打つ手はない。

「とりあえず、キャラメルは俺が預かって置こう」

ウルガスはキャラメルを大事そうに握りしめていたが――。

「おい、ウルガス」

「……はい」

ルードティンク隊長は追いはぎをする山賊のように、キャラメルを出せと言う。ウルガスは切なそうに、革袋の中から三粒のキャラメルを差し出した。

キャラメルを食べるのを楽しみに、遠征に来たのに。大土竜《トーポ》に襲われた挙句、キャラメルも口にできなかった。なんて、気の毒なのか。

「ウルガス、帰ったら、たくさん作ってあげますので」

「ありがとうございます、リスリス衛生兵……」

とりあえず、食事にしようとルードティンク隊長は言う。けれど、ここでは落ち着いて食べられない。

「向こう側に高台がある。あそこならば、大土竜《トーポ》も来られないだろう」

街の坂道を上ると、階段があった。そこをさらに上ると、景色が一望できる高台となっていた。

ベルリー副隊長はザラさんを連れて見回りに行った。

ウルガスは割れた石で鏃を作っている。ガルさんは街を一望できる位置に立ち、見張り番。ルードティンク隊長は一回目の戦闘の記録を書いていた。

私はもちろん、料理当番である。

ありがたいことに、湧き水があった。どうやら、観光客用に掘った地下水らしい。

澄んだ水で、衛生兵の七つ道具である水質検査機でも問題ない反応がでたけれど、一応、ルードティンク隊長が毒味する。

「……問題ないようだ。ふつうにうまい」

太鼓判が出たので、食事にも使わせてもらう。

大土竜《トーポ》が剥した石畳を積んで、かまどを作製する。薪はその辺に転がっていた木箱を解体して使った。

昼食のメインは、ウルガスが狩った虹雉《ファイサン》。そんなに大きくないけれど、身が引き締まっていておいしそうだ。綺麗な羽根も取ってあるので、何か雑貨作りに使いたい。

虹雉《ファイサン》を細かく解体する。

手羽先、ガラ、胸肉、ササミ、モモに分けた。

まず、水にこっそり拝借したルードティンク隊長のお酒をドボドボと加え、酒精を飛ばす。

次に、ガラでしっかりと出汁を取った。臭み消しに、昼間に摘んだ薬草を刻んで入れるのも忘れない。灰汁をしっかり取り、澄んだスープ状になったら、ガラは掬い取った。

次に、乾燥キノコ、根菜のオイル漬け、手羽先を入れる。

沸騰してきたら、一口大に切ったモモとササミを追加。

グラグラと沸騰させ、灰汁が浮かんだら丁寧に掬い取る。

最後に塩、コショウで味を調えて、『虹雉《ファイサン》のスープ』完成だ。

次に、飲み物を用意する。

別の鍋に水を入れて、この前の遠征で採取した乾燥樹皮、種、根などを入れて煮込む。

これは煎出法《いりだしほう》と呼ばれる、鍋でぐつぐつと煮こんで作るお茶だ。蒸気にも有効成分が含まれるので、しっかりと蓋をして煮込むのだ。

火を止めて、数分放置。

蓋を開くと――枯れ草色の液体が完成。すごく苦そうだ。でも、これで元気になるのだ。

蜂蜜《ミエレ》をとろ～りと垂らして、こう、渋みなどを誤魔化す。

よし、準備完了。

ちょうど、見回りに行っていたベルリー副隊長とザラさんが帰って来た。食事の時間だと、みんなに声をかける。

「虹雉《ファイサン》のスープと煮出し茶です」

パンとビスケットはお好みで。スープをお皿に装い、配る。先ほどの戦闘で頑張ったウルガスには、柔らかいモモ肉を多めに入れてあげた。

神様に祈りを捧げ、いただきます。

まず、煮出し茶を一口。

「――ウッ！」

あまりの苦さに、ついつい息が詰まってしまった。みんなの注目が集まる。

「お、おいし～い」

「嘘吐け」

ルードティンク隊長よりツッコミが。否定できなかったので、苦笑いを返しておく。これで、味は察してほしい。

口直しにスープを一口。

「おお！」

おいしい!!　さすが、ルードティンク隊長の高い酒が入っているだけある。肉の臭みはいっさい感じないし、虹雉《ファイサン》の野性的な風味が豊かになっている。

お肉はけっこう歯ごたえがある感じ。熟成時間が足りなかったのだろう。けれど、これはこれでうまし。お肉の味わいはあっさりで上品。しっかり噛むと、甘味を感じる。クセはまったくなかった。しっかり脂も乗っていて、言うことなし。

ちょっと濃い味付けだったけれど、疲れた体に沁み入るよう。本当においしい。

虹雉《ファイサン》肉は栄養価が高く、活力を得ることができるだろう。

残ったスープには、茹でた乾燥麺を投入。

「うわっ、リスリス衛生兵、これ、すごくおいしいです！」

「良かったです」

ウルガス大絶賛の、虹雉《ファイサン》スープ麺。ぷりぷりの麺に、旨味が濃縮されたスープが絡まって、これだけで完成された料理のように思える。好評だったようで何より。

おいしくできたので、頬を緩ませながらの完食だった。

食後はみんなで険しい顔をしながら、煮出し茶を飲んだ。滋養強壮効果があるので、頑張って飲み干していただく。

そのあとは作戦会議を行う。議題はどうやって大土竜《トーポ》を倒すかの一点である。

「ベルリー、見回りをしていて、何か気付いたことはあるか？」

「大土竜《トーポ》が行き来しているからか、地面はかなり緩くなっている。突然崩れても、おかしくない地盤だ」

ぐっと足を踏み込んだだけで、地面が凹《へこ》むらしい。かなり危ないような。

「うわ～、それ、逃げている間に足がズボッと沈むとかもありえるわけですね……」

「良かったな、ウルガス。上手く逃げ切れて」

「思い出しただけで、鳥肌が立ちますよ」

そんな状態なので、「真っ向から勝負を仕掛けるのはよくないだろう」と、ベルリー副隊長は話す。

「ってことは、どこかに罠を張って、一気に倒すしかないんですね……」

私の言葉に、ルードティンク隊長は重々しく頷く。

街の様子を見てきたガルさん曰く、大土竜《トーポ》の通り道は決まっているらしい。噴水広場を中心に、ぐるりと周囲の商店などを回っているらしい。

「おびき寄せる物は、キャラメルがある」

ベルリー副隊長が真剣な面持ちで言う。私が作ったキャラメルが、大土竜《トーポ》を倒す鍵になりそうだ。

「たぶん、行き来していない場所には、来ないと思うの。かなり、慎重な性格だと思うわ」

ザラさんの意見にルードティンク隊長も同意し、話を続ける。

「戦闘するならば、開けた噴水広場がいいだろう。おびき寄せるまではいい。そこから先が問題だ」

「それなんだけど――」

挙手して話しだしたのはザラさん。

なんでも、見回りの途中で大量の魔石を発見したらしい。

「なるほど。温泉を作るために、大量の魔石を所持していたというわけか」

人工温泉は、魔石燃料で作られていたのだ。その裏工作の残骸があったと。

しかし、魔石と大土竜《トーポ》討伐はいったいどういう関係があるのか――と首を傾げたが、ふと一昨日、ザラさんから聞いた魔石燃料の話を思い出す。

「ま、まさか、ザラさん⁉」

「ええ」

人工温泉に使われていたのは、魔石の粗悪品だったようだ。

「あの魔石、着火させれば、爆発すると思うの」

「なるほどな」

ルードティンク隊長も察したようで、にやりと悪い笑みを浮かべていた。

ベルリー副隊長やガルさんも、気付いたようである。ただ一人、わかっていない人がいた。

「え、どういうことですか？」

「ウルガス、今回の作戦は、お前にかかっている」

「ええ、そんな！　俺には重荷です！」

しかし、ウルガスにしかできないのだ。

「いったい、何をさせようとしているのですか？」

「まあ、お前の腕前があれば、そこまで難しいことでもない」

「嫌な予感しかしません」

ルードティンク隊長の言う通り、作戦自体は実に単純だ。

まず、広場にキャラメルと魔石を設置する。大土竜《トーポ》がキャラメルの匂いにつられてやって来た瞬間に、ウルガスが鏃に火の点いた矢を放つのだ。

「それで、上手い具合に着火すれば、大爆発。大土竜《トーポ》も無事ではないだろう」

「うわあ、やっぱり嫌な作戦だ」

すべては、ウルガスの腕次第なのだ。

「よし、やるぞ。今日中に仕留める」

「うう……失敗したら……どうすれば……」

きっと、ウルガスならば成功するだろう。なんせ、獲物から矢を外したところを見たことがないから。

すご腕と評してもいいのに、本人は自信がないように見えるのが謎だ。

その辺は、ウルガス自身の性格なのか。

ルードティンク隊長はしょんぼりと背中を丸めているウルガスの背中をバン！　と叩いて気合いを注入していた。

「痛いです！」

「なよなよしているからだ」

「なよなよもしますよ。責任重大ですから」

「安心しろ。失敗したら、大土竜《トーポ》は俺が殺す」

「おお……」

「おお……」

「なんだよ」

ルードティンク隊長が「殺す」と言った時の迫力がすごかったので、ウルガスと二人慄《おのの》いてしまったのだ。

「お喋りはここまでだ。作戦を開始する」

ルードティンク隊長のかけ声に、みんな「了解」と答える。

とうとう、最終決戦が始まろうとしていた。

＊

噴水広場には、大土竜《トーポ》の気配など欠片もなく。

ルードティンク隊長とガルさんが広場の中心に魔石とキャラメルを並べた。

仕掛けが終わったら、離れた場所で待機している。爆発後、止《とど》めを刺しに行く係なのだ。

ウルガスは射程距離ギリギリの位置にある屋根の上にいる。発射の指示を出すのはベルリー副隊長。私とザラさんはそこから少し離れた屋根の上にいた。ここからならば、噴水広場を一望できる。

「メルちゃん、大丈夫？」

「……う、はい」

大丈夫だと答えたが、本当は死ぬほど不安だった。どれくらいの規模で爆《は》ぜるかもわからないし、魔物を魔石で爆発させるとか、恐ろし過ぎる。

ガタガタと震えているのがバレていたからか、ザラさんはそっと私を外套に包み、耳元で「きっと上手くいく」と、囁いてくれた。

その一言で、不思議と震えが止まった。

私はまっすぐ前を見て、事の成り行きから目を逸らさないようにした。

――一時間後。

「……来ましたね」

「ええ」

響き渡る地面が軋む音。大土竜《トーポ》が地面を掘って進む音だ。

やはり、キャラメルが大好物で、匂いにつられてやってきたようだ。

噴水広場まで辿り着くと、地上に出てくる。まっすぐに、仕掛けた場所へと進んでいた。

大土竜《トーポ》は一歩、一歩とキャラメルと魔石に近付く。

そして、ついに辿り着く。ドッドッドッと、嫌な感じに胸が高鳴った。

そして――。

「撃て‼」

ベルリー副隊長の凛とした声が響き渡る。

ウルガスは、鏃に火が点いた矢を放った。

私は両耳を押さえ、目を瞑る。

矢はまっすぐ進み、大土竜《トーポ》の近くにあった魔石に当たり――ドン！　と大きな爆発音が聞こえた。

地面が大きく揺れ、家もぐらりと傾いた。

突風に煽られ、倒れそうになる。

「ひゃあ！」

「メルちゃん、大丈夫だから」

「は、はい」

凄まじい大爆発だったようで、噴水広場は真っ黒に染まっていた。それから、大きな火柱が上がっている。その中心に、黒い影が浮かんでいる。大土竜《トーポ》だろう。

肉の焦げる臭いと、大量の煙が辺りを漂っている。

喉がイガイガして、咳き込んだ。ザラさんがマントで、口元を覆ってくれた。

ルードティンク隊長やガルさんが戦うまでもなく、火柱の中で大土竜《トーポ》は息絶えていた。

ほぼ全焼状態だったが、骨の一部が残っていたので、持ち帰るようだ。

ウルガスは地面に座り込み、呆然としている。

「ウルガス、お疲れ様です」

「はい」

「大丈夫……じゃなさそうですね」

「おかげさまで」

今も手先が震えていると、見せてくれた。本当に頑張った。頭をワシワシと撫でる――と、ここで我に返る。つい、弟に接するかのように、頭を撫でてしまったと。

「すみません、勝手に」

「いえ～、嬉しいです」

ザラさんがウルガスの発言に反応する。

「へえ、そうなの」

「よーしよしよし」

ザラさんに撫でられて、微妙な表情を浮かべるウルガス。

なんだろう。こう、「綺麗な人によしよしされて嬉しいけれど男か」、みたいな反応は。

「やっぱり、女の人によしよしされたいです」

「ベルリーに頼みましょうか?」

「いやいや、上司に撫でてもらうなんて、恐れ多い！」

ウルガスの必死の形相に、笑ってしまう。元気を取り戻したようで、ホッとひと安心だ。

夕方、迎えに来てもらった馬車に乗り込み、来た時同様、三時間かけて村に帰った。

そこで一泊し、王都へ戻る。


こうして、無事に事件は解決となった——が、大土竜《トーポ》のせいで地盤がガタガタだったこともあり、再開発は中止となった。

しかし、別の発見があった。なんと、地下から出て来た岩から魔石炭を採掘できたらしい。今後は別の事業が動くことになるとか。

まったく想定外だったので、隊員一同は驚くことになる。

そして、大土竜《トーポ》討伐任務成功を受け、またしてもルードティンク隊長は表彰されることになった。

良かった。

このようにして、今回の遠征は幕を閉じた。

めでたし、めでたしである。

狩猟シーズンの思いがけないハンバーグ

冬――王都付近の森は猟が解禁される。

貴族たちはこぞって森に出かけ、狩猟を楽しむのだ。

しかし、これは高貴な方々のたしなみである。なぜならば、道具の費用、狩猟協会に支払う会費、獲物を探し回る時間など、諸々を考えたら、お金と時間がかかる趣味になる。

ちなみに狩猟協会とは、一言で言うと獲った獲物の大きさを自慢しあう会らしい。存在意義がよくわからないが。

ここで、私達遠征部隊に思いがけない任務が飛び込んでくる。

「なんでも、王都の森に巨大な野生の三角牛《カローヴァ》がいるらしく、危険なので討伐してほしいと」

三角牛《カローヴァ》とは、額に三本の角が生えた牛で、一般的な家畜である。牧場から抜け出した個体が、森の主のように上りつめるまで大きく成長してしまったらしい。

「というわけで、森に出かける」

馬に跨り、森へ向かうことになった。

＊

森はうっすらと雪が積もり、吹く風はキンと冷たい。

馬を操り、慎重に進んで行く。隊列は、前列にルードティンク隊長、続いてガルさん、ザラさん、真ん中に私、後ろにウルガス、ベルリー副隊長の順だ。

「あ、ルードティンク隊長、三角牛《カローヴァ》の糞を発見しました！」

普段の糞は人差し指と親指を丸めたくらいだけれど、転がっていた糞は拳大だ。

「かなりデカいやつみたいだな」

「慎重に進もう」

ルードティンク隊長とベルリー副隊長は、神妙な顔で糞を見下ろしている。

三角牛《カローヴァ》の糞といえば、乾燥させて燃料にすると聞いたことがあった。

「あの、これ、貰ってもいいですか？」

「は？」

眉を顰め、「何言ってんだこいつ」みたいな顔で私を見るルードティンク隊長。

「糞なんか何に使うんだよ」

「燃料です。良く燃えるらしいので」

「糞の燃料で作った食事なんぞ、口にしたくない」

「三角牛《カローヴァ》は草食なので、そこまで匂いませんよ。ほのかな草の香りです」

「んなわけあるか。その主張だと、家畜の小屋は匂わないことになる」

「それはそうですが――」

ここで、ベルリー副隊長が間に割って入る。

「もしかしたら、いろんな物を食べて成長している場合がある。例えば、魔物とか」

ここで、ハッと我に返った。

そうだ。この三角牛《カローヴァ》は牧場で育った個体とは違う。そういえば、先月も行方不明事件が多発していた。魔物だけでなく、人も食べているとしたら――。ゾッとした。

「やっぱり、やめておきます」

「それがいい」

糞は地中に埋めて、供養しておく。ベルリー副隊長はぽんと、私の背を叩いてくれた。

途中から馬から下りて、道なき道を進んで行くようだ。私はお馬さんの番を命じられる。

周囲に聖水を振りかけ、魔物避けを施した。

何か温かい物を飲みたいけれど、すぐ近くに馬がいるので、火は焚けない。

昼食はパンとチーズ、それから燻製肉を持って来た。お昼になったら食べていいと、ルードティンク隊長が言っていた。一人で食べるのはなんとも微妙だけれど。

ぼんやりと過ごしていたら、遠くのほうより地響きのようなものが聞こえた。

「――んん？」

ゴゴゴゴ、と低い音と、振動を感じた。これは、もしかしなくても――。

『ギュルオオオオン』

「ゴラァ、待ちやがれ!!」

魔物の咆哮と、ルードティンク隊長のドスの利いた声が聞こえた。こちらへと向かって来ているようだ。

私は、どうしようかとあたふたとなる。

聖水があるので大丈夫かと思ったが、三角牛《カローヴァ》は家畜なので、効果がないことに気付いて頭を抱え込む。

馬は六頭もいるので、全部は連れて行けない。申し訳ないと思いつつ、近くの木に登って避難した。太い枝の上に、小さくなって座る。

繋いでいない馬は危険を察知したのか、ぞろぞろとどこかへ歩いて行く。笛を吹いたらやって来るように躾けてあるらしいので、大丈夫だろう。たぶん。

そして、巨大な三角牛《カローヴァ》がやって来る。

突き出る三本の角は鋭く、体も大きい。通常の個体の三倍以上はあるだろう。

そんな三角牛《カローヴァ》も、ルードティンク隊長に追いかけられて逃げの姿勢であった。

足止めとかしたほうがいいのだろうか。鞄を探ると、粉末唐辛子《ピマン》が出てきた。

ちょうど真下を通過していたので、目元を狙って振りかける。

袋ごと投げたら、見事、目元に当たって粉末唐辛子《ピマン》が辺りに広がった。

『――ギュルオオオオン』

巨大三角牛《カローヴァ》は、絶叫した。奇跡的に、目に粉末唐辛子《ピマン》を振りかけることに成功したのだ。

動きを止めることには成功したが、ここで、想定外の事態となる。

『ギュルオオオン!!』

粉末唐辛子《ピマン》が目に染みたからかのたうちまわり、あろうことか、私が登った木に体当たりを始めたのだ。

「ぎゃあああ!!」

グラグラと揺れる木。必死になってしがみ付き、耐える私。

ルードティンク隊長、みんな、早く来てくれ～～。

三角牛《カローヴァ》はドンドンと、体を幹にぶつけ、痛みに耐えている。いや、気持ちはわかるけれど、他の木でもよくない？　と。

「ちょっ、うわっ、ひえええええ!!」

染みる目の痛みを堪える三角牛《カローヴァ》、しなる幹、振り落とされそうになる私。最悪だ。足止めなんぞしなければ良かった。

このまま落下すると、三角牛《カローヴァ》の鋭い角に刺さるコースだろう。串刺死《くしざし》とか嫌すぎる。

「ぎゃっ、も、無理～～!!」

しがみ付く力も限界だったその時――天の助けが現われた。

「クソ牛、やっと追いついたぞ！」

ルードティンク隊長のガラの悪い一言に、心からホッとする。落下する前に来てくれて良かった。

三角牛《カローヴァ》は殺意を感じたからか、方向転換する。けれど、粉末唐辛子《ピマン》がまだ目に染みているのか、フラフラな足取りだった。

そこに、ルードティンク隊長が大剣を振り下ろす。首に刃を叩き込み、一刀両断したのだ。

首を失った体はグラリと傾き、私が腰を下ろす幹に直撃した。

「ぎゃあぁ～～!!」

今度こそ駄目だった。私の体は宙に投げ出され――。

「メルちゃん！」

地面か横たわった三角牛《カローヴァ》の骸に落下だと思っていたが、走って来たザラさんが受け止めてくれた。

「大丈夫⁉」

「な、なんとか……」

危なかった。結構な高さだったので、落ちたら無事ではなかっただろう。

「あ、ありがとうございます、ザラさん」

「気にしないで」

「はい」

無事だとわかったら、途端に震え出す体。そして、当然ながらルードティンク隊長に怒られる私。

「お前は戦闘に参加するなと言っておいただろうが‼」

「す、すみませんでした～～」

今日ばかりは泣いてしまった。ルードティンク隊長の顔が、心底怖かったからだ――というのは冗談で、怖かった思いが蘇ってきたのだ。

「今後、こんなことは絶対にするなよ」

「しません～～」

ベルリー副隊長がぎゅっと抱きしめてくれる。

ウルガスは、無言で飴をくれた。

ガルさんは私とルードティンク隊長の前に立ちはだかる。

ザラさんはルードティンク隊長をジロリと睨みつけていた。

「な、なんだよ、お前ら……！」

「いいえ、ちょっと怒り過ぎなのでは、と思ってね」

「い、命にかかわることだ。怒るに決まっているだろう」

「でも、メルちゃんはきちんと、自分がしてしまったことを後悔し、反省していたわ。それなのに、そんなに怒鳴り散らすなんて」

「なんだよ、俺が悪者みたいじゃないかよ！」

「……」

「……」

「……」

「……」

無言の圧力を受けるルードティンク隊長。可哀想なので、助け船を出した。

「怒っていただけることは、ありがたいことです。何も言われなくなったら、終わりだと思っています。その、ですから、ありがとうございました」

ルードティンク隊長は「わかっているならいい」と、ぶっきらぼうに答える。

それから、ぽんと肩を叩いてくれたのだが――あろうことか、少々力が強かったようで、私はぶっ飛んだ末に、転倒してしまったのだ。

転んだ先は草むらだったので、怪我もなく。

「きゃー、メルちゃん！」

「ルードティンク隊長、あんまりですよ！」

「ルードティンク隊長、リスリス衛生兵は女性なのだ。力は加減してくれ！」

ガルさんが抱き上げて、起こしてくれた。他の隊員に比べて、ひ弱で申し訳なくなる。

気の毒なことに、ルードティンク隊長は謝れと糾弾されていた。

「……リスリス、その、すまなかった」

「いいえ、大丈夫ですので」

他の人も怪我がなかったようで良かった。

ルードティンク隊長は巨大三角牛《カローヴァ》の角を持って帰る。

骸はあとで別部隊が回収するか、埋めるかするらしい。

「メルちゃん大丈夫？　馬、乗れる？」

「平気です」

避難していた馬は呼んだら戻って来てくれた。本当、よく躾けられている。

こうして、私達は王都に戻ることになった。

＊

翌日、第二部隊にある品が届けられる。それは、狩猟協会からの労いの品だった。

中身は、霜降り三角牛《カローヴァ》の詰め合わせ。高級精肉店の印字が押されていた。

昨日の今日なので、思わず「うわ……」と言ってしまった。隣で覗き込んでいたウルガスも同じような反応だった。

「リスリス衛生兵、これって昨日の三角牛《カローヴァ》じゃないですよね？」

「まさか！」

流通している肉は熟成期間を経て、出荷されている。

「普通の三角牛《カローヴァ》でも、最低一週間くらい置いてから売るらしいですよ」

「へえ、そうなんですね〜」

「体の大きな家畜は屠畜したあと、死後硬直で肉が硬くなって食べられたもんじゃないんです。それで、熟成期間を置いて出荷されるのです」

「なるほど」

というわけで、昨日の三角牛《カローヴァ》の肉がここにあるわけないのだ。

「ルードティンク隊長、このお肉、どうするんですか？」

「夜、みんなで食うしかないだろう」

大箱の中にはかなりの量がある。まあ、男性陣が食べるから、大丈夫だろうけれど。

ルードティンク隊長はお肉のすべてを私とザラさんに託してくれた。

しかし、これだけの量を焼くのも大変そうだ。

「でも、ただ焼くだけってのも芸がないわね」

ザラさんはそう言うが、村では三角牛《カローヴァ》を食べることがほぼなかったので、調理法を思いつかない。

「ねえ、メルちゃん、ハンバーグを作りましょう！」

「はんばーぐ、ですか？」

「そう！　ひき肉にしたお肉に刻んだ野菜を入れて、丸くして焼くの」

「肉団子みたいなものですか？」

「う〜ん、肉団子とはまた違うのよね」

なんでも、異世界より伝わった料理らしい。

「招き猫《マネネコ》っていう変な動物が看板になっているお店、知らない？」

毎日行列ができる、人気店らしい。

「いいえ、知りません」

なんでも、そこは異世界から伝わった変わった料理をだしているんだとか。

「変わっているんだけど、すごくおいしいの」

「へえ、どんな料理をだしているのですか？」

「コメっていう穀物に、じっくり煮込んだ野菜とお肉のピリ辛ソースをかけたカレーライスとか」

「かれーらいす……」

「野菜と三角牛《カローヴァ》を甘辛く煮込んだ、スキヤキとか」

「すきやき……」

「今度の休みにでも、一緒に行きましょうよ」

「ぜ、是非!!」

休日の予定が決まったところで、調理に取りかかる。

時刻は終業一時間前。勤務中だけど、ルードティンク隊長がいいと言ったので問題なし。たぶん！

食堂は夕食の準備で使えないので、第二部隊の簡易台所を使う。お茶沸かし用のかまどでは火力が足りないので、外の広場にガルさんが煉瓦でかまどを作ってくれるらしい。

「さて、ちゃっちゃと作りましょうか」

「はい！」

ザラさんは肉をひき肉状に切り刻む。私は野菜担当。

「まず、野菜は飴色になるまで炒めるの」

「了解です」

油を引いて、刻んだ野菜を炒める。

次に、ボウルにパン粉、卵、香辛料数種類に塩コショウ、牛乳を入れたものを混ぜる。

そこに、粗熱が取れた飴色野菜を投入。

「で、ここに刻んだ肉を入れる、と」

「ふむふむ」

ここまでだと、肉団子と変わらないような？　野菜を炒めるところと、味付けが濃い目なところは違うけれど。

「味を馴染ませるにはちょっと生地を置いたほうがいいんだけど、今日は時間がないから省略」

生地を手に取って丸めたら、手の平に叩きつけるようにして空気を抜く。これも肉団子と違う点だろう。

「これをしないと、形が崩れるのよ。肉汁も出てしまうし」

「ザラさん、詳しいですね」

「家でも食べたいと思って、研究していたの」

「さすがですね！」

ここで、生地の真ん中にチーズを入れて、再度丸めていた。

「チーズ入れるんですね」

「そうなの。このチーズがね、もう……」

「もう？」

「食べてからのお楽しみ」

おお、なんだかすごく気になる。全部で二十個くらいできた。肉を一枚一枚焼くのは面倒だと言って、ザラさんが全部挽き肉にしたのだ。それで、大量になってしまった。

ハンバーグは男性の拳大の大きさで、一個だけでもお腹いっぱいになりそうだ。

完成した生地は外に持って行く。ガルさん特製のかまどは完成していた。

煉瓦のかまどに鉄板を置いて、そこで焼いていく。

「大きさは申し分ないけれど、途中で蒸し焼きにしなきゃいけないのよね」

「だったら、食堂に行って大きな蓋を借りてきます」

食堂には大きな鍋がいくつもあるので、この鉄板を覆うことができるくらいの蓋もあるだろう。

蓋を借りに行って帰ってきたら、広場よりいい匂いが。

「メルちゃん、ちょうどよかった」

「蒸し煮ですね」

「ええ」

ジュウジュウと焼かれるお肉。匂いだけでもたまらない。

ザラさんは高級そうなお酒（たぶん、ルードティンク隊長の）をハンバーグに振りかける。すると、一瞬火がぼっと巻き上がった。すかさず、蓋を閉める。

しばらく経ったら蓋を開いて、赤茄子《トマテ》ソースなどを加え、味を調えた。

これで、ハンバーグの完成だ。

終業の鐘が鳴り、ルードティンク隊長が外に出て来た。

「もうできたのか？」

「ええ」

ザラさんは自信作だと言って、ルードティンク隊長に差し出す。

仕事を終えて出て来たみんなに、ハンバーグを配った。

机や椅子はない。遠征に行った時のように、膝の上に載せて食べるのだ。

手と手を合わせ、神に祈りを捧げる。寒いので、かまどの火で暖を取りつつ、いただきます。

ハンバーグにナイフを入れる。

「わっ、すごい！」

ナイフを入れた途端、肉汁が溢れてくる。中からチーズがとろ～りと出てきた。

一口大に切り分けて、ぱくり。まだ熱くて、はふはふと口の中で冷やす。

食感はふっくら。噛むと肉汁がじゅわ〜〜。全体の味は濃い目だけど、チーズがまろやかにしてくれる。野菜は甘く、ソースのコクを深めていた。

こんなにおいしい三角牛《カローヴァ》料理があったとは。感動した。

一個だけでお腹いっぱいになると思っていたのに、ペロリと二個も食べてしまった。

「これ、おいしいですね!!」

ウルガスは大変気に入ったようだ。目を輝かせながら、食べている。

「……酒が飲みたい」

ルードティンク隊長が呟く。お酒はハンバーグの中に入っていますよ、とは言えなかった。

ベルリー副隊長やガルさんも満足したよう。良かった、良かった。

「それにしても、肉団子のような料理を焼いて食べるなんて、初めてです」

「俺も、びっくりしました」

ウルガスと感動を分かち合う。

「今まで、肉団子の肉汁とか、だらっとスープに流していたんだな〜と」

「それはそれで、スープの味わいが深くなるんでしょうけれど」

しかし、この旨味を凝縮したハンバーグの味わいは素晴らしいものであった。中にあっ

たチーズも、想定外のおいしさで、こういう使い方があったのかと、感心してしまう。

「今度はかれーらいすを食べてみたいです」

「リスリス衛生兵、なんですか、それは！」

「なんか、穀物にピリッとしたソースが、どばっとかかっていて……」

「おいしいんですか、それ？」

「ザラさんに話を聞いた時は、おいしそうだと思ったのですが」

残念な語彙力を披露してしまったようだ。


なんというか、料理は奥深いと思う。まだまだ、知らない調理法や料理がたくさんあるのだ。

ハンバーグはぜひともフォレ・エルフの村に住む家族にも食べてほしい。三角牛《カローヴァ》の入手に苦労しそうだけれど。鶏や兎でも、そこそこおいしく作れるだろう。

近況と共に、手紙にレシピを書いて送ろうと思った。

番外編　ジュン・ウルガスの騎士隊奮闘記録

朝、ルードティンク隊長より、新しい隊員を迎えに行くように命じられる。

聞けば、衛生兵とのこと。やっと来てくれたのかと、深い安堵感を覚える。

これまでの日々を思い出し、目を細めた。辛かった記憶が、走馬灯のように蘇ってくる。

＊

――今からちょうど三ヶ月半前、ルードティンク隊長はマノン衛生兵と大喧嘩した。

イルギス・マノンは第十五遠征部隊にいた第一衛生兵。なぜ、優秀な衛生兵がうちの部隊にいたのか謎だったけれど、理由はすぐに判明した。

マノン衛生兵は三十代後半くらいのおじさんで、慇懃無礼な態度に加えて、俺達のことを大いに見下していたのだ。思い出しただけで、身震いしてしまった。

遠征先で何時に寝ろとか、パンと干し肉、交互に食えとかは可愛いもの。

健康のために食べ物は五十回以上噛めとか、現地で見つけた木の実を食べるなとか、行動の一つ一つに口を出してくるのがとにかく鬱陶しかった。

ルードティンク隊長は、よく我慢していたと思う。上位職の資格を持つ、マノン衛生兵に敬意を払っていた。

けれど、ある日キレた。

遠征四日目。魔物退治で疲れ切った朝、髭を剃るのを忘れていたら、汚い顔だ、隊長として相応しくないと言われてしまったのだ。

隊長は、マノン衛生兵より手渡された新品のカミソリ片手に、ご乱心となった。

この事件がきっかけで、髭を剃らなくなったのだ。顔が怖くなるし老けて見えるので、髭はないほうがいいけれど、誰も言えないでいる。

その後、大変な口論となり、マノン衛生兵は第二遠征部隊から転属した。

やった～と喜んでいたけれど、思いがけない事態になる。隊長から、衛生兵を兼任するように命じられてしまったのだ。

なんと、隊長は人事部とも大喧嘩をしたようで、マノン衛生兵に代わる人材はしばらく配属されないと言う。人事部との喧嘩の原因はマノン衛生兵にあるらしい。あることないこと吹き込んでいたとか。酷いこともあるものだ。

でもまあ、大人げなく喧嘩をする隊長も悪いけれど。

元々、周囲の人に良く思われていないのだ。

大貴族の生まれで、いきなりの隊長格への大抜擢。年功序列の騎士隊で、大きな反感を買っていた。そのことをルードティンク隊長もよくわかっていて、振る舞いには気を遣っていたようだけど、長年の鬱憤が、マノン衛生兵の一言で爆発してしまったのだろう。

そんなことはさて置いて。

衛生兵の座学会に行くように言われ、試験を受ければ一発合格。点数はギリギリだったけれど。見事、第三衛生士の資格を得てしまった。

それから、目が回るような毎日だった。

遠征任務が入ったら、自分の荷物に加え、治療道具や兵糧の準備などをしなくてはならず、てんてこまい。慌てて食糧庫に兵糧食を取りに行ったら、中が空になっていたのだ。

数日前まであったのに、なぜ？

ルードティンク隊長に聞いたら、数日前にマノン衛生兵が私物を引き取りにきたらしい。

その時に、食糧庫の中身も処分したのだろうと。

マノン衛生兵は手作りの兵糧食を用意していた。健康にいいパンを焼き（※すごく酸っぱい）、健康志向の減塩干し肉（※すごく硬い）をせっせと自作していたのだ。

輜重《しちょう》部へ兵糧食をもらいに行けと言われたので、走って向かった。

第二遠征部隊の兵舎から走って五分ほどの場所に、輜重部がある。

輜重部とは、騎士隊の武器、服、兵糧食など、隊で消費される物を管理している部隊である。

今回の遠征任命書を持って行き、数日分の兵糧食を支給するように言ったら、首を横に振られてしまった。

第二遠征部隊は兵糧食を予算として振り分けているので、現物支給はできないと。

なんでそんなことになっているのかと頭を抱えたが、そういえばと思い出す。

マノン衛生兵が、兵糧食は自分で作ったほうが安いし、栄養価が高く、おいしい物が食べられると言っていたことを。

手作り兵糧食にそんな秘密があったなんて知らなかった。だったら、食糧庫の中のパンや干し肉は処分しないでほしかった。

報告に行けば、街で適当にパンや干し肉を買って来いと言われる。ルードティンク隊長がお金を出してくれた。

その時の遠征は最低最悪だった。

街で買ったパンはすぐにカビてしまい、干し肉は味が変だった。

なんでも、普通のパンや干し肉（※つまみ用の半生のやつだった）は保存用に作ってないので、数日持ち歩くことに向いていなかったらしい。ルードティンク隊長が現地で狩りをして、肉を食べながら飢えを凌ぐ。野鳥の肉、死ぬほど不味かったけれど。

帰還後、ルードティンク隊長は輜重部へかけ合った。兵糧食を現物支給してほしいと。

けれど、答えは否だった。予算を振り分けたあとなので、急な変更はできないとのこと。

というわけで、保存食を作るよう命じられた俺。どうしてこうなった。

一応、図書館で保存食について調べ、自分なりに作ってみた。

パンは薄く切って乾かし、干し肉は焼いて、煮て、干した。それが、信じられないくらい不味くて、初めのうちは転げ回った。

けれど、人は不味いことに慣れてしまうのだ。

文句を言わなかったベルリー副隊長とガルさんには感謝をしなければいけない。

ルードティンク隊長は、「不味い不味い」と言いながら食べてくれた。ありがた過ぎて涙がでる。

こんな感じで、衛生兵を兼任する忙しい毎日を過ごしていた。

そして、やっと、や〜っと新しい衛生兵の配属が決まったのだ。

＊

自尊心の高い第一衛生兵はお断りだと思った。

噂話では、マノン衛生兵は前の部隊でも偉そうにしていたようで、隊長から反感を買って第二遠征部隊に回されたらしい。果たして、新しい部隊で上手くやっているのか。無理だろうなと思った。

うちの部隊は遠征部隊の左遷先だと言われている。

ベルリー副隊長は元々王女の親衛隊だった。けれど、王女が他の国へ輿入れしたので、親衛隊は解散となってしまった。実力があるのに女性だという理由で昇格が認められず、辛く厳しい遠征部隊送りにされてしまった経緯がある。

ちなみに、お馴染みの食堂の看板娘（?）アートさんもベルリー副隊長と一緒の部隊だったらしい。こちらは親衛隊解散をきっかけに退職したようだ。

ガルさんは無口で、隊長の反感を買ってしまい、第二遠征部隊へ配属された。

俺は王族近衛隊にいたけれど、下町生まれが発覚したので第二遠征部隊へ異動となった。

近衛隊は家柄も重要視するらしい。別に隠していたわけじゃなかったのに、急に言われて戸惑った。馬鹿らしい決まりだ。

けれど、個人的には規律などが厳しい近衛部隊よりも、自由な第二遠征部隊を気に入っている。

ルードティンク隊長は口が悪いけれど、実力はあるし、尊敬もしている。

ベルリー副隊長はなんか姐御！　って感じで、頼りになる。

ガルさんはぶっきらぼうだけど、優しい。

マノン衛生兵が雰囲気を悪くしていただけで、残りの人達は上手くやっていた。

ルードティンク隊長率いる第二遠征部隊ができて一年半ほど。

今まで衛生兵だけ、そりが合わなかったらしい。

そもそも、衛生兵というのは、知識人《インテリ》が多い。「我らとは気が合わないのだ」と言って、ベルリー副隊長は諦めの姿勢でいる。

どうか、新しい衛生兵はいい人でありますように。祈りながら、人事部へと向かった。

受付で第二遠征部隊に配属された衛生兵を迎えに来ましたと言ったら、別室へ案内される。

部屋まで歩く間、心臓が早鐘を打っていた。酷く緊張している。

やって来る衛生兵によって、俺達の遠征がどうなるか左右されるのだ。

頼むから偏屈な人でありませんようにと、何度も願望を心の中で繰り返す。

扉を叩き、中へと入る。

長椅子とテーブルだけの殺風景な部屋に、新しい衛生兵は一人で座っていた。

その姿を見て、思わず「え⁉」と驚きの声をあげる。

何かの間違いだと思った。

なぜならば、そこには十五か、十六くらいの女の子がいたからだ。入って来た俺の顔を、きょとんとした表情で見上げている。入口で呆然としていたら、人事部の人が紹介してく

れた。

彼女は新人衛生兵のメル・リスリスだと。

成績優秀で、第三衛生兵の試験では首位だったらしい。そんな優秀な人が、なぜ第二遠征部隊に？　不安がよぎる。けれど、次なる一言を聞いて、安堵することになった。

彼女――リスリス衛生兵は実技の治療も優秀。けれど、護身術や荷運びなど、体力面が新人衛生兵の中で最下位だったとか。

とりあえず、癇癪《かんしゃく》などの問題を起こして配属されたわけではないので、ホッとする。

ぎこちない感じで自己紹介をして、第二遠征部隊の隊舎へと案内することになった。

いまだ緊張状態で廊下を歩いていた。男だらけの騎士隊で、十代の女の子と話す機会なんてまったくない。どんな話題を振っていいか、まったくわからなかったのだ。

なんというか、リスリス衛生兵の背は小さく、肌は驚くほど白くて、目はくりっとしている。普通に可愛い女の子だ。結婚適齢期だろうに、どうして騎士隊に入隊なんかしたのか。そこで、彼女がフォレ・エルフであることに気付いた。

もしかして、回復魔法が使えるのか。何気なく質問してみると、「できない」と低い声で返された。どうやら、すべてのフォレ・エルフが魔法を使えるわけではないらしい。悪いことを質問してしまった。

それから、一言も喋らないままで第二遠征部隊の隊舎へと戻った。

ルードティンク隊長、ベルリー副隊長、ガルさんはリスリス衛生兵を見て驚いていた。

それも仕方がないだろう。

女性で騎士になる人といえば、ベルリー副隊長みたいな騎士の家系とか、体格に恵まれた人のみで、リスリス衛生兵みたいな普通の女の子はいないからだ。

理由は聞けない。わけありだろう。もう少し打ち解けたら、聞いてみたいと思っている。

大人しい性格なのかと思っていたら、人見知りをしているだけだった。

俺が一つ年下だとわかったら、お姉さんぶってどんどん話しかけてくれるようになった。

その様子は微笑ましいの一言。

遠征任務とか大丈夫かなと思ったけれど、きつい移動にもついて来た。

さらに、現地でおいしい料理を作ってくれる。

治療も文句を言わないでしてくれるし、薬草の知識はすごいと思った。

リスリス衛生兵は、素敵な衛生兵だったのだ。

ルードティンク隊長は普通の女の子にしか見えないリスリス衛生兵相手に、どういう風に接すればいいのか、わからない様子だった。雑な扱いだけはしないでほしいと思う。

ベルリー副隊長は、良く笑うようになった。今まで第二遠征部隊に女性が一人だけで、気を許す相手がいなかったからかもしれない。いい変化だ。

ガルさんは毛並みがよくなった。リスリス衛生兵からもらった薬草軟膏で手入れをしているらしい。

そんな感じで、第二遠征部隊にも大きな変化が訪れたのだ。これからも、頑張ってほしいと思う。

心からそう思った。

おまけ　第二部隊の日替わり王都案内

王都にやってきたばかりの私のために、第二部隊の面々が街案内をしてくれるらしい。

初日はルードティンク隊長とウルガスのコンビである。

「まずは俺からだな」

私生活がまったく想像できないルードティンク隊長は、普段どんなお店に出入りしているのか。気になるところだ。

ウルガスも同じようなことを考えていたようで、興味津々な様子を見せていた。

ルードティンク隊長は先陣を切ってずんずん歩く。行き着いた先は、大量のお酒が並ぶ酒屋だった。

壁一面、酒、酒、酒である。芸術的な陳列であった。

「ここは国中の酒が購入できる店だ。品揃えがいいだけでなく、店主の酒に関する知識が頼りになる」

一応、私はお酒が飲める年齢であるものの、買ってまで飲もうという気にはならない。

ウルガスも同じようで、途端に興味が失せていたようだ。

「酒の試飲もできる。どうだ？　好きなのがあれば、一本買ってやるが」

「あ、いいです」

ルードティンク隊長は私達の興味がない様子にはまったく気付かず、試飲を繰り返し、三本のワインを購入していた。

私のための王都案内ではなく、ルードティンク隊長のお酒の試飲と購入ツアーになっていた。

「次の酒屋は――」

「お酒はもういいです！」

「じゃあ、俺の案内は終わりだ」

他の行きつけは特にないらしい。お酒以外に、特別なこだわりはないという。

「だったら、次は俺ですね」

ウルガスが元気よく挙手し、案内を始める。歩くこと五分ほどで到着した。

壁に蔦が這った古びた外観のお店であった。

「ここは中古の雑貨店です！」

アンティーク店ではなく、安価な商品が数多く揃えられているお店だという。

「リスリス衛生兵、まだ、部屋に必要な物が揃っていないですよね？　ここ、安くていい品があって、超絶オススメなんです！」

「うわー、さすが、第二部隊の庶民派！」

「任せてください！」

そう。こういうお店を知りたかったのだ。

ひとりだったら絶対に入る勇気なんてない外観なので、非常に助かる。

店内には中古の角灯《ランタン》や鞄、机や椅子などの家具、本や文房具など、部屋にあったらいいな、と思う品々が破格の値段で販売されていた。

「ウルガス、ありがとうございます！　給料が出たら、絶対にここに来ます」

「お気に召していただけて、何よりです」

案内が終了すると、ルードティンク隊長が食事がおいしいという酒場につれて行ってくれた。名物は白身魚と野菜のワイン蒸し。これが絶品だったのである。

いいお酒を使うと、料理はここまでおいしくなるのか。新しい発見であった。

賑やか過ぎる店内で、料理をしっかり味わったのだった。


王都案内の二回目は、ベルリー副隊長とガルさんである。

まずはベルリー副隊長の行きつけのお店を紹介してくれるらしい。

「案内したい店は、すぐ近くだ」

騎士舎から徒歩五分ほど。そこは香辛料や調味料を販売する商店であった。

店内には樽や瓶の中に山盛りになった胡椒や薬草がところ狭しと並べられている。小瓶に入れられた携帯用の調味料も棚にずらりとあった。

「騎士隊の寮の料理は、少し味が薄い。そのため、ここにある調味料を使って、アレンジをするんだ」

「な、なるほど！」

貝から作ったソースに、岩塩、肉汁タレなど、料理と相性抜群な調味料の数々を教えてくれた。

それだけではなく、店主オススメの調味料をベルリー副隊長は私に買ってくれたのだ。

「入隊祝いだ。受け取ってくれると嬉しい」

「ベルリー副隊長、ありがとうございます！」

感激しつつ、調味料セットを受け取った。

続いて、ガルさんが行きつけのお店を案内してくれる。

普段は無口で、自分についてもほとんど語らない。そんなガルさんは、いったいどんなお店に通っているのだろうか。

想像では革細工店とか、武器店とか、渋いお店を案内してくれそうだ。

ガルさんが紹介してくれたのは――赤い屋根に白い壁の可愛らしい外観の、お菓子を量り売りしてくれるお店だった。

店内には飴やチョコレートなど、色とりどりのおいしそうなお菓子が瓶に詰められている。好きなだけ取って、会計する仕組みらしい。お店に入った以上、購入しなければならない。ガルさんのオススメは、ベリー味の飴だった。

なんと、それを奢ってくれるという。ありがたく頂戴した。

ガルさんの行きつけのお店はかなり意外だった。

量り売りということで、食べきれる量が買えるし、価格も安い。いいお店を紹介していただいた。

帰りは屋台街で串焼きとパンを購入し、挟んで食べた。別々のお店で買ったのだが、肉とソース、パンが信じがたいほど合う。

夕食を食べそびれたときは、ここに食事を買いに行こう。そう、心に誓ったのだった。

最後はザラさんである。オシャレなザラさんは、いったいどういうお店に通っているのか。

「うふふ、メルちゃんと一緒にお出かけできて、嬉しいわ」

「私もです！」

美しいザラさんと一緒にいるからか、街中で注目を集めてしまう。

少し照れつつ、隣に並んだのだった。

「私のオススメは、ここよ！」

それは古着店であった。ドレスから庶民の服まで、幅広く扱っているらしい。

「ここは新品の服を中古価格で販売しているの。お宝探しみたいでしょう？」

「はい、楽しそうです」

「今日は、メルちゃんのコーディネートを考えてあげる」

王都でのオシャレに関して、右も左もわからない私のために、服の組み合わせを考えてくれるらしい。

「メルちゃんは可愛い系がとっても似合うと思うの！」

ザラさんは慣れた手つきで服を探してくれる。

袖にフリルがついたブラウスに、ベルベットのリボン、長いスカートを合わせるという、私には到底思いつかない組み合わせを選んでくれた。

試着してみたら、これまた寸法がぴったりなわけである。

「メルちゃん、最高に可愛い！　よく似合っているわ！」

「なんだか照れます」

給料が出たら、この一式を購入しよう、なんて思っていたのに、ザラさんが贈ってくれたのだ。

「今度これを着て、お出かけしましょうね」

「はい！　ありがとうございます」

　案内が終わったら、ザラさんオススメの喫茶店に行った。そこではクレープという、果物やクリームに薄く焼いた生地が巻かれたお菓子をいただく。

「メルちゃん、おいしい？」

「とってもおいしいです」

　ザラさんと楽しく会話しながら、ぺろりと完食してしまった。


　ここ数日の間で、王都についてずいぶんと詳しくなった。

　ルードティンク隊長からは試飲ができる酒屋を、ウルガスからは中古雑貨店を、ベルリー副隊長からは調味料販売店、ガルさんからは量り売りの菓子店、ザラさんからは古着店を紹介してもらった。おかげさまで、必要な品があれば、迷わず購入できそうだ。

　皆の心遣いに、感謝したのは言うまでもない。

特別収録① 本日は、ベルリー副隊長とデートなのです

フリルたっぷりの白いワンピースにリボンのついた帽子を合わせ、鏡の前で一回転。

きょうはお休みで、今からベルリー副隊長と遊びに出かけるのだ。

そろそろ時間なのでいかなくては。

廊下を歩いていると、食堂のおばちゃんとすれ違った。

「あら、メルちゃん。今日は可愛い格好をして、デート?」

「いえ、上司とお菓子を食べに行くだけで」

「デートじゃない！　もう。若いっていいわねぇ……」

上司は女性なのですが……。きっと、男性と思われているのだろう。

確かに、ベルリー副隊長はある意味男前だけど。

食堂のおばちゃんと別れ、集合場所へと急ぐ。ベルリー副隊長は――いた！

白いシャツの上から黒いジャケットをはおり、下は黒いズボンにブーツという、カッコイイとしか言いようがない私服姿だった。

「リスリス衛生兵！」

ベルリー副隊長は私に気づき、こちらへ駆けてきた。

「行こうか」

「はい！」

こうして、私達は目的である喫茶店へと向かった。

「楽しみですね～」

今日のために、仕事を頑張っていたと言っても過言ではない。るんるんと、軽い足取りで歩いていたら――。

「危ない！」

突然、ベルリー副隊長に抱き寄せられる。眼の前を、馬車が通過して行った。危うく、轢かれるところだった。

「大丈夫か？」

「あ、はい」

危なかった。ちょっと浮かれすぎていたのかもしれない。

怒られるかと思いきや、優しく頭を撫でられただけだった。

……うう、恥ずかしい。

その後、落ち着きがないと判断されたのか、私はベルリー副隊長に腰を抱かれながら喫茶店まで移動する。ちょっというか、かなり照れるけれど、馬車に轢かれかけた手前、なんとも言えずにいる。

そうこうしているうちに、店に辿り着いた。ここの『折りパイ』が今、大人気らしい。

「楽しみだな」

「はい！」

折りパイとは、生地の中にバターを挟み、何度も折っては伸ばしを繰り返すことから、そういう風に呼ばれているとか。

「お待たせいたしました」

待望の折りパイとご対面となる。

折りパイは生地とカスタードクリームを何層にも重ねたケーキだった。フォークを指したら崩壊しそうだが、どうやって食べたらいいのか。

「これは、倒して食べるんだよ」

「な、なるほど」

考えていることが顔に出ていたのか、ベルリー副隊長が食べ方を教えてくれた。

さっそく、折パイを横に倒してからフォークを入れる。

「――むむっ！」

口の中に広がるのは、バターの豊かな風味。そして、サクサクとした生地と、コクのあるカスタードクリームが合わさって、口の中は一気に幸せ気分となる。

「これ、大好きです！」

「それはよかった」

ベルリー副隊長がふんわりと柔らかくはにかんだ。

その笑顔が一番甘かったというのは、誰にも言えない秘密である。

あま〜い一日を、堪能してしまった。


（GCノベルズ版 とらのあな店舗特典）

特別収録②　断崖絶壁グルメ

——おかしい、こんなの、絶対におかしい!!


太陽がジリジリと照りつく中、ゼエハアと息を吸っては吐いてを繰り返しながら、私は断崖絶壁を登っている。

なぜ、こんなことをしているかと言えば、遠征部隊の任務だった。山登りをしていて、行方不明になったお貴族様がこの断崖絶壁の山の上で取り残されているらしい。

なんで、登ったら帰れない山に登ったのか？　答えは、そこに山があるから——らしい。

へえ、なるほど～～って、納得できるか！

よって、私は心の中で叫んだのだ。こんなことなど、絶対におかしいと。

私みたいなひ弱な衛生兵が断崖絶壁を登れるわけもなく、縄で繋がったガルさんにほぼほぼ引き上げてもらっている状態だった。申し訳ない。

ただでさえ大変なのに、時折、心配そうに見下ろしてくれる。ありがとう、ガルさん。

尻尾がもふって頭に触れると、ちょっと幸せな気分になっているよ。

他の隊員達は私と違い、特に辛そうな顔を見せることなく、淡々と登っているようだ。

みんな、しっかり訓練を積んでいるのだろう。

あと少しで頂上――というところで、私はある食材を発見した。岩の表面に生えている、手のひら大のヒラヒラした黒い物体。これは、高級食材、『岩茸《ロシェ》』だ！

断崖絶壁にしか生えておらず、フォレ・エルフの村でも、山登り名人のお爺さんしか採れない幻の食材だった。その価値は、たった一つで銀貨一枚ほど。

ちなみに、茸とあるが、キノコではない。分類的には苔の仲間である。

まさかの大発見に、私は慌ててガルさんに話しかけた。

「ガルさん、すみません、岩茸《ロシェ》を採ってもいいですか？」

お願いを聞いたガルさんは、私のいる場所へと降りてくる。そして、片方でも手を放すのは危ないからと言って、代わりに岩茸《ロシェ》を革袋いっぱいに採ってくれた。

ガルさん、本当に優しい……!!

それから一時間後、第二部隊の一同は断崖絶壁を登り切る。そして、山頂にて憔悴していた貴族の男性を無事保護した。四十代くらいの、中年男性だった。

脱水症状に陥っているので、蜂蜜と塩を入れた水を飲ませてあげた。しばらく休んだら、具合も良くなるだろう。

断崖絶壁を降りる前に、腹ごしらえをする。

採れたての岩茸《ロシェ》を使って料理を作ることにした。

まず、岩茸《ロシェ》の表面には汚れが付着しているので、湯がいて表面をふにゃふにゃにしたあと、洗って綺麗な状態にする。

岩茸《ロシェ》は薬効のある食べ物でもある。昔は薬の材料として、取引されていたらしい。

まず、大鍋に湯を張り、刻んだ燻製肉と野菜、薬草ニンニクを煮込む。塩胡椒で味を調え、最後に岩茸《ロシェ》を入れてしばらくぐつぐつさせていたら、『岩茸《ロシェ》のスープ』の完成だ。

深い皿によそい、皆に配った。貴族の男性も起き上がれるようになったので、スープを渡す。

まずは一口。野山を思わせる、豊かな岩茸《ロシェ》の香りが鼻孔に抜ける。食感はシャキシャキで癖はない。薬効があると聞いていたので、苦かったり、えぐみがあったりするのではと構えていたが、そんなことはまったくなかった。

野菜もホクホクで、燻製肉の塩気が疲れた体に染み入るよう。

「リスリス衛生兵、これ、おいしいです」

相変わらず、ウルガスは何を食べてもおいしいと言ってくれる。いい子だ。

他の皆も、おいしそうに食べていた。貴族のおじさんは……？

「これは……　おいしい……。命の味がする……」

命の味とはいったい？
話を聞いたら、途中で荷物を落としたらしく、三日間何も食べていなかったとのこと。
「まるで、生き返るようだ……」
なるほど、そういう意味か。
薬効のある岩茸《ロシェ》のスープは、この男性にこそぴったりの料理だったのかもしれない。
ポロポロと涙を流しながらスープを食べる男性の背中を、私は優しく撫でてあげた。

こうして、第二遠征部隊は男性の救助を行ったが、まだ、任務達成とは言えない。
登って来た断崖絶壁を、下りなければならないのだ。
地上の見えない岩壁を覗き込み、ぞっとする。
足を滑らせたら、真っ逆さまだ。
ルードティンク隊長は貴族男性を背負って降りるらしい。なんてこった。
「よし、帰るぞ！」
ルードティンク隊長の力強いかけ声に、「おお……」と答える。
道のりは遠い。
騎士の仕事って大変だなと、ひしひしと痛感してしまった。

（ＧＣノベルズ版　メロンブックス店舗特典）

文庫版あとがき

はじめまして、江本マシメサと申します。

この度は『エノク第二部隊の遠征ごはん』の文庫版をお手に取っていただき、心から嬉しく思います。

文庫版は内容に大きな変化はないのですが、単行本版の発売が五年前ということもありまして、時代にそぐわない表現などは私のほうで判断し、一部変更しました。

また、書き下ろしの番外編も収録されております。

お楽しみいただけたら幸いです。

遠征ごはんとの付き合いが、ここまで長くなるとは思わず、驚きの気持ちでいっぱいでした。ウェブ版から応援してくださっている読者様のおかげです。

そんな遠征ごはんですが、ありがたくも漫画化していただいておりまして――。

第一弾はドラゴンコミックスエイジ（ＫＡＤＯＫＡＷＡ）より、福原蓮士先生に描いていただいたものが、全四巻、発売中でございます。

福原先生が描くメルは溌剌としており、読んでいると元気になります。サブキャラが濃くて、そこにも注目が集まっておりました。

第二弾はＰＡＳＨ！コミックス（主婦と生活社）より、武シノブ先生に描いていただいたものが、一巻から四巻、発売中でございます。こちらは現在も連載中です。

武先生が描くメルはとにかく愛らしくて、読んでいると癒やされます。お料理もおいしそうで、毎回食べたくなっております。

どちらのコミカライズも魅力的に描いていただいておりますので、お手に取っていただけたら嬉しく思います。

文庫版ということで、この先も続々と刊行されることと思われます。

そんなわけで、小さいサイズとなって発売となった『エノク第二部隊の遠征ごはん』を、これからもよろしくお願いいたします！

ファンレター、作品のご感想をお待ちしています!

【宛先】
〒104-0041
東京都中央区新富1-3-7　ヨドコウビル
株式会社マイクロマガジン社
GCN文庫 編集部

江本マシメサ先生 係
赤井てら先生 係

【アンケートのお願い】

右の二次元バーコードまたは
URL (https://micromagazine.co.jp/me/) を
ご利用の上、本書に関するアンケートにご協力ください。
■スマートフォンにも対応しています(一部対応していない機種もあります)。
■サイトへのアクセス、登録・メール送信の際の通信費はご負担ください。

GCN文庫

エノク第二部隊《だいにぶたい》の遠征《えんせい》ごはん 文庫版《ぶんこばん》①

2022年12月26日　初版発行

著者　江本《えもと》マシメサ

イラスト　赤井《あかい》てら

発行人　子安喜美子

装丁／DTP　横尾清隆

校閲　株式会社鷗来堂

印刷所　株式会社エデュプレス

発行　株式会社マイクロマガジン社
〒104-0041　東京都中央区新富1-3-7　ヨドコウビル
［販売部］TEL 03-3206-1641／FAX 03-3551-1208
［編集部］TEL 03-3551-9563／FAX 03-3551-9565
https://micromagazine.co.jp/

ISBN978-4-86716-375-7 C0193